Ours rebelle

Tome 2
Aloha Shifters : Les Perles du désir

Anna Lowe

Contents

Autres titres de la même série

Aloha Shifters : Les Perles du désir

Dragon rebelle (Tome 1)

Ours rebelle (Tome 2)

Lion rebelle (Tome 3)

Loup rebelle (Tome 4)

Cœur rebelle (Tome 5)

Alpha rebelle (Tome 6)

www.annalowe.fr

Chapitre 1

Hailey lissa les plis de sa robe en soie, les sourcils froncés devant le miroir en pied.

Sa mère posa une main sur son épaule.

— Ne fais pas de grimaces, ma chérie. Ça va te laisser des rides.

Les sourcils de Hailey se rejoignirent davantage alors qu'elle baissait les yeux.

— Je croyais que seule la mariée était censée porter du blanc à un mariage.

— Ce n'est pas blanc, c'est crème.

Hailey restait renfrognée devant la glace. Était-ce un effet de la lumière crue du plafonnier ?

— On dirait, pourtant.

Sa mère haussa les épaules.

— C'est le mariage d'Isabelle, et si elle veut que ses demoiselles d'honneur portent des robes crème, elles porteront des robes crème. En plus, ça fait ressortir le bleu de tes yeux.

Hailey tourna sur elle-même. La robe était somptueuse. Presque trop belle, avec la façon dont ses longs cheveux dorés flottaient sur le tissu soyeux. Enfin, elle n'était qu'une demoiselle d'honneur. Et sans grande conviction, en plus, parce qu'elle connaissait à peine la mariée. En même temps, Isabelle était célèbre pour ses excentricités.

— Tu sais, je crois que c'est par politesse qu'elle m'a proposé d'être l'une de ses demoiselles d'honneur.

— Mais non, ma chérie. Elle t'aime bien. Tu es sa future belle-sœur, répondit sa mère avec un clin d'œil.

Hailey avait envie de taper du pied.

— Tu veux bien arrêter ? Ce n'est pas parce que je suis sortie deux ou trois fois avec Jonathan que je vais l'épouser.

Elle faillit ajouter : « D'ailleurs, c'est plutôt lui qui a voulu me voir ». Leur brève relation à distance leur avait à peine donné le temps de se parler en personne, cependant elle trouvait trop impoli de rompre la veille du mariage de sa sœur. Elle ne voulait pas porter la poisse à Isabelle.

Sa mère grommela tout bas avant de tirer la bretelle de la robe de Hailey.

Aussitôt, cette dernière la remit en place.

— Maman…

— Tu sais, répondit-elle en soufflant, avant, tu ne faisais pas tant d'histoires.

Hailey était à deux doigts de lâcher que c'était parce qu'avant, elle était petite et n'avait pas eu le choix, cependant elle n'avait pas envie de déclencher son sempiternel discours. « Comment peux-tu être si ingrate alors que j'ai tout sacrifié pour toi ? »

Hailey se retint, faisant crisser ses mâchoires.

— Ne fais pas ça. C'est très laid.

En temps normal, elle ne lui tapait pas autant sur les nerfs. Mais ces derniers temps…

— Je ne suis pas au travail, Maman.

— Quand même, tout le monde va te regarder.

Elle sourit comme si c'était formidable.

Une fois de plus, Hailey fit grise mine. Tout le monde la regardait tout le temps. Les gens commentaient, prenaient des photos et murmuraient : « *C'*est elle ! C'est elle ! Hailey Crewe ! » C'était son quotidien depuis trois ans, depuis que sa carrière de mannequin avait décollé.

Une carrière dont elle n'avait jamais voulu et à laquelle elle souhaitait mettre fin, un peu comme sa relation avec Jonathan. Elle devait juste trouver le bon moment pour annoncer la nouvelle. Par la fenêtre ouverte, elle voyait des surfeurs flotter au gré de l'eau, au large de Waikiki, attendant la vague parfaite. Ils avaient l'air si détendus, libres, spontanés. Tout le contraire de sa vie.

Pas pour le moment, du moins. Elle caressa machinalement son collier, laissant son regard dériver vers la couronne escarpée du cratère de Diamond Head. Hawaï pourrait très bien être l'endroit idéal pour faire une pause et démarrer quelque chose de nouveau. Elle ferma les yeux, laissant son imagination prendre le dessus.

Elle se surprit à rêver qu'elle annonçait la fin de sa carrière, puis qu'elle tournait les talons et abandonnait cette vie. Et à toutes jambes, en plus. Un emploi du temps surchargé. Le régime en permanence. Les producteurs sexistes. La superficialité du milieu.

Bien sûr, si Hailey faisait ce choix, sa mère aurait une crise cardiaque... ou en simulerait une, en tout cas. Son agent se fâcherait et les médias se déchaîneraient. Elle devrait choisir le moment parfait ; peut-être alors qu'un autre top model ferait la une des journaux avec un gros contrat ou un scandale retentissant, comme un divorce très médiatisé ou une arrestation pour possession de drogue. Hailey ne souhaitait rien de tout cela à personne, bien sûr, toutefois si cela devait se produire, elle saisirait l'occasion d'une sortie discrète par la porte de service.

Elle devait sourire à cette pensée, car sa mère lui susurra :

— Ah, je vois que tu songes à ton propre mariage.

Aussitôt, elle sortit de sa rêverie avec la violence d'une voiture percutant un mur de briques.

— Le mariage n'est pas mon principal objectif dans la vie, Maman.

— Je ne te comprends pas, ma chérie. Avec un homme bien comme Jonathan...

« Bien » voulait dire « riche » dans sa bouche, et Hailey le savait. Il était même riche à milliards. Elle n'en avait pas eu conscience jusqu'à présent, cependant plus elle apprenait à connaître Jonathan, plus elle se rendait compte que l'argent régissait tous les aspects de sa vie.

— Il n'a que quelques années de plus que toi, poursuivit sa mère en vantant ses mérites. C'est un grand sportif, et vous allez très bien ensemble...

Hailey leva les yeux au ciel. Quelle importance ?

— Tu veux bien arrêter de triturer cet affreux machin, reprit sa mère avec un soupir.

À ces mots, Hailey se hérissa. Sa perle était un héritage familial, toutefois comme elle n'était pas ronde et brillante, mais oblongue et bosselée, elle n'était pas assez belle aux yeux de sa mère.

Une fois de plus, cette dernière ajusta sa bretelle.

— Tu as de si belles épaules, ma chérie. Il n'y a aucun mal à montrer un peu de peau.

— Dans un mariage ?

— Il faut toujours faire de l'effet, répondit-elle en souriant.

Non, elle n'était pas de cet avis. Quand le comprendrait-elle ? Elle avait eu son coup de chance et avait réussi. Le mannequinat les avait sorties de la pauvreté, sa mère et elle. Pourquoi en voulait-elle toujours plus ?

— C'est un mariage, maman. Pas une campagne de pub.

— Tout est une campagne de pub, rétorqua-t-elle avec un immense sourire.

— Pas forcément. J'aimerais vraiment y aller en étant moi-même, pas en étant la vision de ce que se font les autres de moi.

Sa mère lâcha un soupir théâtral.

— Si je te laissais faire, tu irais en jean déchiré et en T-shirt. Et tes cheveux donneraient l'impression que tu es venue en skate.

Hailey grommela. Sa mère n'avait pas tort, mais de toute manière, l'assurance astronomique que son agent négociait pour elle n'autorisait absolument rien d'amusant. Pas de skate, pas d'équitation. Rien du tout. Tous les plaisirs simples qu'elle avait eus quand elle était petite lui avaient été brusquement interdits. Elle ne pouvait même pas aller à la plage et louer une planche de surf pour une heure. Cela dit, si elle le faisait, elle serait assaillie.

— La réussite devrait permettre de vivre comme on veut, murmura-t-elle.

Sa mère secoua la tête.

— Tu as encore dix ans, grand maximum, dans ce métier. Tu dois en profiter à fond.

C'était exactement ce que faisait sa mère, en effet, pensa Hailey. Elle était une vache à lait qu'il fallait traire jusqu'au dernier centime. Combien devrait-elle gagner encore pour la satisfaire ?

— Bon, pour ta coiffure... reprit-elle avant que Hailey ne puisse lui poser la question.

Elle pinça les lèvres et compta jusqu'à dix. N'importe qui devrait pouvoir imposer des limites claires à sa mère avant d'atteindre vingt-huit ans. Cependant les premières années de la carrière fulgurante de Hailey avaient été comme un plongeon malgré elle dans un aquarium à requins, et sa mère s'était battue bec et ongles pour défendre ses intérêts. Chaque succès correspondait à un nouvel échelon à gravir, et Hailey avait été trop concentrée sur sa part de l'équation pour lutter contre elle.

Maintenant, en revanche... Elle soupira. Elle allait bientôt devoir entamer deux conversations difficiles. Une avec Jonathan et l'autre avec sa mère. Elle aimait cette dernière, sincèrement, mais il était temps de laisser de l'espace autour d'elle pour mener sa propre vie... et sous ses propres conditions.

Elle se détourna en passant la main dans ses cheveux.

— Je m'en occupe.

— Il faut que ce soit beau pour le mariage, ma chérie.

— Ça va, ce n'est pas comme si c'était le mien.

— On ne sait jamais, chuchota sa mère. Je veux dire, on ne sait jamais quand le grand jour pourrait arriver.

Hailey la regarda d'un air absent tout en tordant ses cheveux en chignon.

— Il faut plus de volume, lui reprocha sa mère.

Leur échange continua dans cette veine jusqu'à ce qu'elles sortent de leur suite avec toit-terrasse pour rejoindre le hall d'entrée de l'hôtel, où Jonathan les attendait. Pendu à son téléphone, il les salua d'un geste avant de tourner le dos à Hailey pour terminer sa conversation.

— Oui, vingt-six. Et n'oublie pas les FNB.

Il vérifia sa coiffure en jetant un coup d'œil vers deux miroirs inclinés lui renvoyant un nombre infini de reflets.

— Et quels sont les chiffres de Nagoya ?

Hailey grinça des dents en se demandant ce qu'elle avait bien pu lui trouver.

Elle regarda la fontaine qui déversait ses flots joyeux dans le hall de leur hôtel en bord de mer, cependant ses pensées étaient à mille lieues de là. Elle avait rencontré Jonathan près de son ranch, dans le Montana. À l'époque, il avait été différent. Plus détendu, adepte de sports de plein air. Aimant la nature et laissant le vent sécher ses cheveux. Tout cela n'avait donc été qu'une mise en scène ? Peut-être avait-elle trop cherché à le voir sous un meilleur jour... ou à quitter les jupes de sa mère, qui se méfiait des hommes avec la vigilance d'un faucon. Mais quand Jonathan était arrivé, le faucon s'était changé en petit canard et s'était confondu en battements de cils et roucoulements béats.

Trois journalistes accoururent dans le hall pour la prendre en photo. Sa mère empoigna Hailey par le coude et l'entraîna à l'écart.

— Mademoiselle Crewe ! Mademoiselle Crewe !

Hailey s'en étonna. Pourquoi parlaient-ils toujours tous en même temps ?

— Que pensez-vous de ce grand jour ? Vous êtes fébrile ? Impatiente ?

Pitié, ce n'était qu'un mariage. Pourquoi une telle insistance ?

— Reculez. Reculez.

Lamar, le chef de la sécurité de Jonathan, s'approcha avec son regard noir habituel pour tous les repousser, sans grand succès. Ce type faisait frémir Hailey, même si elle ne s'expliquait pas pourquoi. Avec sa voix grave et son air renfrogné, elle lui imaginait toutes sortes d'idées malveillantes, comme s'il venait d'étrangler quelqu'un dans les bois. C'était terrible, pourtant elle ne pouvait s'empêcher de ressentir cela.

Jonathan, en revanche, ne tarissait pas d'éloges pour son chef de la sécurité.

— Prêt à démarrer, mon pote ? demanda-t-il à Lamar en lui tapant sur le bras comme s'ils étaient des amis proches, et non un patron et son homme de main.

Lamar lui adressa son habituel hochement de tête et grogna :

— Tout est prêt.

Jonathan se tourna vers Hailey, rayonnant comme si elle venait d'arriver.

— Ma chérie, tu es splendide !

Avant que ses lèvres ne touchent les siennes, Hailey lui présenta sa joue. Remarquerait-il un jour autre chose que son apparence ? Pas de : « Tu m'as manqué » ou « Comment s'est passée ta matinée ? »

Jonathan se tourna vers sa mère.

— Madame Crewe. On dirait deux sœurs, toutes les deux.

Sa mère adorait cela, mais Hailey leva les yeux au ciel. Non, elles n'avaient rien de deux sœurs. Sa mère avait lutté toute sa vie pour joindre les deux bouts, et ça se voyait. Elle avait passé des années derrière les fourneaux d'un restaurant, à préparer des hamburgers-frites parce qu'il fallait bien payer le loyer ; ce qui avait été d'autant plus difficile en étant une jeune veuve avec une enfant à charge, un crédit immobilier écrasant et une voiture qui roulait à peine. Pour Hailey, c'étaient les rides et les épaules voûtées qui rendaient sa mère belle, non pas sa coiffure soignée ni les vêtements de marque qu'elle portait depuis que l'argent du mannequinat avait commencé à rentrer.

Elle soupira en réalisant le fil de ses pensées. Seigneur, elle s'était clairement trompée de voie !

— Tu es superbe, toi aussi, Jonathan, fit sa mère d'un ton mielleux.

Il afficha son sourire typique des beaux quartiers, passa une main sur sa cravate parfaitement ajustée et répondit avec un clin d'œil.

— C'est un grand jour.

La mère de Hailey lui adressa une œillade complice et elle s'interrogea. Ces deux-là mijotaient quelque chose, mais quoi ? Jonathan était sur ton trente et un, elle devait l'admettre. Bien sûr, c'était le mariage de sa sœur et sa famille n'avait pas lésiné sur les moyens. Un mariage un peu précipité, néanmoins Hailey s'était bien gardée de poser des questions. Après tout, elle ne voulait pas se mêler de ce qui ne la regardait pas.

— On y va ? demanda-t-elle.

Jonathan sourit, comme si elle était l'une de ces adorables fillettes chargées de porter les bouquets pendant la cérémonie et non une adulte capable de penser par elle-même.

— Bientôt.

Il fit un signe énigmatique à Lamar, qui s'activa de plus belle.

— Assurons-nous que tout le monde soit prêt à partir.

Jonathan *adorait* faire des entrées remarquées ; c'était un nouveau trait de personnalité qu'il n'avait pas révélé dans le Montana. Quand Hailey l'avait revu en Californie entre deux shootings, elle avait été stupéfaite par son goût affiché pour les limousines et les tapis rouges. Elle se demandait parfois s'il ne soutenait pas des projets caritatifs uniquement pour une question d'image.

La fontaine gargouillait en bruit de fond, leur offrant une oasis de calme et de tranquillité qu'Hailey ne ressentait pas du tout.

Au moins, elle n'avait pas couché avec Jonathan. Heureusement ! Elle s'en était tenue à des dîners en ville, à l'exception d'un baiser furtif devant la porte de son appartement de Brentwood.

« Tu ne m'invites pas à entrer ? » lui avait-il demandé avec une lueur dans les yeux.

Elle lui avait répondu qu'elle préférait y aller doucement et nouer une relation sérieuse avant de passer à l'étape suivante, ainsi qu'un tas d'autres bêtises qui l'avaient maintenu éloigné. Jusqu'à présent, elle s'en était tenue à ça. Et *ça* n'irait pas plus loin, car elle n'avait pas l'intention de continuer à fréquenter Jonathan. Il avait réservé une suite pour sa mère et elle en face de la sienne, et elle était si déterminée à ce qu'il reste de l'autre côté du couloir qu'elle comptait garder ses distances jusqu'à ce qu'elle trouve le bon moment pour rompre en douceur.

— Encore une chose, dit Jonathan en fouillant dans sa poche. Je t'ai apporté un cadeau.

Sous son regard atterré, il lui tendit un écrin contenant un magnifique collier de perles. Il y en avait au moins vingt, toutes roses, brillantes et d'une rondeur parfaite.

— Oh, c'est adorable, s'extasia sa mère en pressant une main contre sa poitrine comme si elle s'imaginait porter elle-même le collier.

— N'est-ce pas ? répondit Jonathan, tout sourire.

Hailey se mordit la lèvre.

— Merci, mais je ne peux pas accepter.

— Bien sûr que si, tu peux, rétorqua sa mère en fronçant les sourcils. Elles sont magnifiques.

Comme si la beauté était tout ce qui comptait. Hailey soupira puis feinta avant que Jonathan ne puisse passer le collier autour de son cou.

— Je ne comprends pas pourquoi tu n'en veux pas. Elles sont bien plus belles que la tienne, commenta Jonathan en plissant les yeux.

Elle aurait pu lui donner une bonne dizaine de réponses, à commencer par « Parce qu'elles te laissent croire que je t'appartiens », ou encore « Parce que c'est mon grand-père qui m'a offert ce collier et que je l'adore ». Mais Jonathan ne voudrait rien entendre, et de toute façon, il ne comprendrait jamais.

Il la dévisagea froidement jusqu'à ce que sa mère intervienne :

— Excuse-la, Jonathan. C'est sûrement tout ce stress. Elle va vite retrouver la raison.

Hailey serra les dents. Si seulement elle savait.

Il rangea lentement le collier dans sa poche, puis après s'être ressaisi, parla sur un ton étrangement monocorde :

— Oh, je n'en doute pas.

J'ai toute ma raison, mourait d'envie de répliquer Hailey, cependant cela ne ferait qu'agacer Jonathan et rendrait d'autant plus difficile une conversation sereine et sensée le moment venu. Le plus tôt serait le mieux.

— Oh, comme c'est exaltant ! s'extasia sa mère en s'éventant.

Hailey jeta un coup d'œil dehors. Le *Royal Hawaiian* était un point de repère de Waikiki qui s'ouvrait sur une plage dorée aux eaux turquoise, derrière une ligne de parasols un rose vif.

« Où voudrais-tu te marier, toi ? » lui avait demandé par téléphone Isabelle, la sœur de Jonathan, quelques semaines plus tôt. « À Hawaï, non ? »

Hailey avait failli répondre qu'elle préférait chez elle, dans le Montana, mais à quoi bon ? Hawaï, ce devait être très beau aussi. Dans un coin unique, hors des sentiers battus, comme l'une de ces petites chapelles de l'époque des missionnaires qu'elle avait vues dans le magazine de la compagnie aérienne.

Il fallait évidemment compter sur la famille de Jonathan pour organiser un événement en grande pompe, dans l'effervescence de Waikiki.

« Oui, bonne idée », avait-elle répondu à Isabella. Ce n'était pas son mariage, de toute manière.

À l'extérieur, une cloche retentit et la foule se massa autour des chaises blanches disposées en deux longues files. Tout le monde se tut, la tête penchée, dans l'attente. Hailey aussi regarda autour d'elle. Isabelle allait apparaître d'une minute à l'autre avec son fiancé.

— Bon.

Jonathan gonfla ses joues, plus roses que jamais. Il était si nerveux pour le mariage de sa sœur que c'en était mignon.

— Tout le monde est prêt pour nous.

Tu vois ? se dit-elle. Il avait quelques qualités, mine de rien. Pas suffisamment pour lui donner envie de rester avec lui, mais assez pour qu'elle ne s'en veuille pas d'avoir essayé. Elle laissa Jonathan lui prendre le bras et la guider sur la pelouse.

— Comme c'est beau, souffla-t-elle en offrant son visage au soleil.

Elle n'était arrivée que tard, la veille au soir, et était restée enfermée dans sa suite toute la matinée.

Une vague d'excitation traversa la foule. Selon Hailey, c'était parfaitement normal. Isabelle n'allait plus tarder. C'était bien ce qu'ils attendaient, non ?

Mais tous les yeux restaient braqués sur elle... des centaines de paires d'yeux, dont elle en reconnaissait bien peu, puisqu'il s'agissait surtout de la famille, des amis et des associés de Jonathan. Soudain, elle ralentit le pas, l'estomac noué. Quelque chose ne tournait pas rond. Vraiment pas.

Elle toucha instinctivement ses cheveux. Étaient-ils en bataille ? Oh, Seigneur, elle savait que cette robe était une mauvaise idée.

Tout le monde souriait, toutefois il y avait une certaine vibration dans l'atmosphère qui lui donnait envie de se retourner et de prendre ses jambes à son cou. Comme si tout le monde savait quelque chose qu'elle ignorait. Elle porta une main à sa poitrine et effleura sa perle pour se rassurer. Jonathan, quant à lui, était radieux, comme s'il cachait un carré d'as dans sa manche.

Au bout de trois pas, elle s'arrêta net. Isabelle, la mariée, était assise sur le côté, au premier rang, vêtue d'une robe jaune. Son fiancé n'était nulle part en vue.

— Euh, Jon... commença Hailey.

Mais elle s'interrompit quand son cavalier posa un genou à terre en levant les yeux.

Des flashes crépitèrent. Les palmiers bruissèrent et sa mère étouffa un cri. Les invités semblaient retenir leur souffle, et Hailey la première. Que se passait-il donc ?

Jonathan se racla la gorge, puis il parla assez fort pour que tout le monde l'entende :

— Je sais que tu aimes les surprises, ma chérie...

Elle avait horreur des surprises, à tel point qu'elle était pétrifiée, incapable de parler ni de bouger. Elle était comme une biche dans les phares d'une voiture, consciente que la catastrophe était imminente sans parvenir véritablement à l'identifier.

Des gloussements parcoururent l'assistance et Jonathan continua, ses mains moites dans les siennes.

— Le jour où je t'ai rencontrée, j'ai su immédiatement que tu étais la bonne. La mienne. Mon unique. Ma princesse.

Hailey voulait le remettre debout, cependant trop d'alarmes résonnaient dans son esprit et elle était incapable de prendre une quelconque décision.

Jonathan lui tendit une petite boîte noire en souriant. Non, ça n'allait pas. Il arborait l'un de ses fameux regards qui signifiait : « Je suis génial, pas vrai ? » La foule étouffa un cri de surprise lorsqu'il ouvrit la boîte, révélant une énorme bague sertie d'un diamant.

— Je sais qu'on ne se connaît depuis peu, mais je n'ai pas besoin de plus de temps pour me décider, déclara-t-il.

Putain, Jonathan ! avait-elle envie d'aboyer. *Moi, si !*

Ou plutôt, elle n'avait pas besoin de temps pour se décider. Elle voulait déjà partir. Ficher le camp de là.

— Tu es fou ? siffla-t-elle aussi bas que possible.

Quelques femmes assises près d'elle s'extasièrent.

— Comme c'est mignon !

Non, ce n'était absolument pas mignon. C'était consternant. Pourquoi la plaçait-il dans une situation aussi délicate ?

Il sourit comme s'il était ému.

— Tu as dit que tu voulais plus de spontanéité dans ta vie.

— Je ne parlais pas de ça, dit-elle en balayant l'assemblée d'un geste de la main. Mais enfin, qu'est-ce que tu as dans la tête ?

Le sourire de Jonathan s'élargit. Manifestement, il n'avait pas pensé qu'elle puisse être en désaccord avec son plan complètement dingue.

— Ce que j'ai dans la tête, ma chérie, c'est notre bonheur éternel. Mon amour pour toi.

La foule poussa un soupir d'émotion, pourtant, aux oreilles de Hailey, ces mots sonnaient faux et artificiels.

— Hailey Crewe, reprit-il. Veux-tu m'épouser ?

Chapitre 2

Non !

Hailey avait envie de crier. Elle ne voulait pas épouser Jonathan. Jamais, au grand jamais.

Elle se contenta de bredouiller :

— Quoi… ? Ici ? Maintenant ?

Un coup d'œil frénétique autour d'elle lui révéla de nombreux visages rayonnants et pleins d'espoir dans la foule, cependant aucun n'appartenait à l'un de ses amis. Certains des invités riaient, mais c'était de nervosité pour ceux qui prenaient conscience que le spectacle auquel ils étaient venus assister risquait de ne pas se dérouler comme prévu.

Jonathan poursuivit avec assurance, d'une voix plus retentissante :

— Bien sûr, ici et maintenant.

Sa main serra la sienne un peu trop fort, et dans ses yeux, elle devina comme un avertissement presque menaçant.

Elle avait déjà vu ce regard, toutefois ça n'avait été que lorsqu'il négociait d'importants contrats. Pas étonnant qu'il ait gagné autant d'argent en si peu de temps. Il avait commencé avec un prêt accordé par son père d'un million de dollars, de ce qu'elle avait entendu, et il l'avait transformé en un empire commercial qui s'étendait d'un océan à l'autre.

Un empire dans lequel il voulait l'entraîner comme trophée à son bras. La sensation oppressante dans ses tripes se changea en sentiment de chute libre quand elle regarda autour d'elle. Tout le monde était au courant de ce mariage imposé, tous sauf elle.

Elle se tourna vers sa mère, qui arborait un sourire crispé. Son regard de vipère semblait lui dire qu'elle n'avait pas intérêt à tout gâcher.

Hailey grimaça. Elle ne connaissait ce regard que trop bien. C'était celui qu'elle avait arboré la première fois qu'elle avait été serveuse, au restaurant, quand elle n'avait que douze ans. *Ne gâche pas tout.* C'était le même lorsqu'un photographe de passage avait appelé Hailey à sa table, en ce jour fatidique qui avait changé sa vie. Sans parler de la fois où elle avait signé son premier contrat à six chiffres, ou quand elle avait été interviewée dernièrement pour son contrat de mannequin chez un parfumeur haut de gamme.

Ne gâche pas tout, lui ordonnait sa mère sans un mot.

Les deux premières fois, elle l'avait compris. Elles avaient eu éperdument besoin d'argent et Hailey avait été disposée à aider du mieux possible. Mais maintenant, elles ne craignaient plus de finir à la rue.

Elle essaya à son tour de lui transmettre un message par le regard.

Ce n'est plus une question de survie, maman. Maintenant, il s'agit de ma fierté, de mon indépendance. Merde, c'est ma vie.

Mais sa mère ne sourcilla même pas. Au contraire, son regard devint encore plus dur.

Hailey en resta bouche bée. Une seconde. Alors, sa mère savait que Jonathan planifiait cela depuis le début ?

Maman, avait-elle envie de gémir. *Comment tu as pu me faire ça ?*

Un invité se racla la gorge quelque part et Jonathan fronça les sourcils, comme chaque fois qu'un steak n'était pas cuit exactement à son goût.

— Je sais que c'est une surprise, princesse, mais je t'aime, dit-il sur une intonation qui semblait presque sous-entendre le contraire.

L'aimait-il vraiment, ou simplement l'idée de l'aimer ? Elle le regarda dans les yeux, cependant elle y trouva plus de *je* que de *tu.*

— Jonathan, chuchota-t-elle en essayant de se dégager.

Son regard devint plus froid. Lorsque Lamar, l'agent de sécurité, s'approcha d'elle, Hailey blêmit. Jusqu'où Jonathan irait-il ? Et si elle refusait ?

— Je voudrais juste dire un mot à ma mère, balbutia-t-elle pour gagner du temps.

Elle dut tirer d'un coup sec pour s'écarter de Jonathan, puis se tourna rapidement vers sa mère en essayant de l'entraîner avec elle. Mais c'était comme tenter de déplacer un rocher. Hailey la tira tant bien que mal et sa mère finit par la suivre.

— Tu es folle ? lui souffla cette dernière alors qu'un brouhaha s'élevait de l'assemblée.

— Comment oses-tu ? rétorqua Hailey en se frottant les yeux. Tu savais ce que Jonathan avait prévu et tu ne m'as rien dit.

— Bien sûr que non. Tu aurais refusé.

Hailey ouvrit de grands yeux ébahis.

— Et tu penses vraiment que je vais dire oui maintenant ?

— Évidemment. Devant ces gens, comment pourrais-tu tout gâcher ?

Les yeux de Hailey faillirent sortir de leurs orbites. Elle n'en croyait pas ses oreilles.

Pourtant, c'était bien la réalité, comme le lui confirma sa mère en la saisissant par les épaules.

— Réfléchis. Utilise tes méninges, pour une fois.

Hailey leva brusquement la tête :

— Pour une fois ?

— C'est notre chance. Enfin, ta chance, rectifia-t-elle aussitôt.

— Ma chance de *quoi* ?

— De t'assurer un avenir, de voir les choses en grand. Le frère de Jonathan se présente au sénat, et tu sais qu'il ne tardera pas à s'engager, lui aussi.

Hailey cligna des paupières. Apparemment, sa mère n'était pas seulement avide d'argent. Elle était aussi avide de pouvoir.

— Mais je ne l'aime pas.

— L'amour ? lâcha-t-elle avec amertume. L'amour n'éloigne pas les huissiers. L'amour ne remplit pas le frigo. L'amour n'assure pas un avenir.

Hailey sentit toute son énergie s'envoler. Alors, elle non plus ne l'aimait pas ?

— Mais tu aimais papa...

— J'étais jeune et stupide, répondit-elle en ricanant.

Une boule se forma dans la gorge de Hailey. Elle se souvenait à peine de son père, néanmoins son grand-père avait comblé ce manque du mieux qu'il avait pu. Il lui avait lu des histoires pour l'endormir et lui avait parlé de sa grand-mère, morte avant sa naissance. Il l'avait emmenée en promenade, s'amusant à lui faire croire que le chien obéissait à ses ordres à elle et pas à lui. Ensemble, ils galopaient dans les champs, et chaque fois, il la laissait gagner en l'encourageant. « Cours, Hailey ! Cours ! »

Hailey baissa la tête, assommée par la brutale réalité. C'était comme si la vérité s'allumait en grésillant par intermittence dans son esprit, comme une vieille ampoule clignotant un moment avant de l'aveugler dans un éclat éblouissant. Tout ce qu'elle avait appris sur l'amour, elle le tenait de son grand-père. En matière de survie, en revanche, elle devait tout à sa mère.

— Nous pouvons assurer notre avenir, lui dit-elle, s'efforçant d'employer un langage que sa mère comprendrait. Nous n'avons besoin de personne d'autre.

Mais cette dernière répondit presque en montrant les dents :

— Tu vas m'écouter, maintenant.

Hailey recula, mais elle insista :

— Tu vas te retourner et aller dire oui...

Elle sentit ses poils se dresser sur sa nuque. Jonathan arrivait derrière elle. Bientôt, elle serait prise au piège.

Au secours ! voulait-elle crier. *Au secours !*

— Tu vas faire ce qu'il faut... poursuivait sa mère.

Hailey tressaillit. Elle mourait d'envie de camper sur ses positions et de lui balancer ce qu'elle avait sur le bout de la langue. *Non, je n'épouserai pas Jonathan simplement parce que tu es assez dingue pour le décider à ma place !* Après quoi, elle se tournerait vers Jonathan et lui déclarerait sèchement : *Non, c'est non ! Compris ?* Puis elle s'en irait, la tête haute.

Le problème, c'était qu'elle avait déjà piqué une crise de ce genre lors d'une séance photo, récemment. Sa mère n'avait pas cessé de harceler le photographe, les traiteurs et même le coiffeur.

Ça suffit, Maman ! Arrête ! avait rugi Hailey.

Malheureusement, un journaliste avait été là, dans les coulisses. Elle s'était retrouvée dans toute la presse à scandale pendant des semaines, avec des gros titres du genre : « Hailey pète un câble » ou encore « Caprice de star ». Depuis, elle avait tâché de refréner sa colère. Tout ce qu'elle disait risquait en permanence d'être déformé et mal interprété. Mais enfin, merde ! Que pouvait-elle bien faire ?

Elle jeta un regard alentour, aux abois. La plage semblait à des kilomètres, néanmoins le hall de l'hôtel était juste derrière elle, presque désert. La fontaine coulait tranquillement et le sol tout en marbre rayonnait.

— Hailey, dit Jonathan.

Il avait cette même voix sèche et intransigeante avec laquelle il donnait des ordres. « Prévoyez cette réunion à trois heures » ou encore « Réservez-moi une place en première sur le vol de sept heures. »

Son cœur battait plus vite et les vagues grondaient à ses oreilles. À moins que ce soit la panique dans ses veines ?

Ce n'est pas possible ! voulait-elle hurler.

Pourtant, c'était bien réel, et si elle n'agissait pas au plus vite, qui savait où cela finirait ?

— Tu vas retourner tout de suite là-bas... continua sa mère.

Jonathan posa la main sur l'épaule de Hailey, qui tressaillit.

Non, cette fois, c'était fini. Elle ne se contenterait plus de tressaillir sans rien dire. Elle se retourna et le repoussa assez violemment pour qu'il recule et lui laisse l'espace nécessaire...

La moitié de son esprit était vide, dénué de peur, mais dans l'autre, elle entendait la voix de son grand-père.

Cours, Hailey ! Cours !

Ce n'était pas une voix enjouée, mais paniquée, comme ce sinistre jour dans les champs, qui avait si bien commencé et s'était terminé dans l'horreur. Le jour de sa mort.

Aussitôt, elle s'élança. Le bruit sourd de ses chaussures sur les dalles se transforma en claquement sec lorsqu'elle déboula sur le marbre d'un long couloir. Des arches roses s'ouvraient sur le côté, tandis que derrière elle des cris retentissaient.

— Attends ! lança Jonathan.

— Hailey ! rugit sa mère.

Elle ralentit avant de franchir la porte d'entrée, le temps d'enlever ses chaussures, et piqua un sprint sur le trottoir extérieur.

Elle tourna à droite avant de vérifier derrière elle. Deux journalistes s'étaient lancés à sa poursuite, ainsi que Lamar, le regard plus sombre que jamais. Le souffle court, elle continua sa course. Seigneur, elle ne faisait qu'aggraver la situation. Elle aurait dû opter pour le dialogue.

Jonathan, je refuse de t'épouser. Maman, je refuse de t'écouter.

Mais avec les brutes, les paroles ne suffisaient pas. En un sens, Jonathan et sa mère étaient des brutes, tous les deux.

Elle courut de plus belle, esquivant les piétons. À chaque pas, elle perdait un peu plus espoir. Où pouvait-elle bien aller ? Au poste de police ? À l'aéroport ? Pouvait-elle se cacher dans une ruelle en espérant ne jamais être retrouvée ?

Un coup d'œil en arrière lui montra que Lamar rattrapait son retard. Jonathan avait rejoint le groupe qui s'était lancé à sa poursuite. Sa mère fit à son tour irruption sur le trottoir en s'égosillant :

— Hailey, reviens ici !

C'était de la folie. Et ce qui était encore plus dingue, c'était l'impression qu'elle jouait sa vie, comme si elle était un lapin poursuivi par des loups redoutables.

Les larges trottoirs de l'avenue Kalakaua s'étendaient devant elle, mais la circulation était trop dense pour qu'elle puisse sauter dans un taxi et s'échapper rapidement.

— J'adore ce que j'ai acheté, lança une adolescente à son amie tout en balançant un sac de grands magasins qui heurta le bras de Hailey.

Elle les contourna pour s'orienter vers le centre commercial, sur sa droite.

— Faut pas se gêner ! marmonna la fille alors que Hailey passait son chemin.

Une fois de plus, elle fronça les sourcils. Non, elle n'était pas sans-gêne, seulement là, elle courait pour sa vie.

Le béton brut sous ses pieds nus céda la place au métal frais lorsqu'elle bondit sur un escalator roulant, bousculant au passage trois jeunes hommes baraqués et leurs copines hilares.

— Elle est gonflée, celle-là ! s'exclama l'une des filles.

Hailey leva les yeux au ciel. Putain, le destin s'acharnait donc vraiment contre elle ?

En fin de compte, il sembla lui accorder un instant de répit, car ce même groupe bloquait à présent l'accès à l'escalator, entravant ainsi la progression de Lamar. Hailey survola les marches quatre à quatre, profitant de l'occasion. Elle exécuta un demi-tour à toute allure pour sauter sur l'escalier montant à l'étage supérieur. Après quoi, elle s'engouffra dans un long couloir et se rua dans la galerie. Par-dessus la rambarde, elle aperçut la foule en contrebas. Des dizaines d'invités du mariage se pressaient, là dehors, à sa recherche.

Réfléchis, Hailey. Réfléchis ! s'intima-t-elle.

Devant l'escalator roulant suivant, elle hésita une fraction de seconde avant de monter. Elle arrivait à présent au deuxième niveau, qui surplombait un vaste espace de restauration. Il y avait là de nombreuses tables, banquettes, et autant de coins et de recoins où une fugitive pouvait se cacher. Elle sauta sur l'escalator qui descendait et s'empressa de chercher un endroit où se mettre à couvert. Lamar et les autres étaient assez loin pour ne pas l'avoir vue en haut, ce qui lui laissait suffisamment de temps. *Si* seulement le couple de touristes devant elle cessait de prendre des selfies pour qu'elle puisse déguerpir. Tant pis, elle allait devoir forcer le passage.

Je sais, je sais, ce n'est pas poli, faillit-elle leur dire, trop essoufflée pour prononcer un mot.

Elle bondit plus qu'elle ne courut vers le fond de la galerie, où elle exécuta un dérapage contrôlé au moment même où des effluves de cuisine chinoise l'atteignaient. Elle se glissa précipitamment derrière une plante en pot et leva enfin les yeux. Lamar et d'autres hommes montaient l'escalier au pas de course. Ils ne seraient peut-être pas dupes très longtemps, néanmoins elle avait au moins gagné une minute. Et maintenant, quoi ? En redescendant au niveau de la rue, elle se retrouverait en plein dans la foule. Où pourrait-elle bien se cacher ?

Son cœur battait la chamade tandis qu'elle balayait la zone du regard. Soudain, elle se figea en croisant celui d'un inconnu, attablé non loin de là. C'était un homme grand, à la carrure large, assis à l'une des tables minuscules de l'aire de restauration. Il sirotait quelque chose avec une paille, toutefois il s'interrompit dès que leurs regards se rencontrèrent et commença à la dévisager. C'était presque comme s'il voyait en elle.

Aux premiers abords, sa mine renfrognée lui donnait un aspect plutôt inquiétant. Mais au lieu d'être pétrifiée par la peur, Hailey sentit ses joues s'embraser ; et pendant les dix secondes qui suivirent, elle resta fascinée par la couleur de ses yeux. Des yeux noisette, profonds et sombres, comme une forêt... mais une forêt traversée par des rayons de soleil, car ils semblaient étinceler, briller de mille feux.

Les muscles des jambes d'Hailey étaient toujours animés par un puissant instinct de fuite, pourtant quelque chose lui disait d'attendre. Alors elle attendit, sans quitter des yeux ce regard hypnotique, intense et sincère qui l'apaisait, contrairement à la foutue fontaine du hall de l'hôtel. Un fort sentiment de paix et de sérénité l'envahit. Son rythme cardiaque ralentit et, à demi accroupie, elle se redressa sans comprendre pourquoi. L'homme ne portait pas d'uniforme de police et elle ne le connaissait pas. Malgré tout, quelque chose en lui l'appelait, comme un phare guidant un bateau vers le port en toute sécurité. Elle fit un pas de plus.

— La voilà !

Elle tourna brusquement la tête en entendant le cri de Jonathan et se mit à courir.

Non ! lui ordonna quelque chose au fond de son esprit. *Pas si vite...*

C'était de la folie, parce que cet homme était un parfait inconnu, et le moins qu'on pouvait dire, c'était qu'elle n'avait pas de temps à perdre. Alors elle détala, passant à toutes jambes devant un bar à sushis, un marchand de glaces et un fast-food dont l'odeur de friture lui fit penser au restaurant où elle travaillait autrefois. Ce souvenir la fit redoubler de vitesse, tournant à droite et à gauche jusqu'à ce qu'elle perde le sens de l'orientation. Il y avait un vendeur de montres, un bénévole qui collectait de l'argent pour une association caritative, et une troisième personne qui tenait un stand d'échantillons de parfum entouré d'une bande d'adolescentes. Hailey contourna chacun d'eux pour se ruer vers un couloir étroit avec des boutiques presque désertes, des toilettes et...

— Merde ! lâcha-t-elle.

C'était un cul-de-sac. Elle se retourna pour revenir sur ses pas, mais aussitôt, elle recula lentement. Si elle courait en droite ligne, elle risquait de tomber sur Jonathan ou Lamar. Elle essaya la poignée d'une porte latérale. Fermée à clé. La suivante aussi, tout comme celle d'après. Finalement, elle s'engouffra dans l'avant-dernier magasin sur la droite, une boutique de sport. La vendeuse derrière la caisse avait à peine levé les yeux que Hailey se précipitait déjà à l'intérieur, rejoignant au pas de course la double porte de type saloon à l'entrée des cabines d'essayage. C'était un couloir étroit longé par une enfilade de rideaux, avec une fenêtre au bout. Une fenêtre grande et large par laquelle elle pourrait aisément passer si elle était un peu moins haute, sans parler des deux étages en contrebas. Le bruit de fond du centre commercial lui parvenait. Les pas, les conversations étouffées, le cliquetis d'un chariot de livraison...

Hailey se figea, indécise. Une seconde plus tard, elle trouva refuge dans l'une des cabines. Le rideau crissa sur sa tringle quand elle le tira et elle fit la grimace.

Et merde. Maintenant, elle était vraiment coincée. Le silence l'entourait, à l'exception des bruits distants des clients, et Hailey enfouit son visage dans ses mains. Ces derniers temps, elle se retrouvait souvent dans des situations où *elle aurait tant aimé pouvoir se téléporter dans une toute nouvelle existence.* Mais celle-ci remportait la palme, et de loin.

Grosse erreur. Terrible erreur...

Elle soupira. Trouver refuge dans une cabine d'essayage,

c'était stupide, mais en ce moment, elle allait d'échec en échec. Elle ferma les yeux en se promettant reprendre sa vie en main le plus vite possible.

Pendant les minutes qui suivirent, rien ne bougea. Son cœur ralentit un peu. Il lui faudrait un énorme coup de chance pour que Jonathan, Lamar et les autres ne la remarquent pas. Peut-être aurait-elle dû rester en public, au milieu de la foule. Qui savait ce qui se passerait s'ils la trouvaient derrière ce rideau ? Jonathan n'avait jamais été violent avec elle, cependant à son regard noir, elle s'était souvent demandé jusqu'où il était prêt à aller pour obtenir ce qu'il désirait. Quant à Lamar... Elle frissonna. Ce type l'épouvantait.

Elle devrait peut-être essayer la fenêtre, tout compte fait. Il y avait peut-être une alarme à incendie qu'elle pourrait déclencher. Peut-être qu'ensuite...

Les portes grincèrent sur leurs gonds et elle plaqua une main sur sa bouche pour étouffer un cri. Elle s'empressa de relever les pieds, les dissimulant aux regards.

Elle ne voyait que l'espace exigu de la cabine autour d'elle, néanmoins elle entendit battre les portes de type saloon. Quelqu'un venait d'entrer. Lentement, les battants s'arrêtèrent. Plus rien ne bougeait, y compris la personne qui avait poussé les portes. Elle devait se tenir juste à l'entrée, aux aguets.

À l'évidence, ce n'était pas une femme venue essayer un vêtement. Les pas qui avaient mené l'intrus jusqu'ici étaient lourds, c'étaient des bottes.

Son esprit tournait à plein régime. Ça ne pouvait pas être Jonathan. Il aurait fait irruption en criant son nom. Lamar, peut-être ?

Tous les poils de son corps se hérissèrent lorsque les pas avancèrent, un claquement après l'autre. Gauche. Droite. Gauche. Droite. Les bottes s'arrêtèrent devant la cabine à côté de la sienne et le rideau ondula.

Les mains tremblantes, elle leva les yeux. Elle n'arriverait jamais à passer par-dessus la cloison sans se faire repérer. Elle serait prise sur le fait, à découvert, sans défense.

Les pas se déplacèrent encore dans sa direction et elle jeta un bref coup d'œil à travers l'interstice entre le rideau et le mur de la cabine. Un T-shirt gris passa devant elle, soulignant une musculature imposante. Elle aperçut des bottes de combat, des jambes épaisses et des bras volumineux taillés dans le marbre.

Elle n'y comprenait plus rien. Lamar portait-il un T-shirt à manches courtes ?

Les pas s'arrêtèrent pile devant sa cabine. Elle ne voyait plus que les bouts éraflés des rangers sous le rideau. Lorsqu'une main apparut, elle se mit à trembler. La pièce devint encore plus silencieuse... un silence qui, elle en était sûre, serait troublé par un cri d'un moment à l'autre.

« *Je l'ai trouvée !* » appellerait l'intrus pour rameuter les autres. Ensuite il écarterait le rideau, la tirerait dehors et...

Hailey ferma les yeux, imaginant le pire.

Chapitre 3

Ce n'était pas tous les jours que Tim mettait les pieds dans les cabines d'essayage du sexe opposé. Mais quand il avait vu la femme aux yeux bleus perçants, quelque chose dans son âme avait réagi. Quand elle avait jeté un coup d'œil terrifié autour d'elle, le grizzly en lui avait grondé. Et quand elle s'était mise à courir, il avait failli se lancer à sa poursuite.

Aide-la. Sauve-la. Protège-la, criait une voix tout au fond de lui.

C'était franchement dingue, car les ours ne passaient jamais à l'action sans avoir mûrement réfléchi. Ils ne dégainaient pas leurs griffes sans avoir envisagé toutes les options, les différentes échappatoires et les plans de secours. Ils étaient des observateurs silencieux, de ceux qui disaient après coup : « Je vous avais prévenu ».

Bon, d'accord, il s'était peut-être mouillé à quelques reprises malgré cela. Cependant c'était il y a longtemps, quand il était plus jeune et fougueux. Ses deux premières missions avec l'armée l'avaient rapidement calmé, et la plupart des problèmes dans lesquels il s'était fourré par la suite venaient de sa proximité avec ses frères, rarement de sa propre impulsivité. Il était du genre à suivre les autres pour s'assurer que rien ne dégénère, et c'était lui qui leur sauvait la mise quand l'idée stupide qu'ils avaient eue ne se déroulait pas comme prévu.

Alors, que faisait-il en cet instant ? Il jouait les Lancelot pour une femme qu'il ne connaissait même pas ?

Reste assis, merde ! avait-il ordonné à son ours dès qu'il l'avait aperçue. *Calme-toi.*

Il n'avait aucune raison de se mêler des affaires des autres. Pour ce qu'il en savait, cette femme avait peut-être volé à l'étalage.   Pourtant son ours avait rugi et s'était déchaîné, prenant presque le dessus. Son côté humain avait peut-être appris à respecter les règles, néanmoins son côté animal avait toujours tendance à se rebeller. La bête ne s'énervait pas facilement, mais quand elle s'y mettait...

Bouge ! grogna-t-elle.

Non, il ne bougerait pas. Il était plus homme qu'ours, et il vivait dans un monde dominé par les humains. Putain, il était attablé dans une cafétéria, pas dans une zone de guerre. Et franchement, il n'avait plus besoin de jouer les héros. Il ne *voulait pas* être un héros, parce qu'il avait appris à ses dépens que la frontière était floue entre les bons et les méchants. Rien n'était tout noir ou tout blanc, et s'il n'était pas prudent, il risquait de se battre à nouveau pour le mauvais camp.

Il croisa les bras. Son ours pouvait se rebeller autant qu'il le voulait, il n'aurait pas le dernier mot.

Mais, bordel...   La bête hurlait et ruait comme jamais auparavant.

Elle a besoin de nous, et nous avons besoin d'elle.

C'était vraiment absurde. Il n'avait pas besoin d'une parfaite inconnue. Et il n'était pas prêt à courir après une femme comme un animal en rut. Il se força donc à rester à cette petite table exiguë et à détourner le regard.

Cela dura environ trois secondes, car son ours l'obligea à revenir sur sa décision.

Regarde ! Allez !

Il céda un instant, un bref instant, juste assez pour essayer de le calmer.

Bon, bon, d'accord.

Mais il ne regarda pas la femme. Il chercha à savoir ce qu'elle fuyait.

Un homme poussa un cri depuis l'étage supérieur et commença à descendre l'escalator, trois marches à la fois. Il avait un regard impitoyable, les poings serrés, et semblait vouloir faire couler du sang. Tim l'imagina charger sur une zone de combat, avec ses mouvements rapides et furtifs.

Il se redressa sur son siège. Quoi qu'ait fait cette femme, elle ne méritait pas ce que ce type était sur le point de lui infliger.

Deux autres suivaient le premier, tous tirés à quatre épingles. L'un d'eux pesta :

— Merde, Hailey...

Tim jeta un coup d'œil vers le couloir où elle avait disparu. Hailey ? Alors, c'était son prénom ?

La partie ours de son esprit devint rêveuse, comme s'il venait de lécher un pot de miel ou de se promener dans une prairie parsemée de fleurs printanières. La partie humaine, en revanche, essayait de comprendre pourquoi une femme vêtue d'une belle robe blanche courrait pieds nus dans un centre commercial.

Tim repoussa son sac à dos du pied, se dégageant de la place au cas où il déciderait d'intervenir, tout compte fait. Une femme pouvait bien courir si ça lui chantait, cela ne le regardait pas. Mais une femme qui fuyait deux... trois... quatre types ? Cette fois, il allait en *faire* son affaire.

Le premier homme, celui à l'allure la plus dangereuse, arriva au pied de l'escalator. Il courut un peu avant de s'arrêter en reniflant. Il reniflait *vraiment comme le* ferait un animal, le nez en l'air, les narines évasées et les yeux mi-clos.

Tim se figea. Comme un animal... ou un métamorphe ?

Il prit une grande inspiration, cependant les odeurs qui se mêlaient autour des tables étaient difficiles à distinguer.

L'homme au regard assassin hésita à l'intersection où la femme avait tourné à gauche. Tim se surprit à crisper les doigts sur la table. Mais l'homme fit signe aux autres qui accouraient derrière lui et s'élança sur la droite. Ses complices se dispersèrent dans différentes directions. Celui au costume gris élégant emprunta le couloir où la femme avait disparu.

Connor, appela alors Tim à l'attention de son frère, utilisant la connexion mentale que partageaient tous les métamorphes étroitement liés.

Mais ce dernier était de l'autre côté d'Honolulu, trop occupé pour répondre.

Allez, vas-y, grogna son ours.

Avec un juron, Tim se leva, cédant à l'injonction de son animal. Après un rapide examen des environs, il suivit l'homme en costume.

— Essayez celui-ci. C'est un tout nouveau parfum de chez Chanel, disait une vendeuse tout en aspergeant les poignets de six jeunes femmes enthousiastes.

Pour un humain, cette fragrance florale et artificielle pouvait paraître subtile, en revanche pour le museau sensible d'un ours...

Tim plissa le nez pour ne pas s'asphyxier. La bonne nouvelle, c'était que cette odeur avait sûrement effacé la trace de la fugitive pour l'homme qu'il avait vu renifler.

Ses yeux se fixèrent sur le dos de celui qui avait tourné à gauche. Des jeux vidéo émettaient des bips et des sonneries dans une salle d'arcade, et un présentoir de chaussures de sport occupait l'entrée du magasin suivant. Il y avait une boutique d'articles à un dollar et une autre de téléphonie mobile, puis le couloir se terminait par une double porte sur laquelle on pouvait lire : *Sortie de secours. Ne pas déclencher l'alarme.* Manifestement, l'inconnue n'était pas passée par là. Alors, où était-elle ?

L'homme en costume gris jeta un coup d'œil dans chaque magasin et Tim le suivit discrètement. Ses griffes d'ours pointaient presque sous ses ongles, impatientes d'être libérées. Il serra les poings, les gardant bien cachés pendant qu'il...

Il tourna à gauche.

Là, gémit son ours. *Elle est là-dedans.*

Il regarda les raquettes de tennis et les chaussures en soldes du magasin de sport. Pourquoi son ours était-il si sûr de lui ? Il ne pouvait pas sentir son odeur, et il n'y avait rien qui indiquait sa présence.

Crois-moi, elle est là.

C'était étrange, comme une certitude. Il pouvait toujours deviner où étaient ses frères grâce à un sixième sens difficile à expliquer.

Un téléphone sonna quelque part et Tim regarda le type en costume gris s'arrêter pour fouiller ses poches.

— Merde, marmonna-t-il avant de sortir un portable. Allô ?
Oui. Je veux dire, non. Aucun signe d'elle pour le moment.
Quoi ?

Tim fit semblant de regarder des casquettes de base-ball
tout en écoutant.

— Non. Elle n'a pas pu passer par là. Rappelle-moi ! aboya
l'homme au costume gris dans son téléphone.

Il retourna ensuite vers la zone des cafétérias, lançant à
Tim un regard agacé comme s'il était responsable de la fuite
de la fille.

C'est toi qu'elle fuyait, espèce de connard, voulut-il lui dire.

Pourtant, même s'il avait lancé quelque chose, il doutait
que l'homme l'ait écouté. Il connaissait ces types-là, du genre
à ne calculer personne d'autre parce qu'ils n'étaient pas assez
importants pour exister dans son monde. Un homme riche et
privilégié, à en juger par la façon dont il donnait des ordres.
Sans parler de ses vêtements sur mesure, de son rasage impeccable et de ses ongles parfaitement manucurés.

Oui, Tim avait même remarqué ses ongles. Son ours adorait
comparer les minuscules ongles humains à ses propres griffes en
forme de lames. Que voulez-vous ? Chaque espèce de métamorphe avait ses petites bizarreries.

— Je suis au premier étage, dit l'homme au costume gris
en retournant vers les tables.

Tim laissa tomber la casquette de base-ball pour entrer
dans le magasin, reniflant autour de lui. L'odeur de la femme
était plus facile à suivre par ici. Elle le conduisit jusqu'à un
couloir étroit, avec une double porte de type saloon, et au-delà,
une rangée de cabines derrière des rideaux. Il vérifia une nouvelle fois le magasin, cependant les deux employés ne l'avaient
même pas remarqué, trop occupés à se montrer des photos sur
leurs téléphones. Il franchit alors les portes et s'arrêta, se demandant ce qu'il devait faire. La femme était dans la dernière
cabine à droite, à en juger par son odorat. Un cul-de-sac dans
un cul-de-sac, en somme. Comment espérait-elle sortir de là ?

Hailey. Elle s'appelle Hailey, grogna son ours.

Seigneur, il n'aurait jamais dû écouter cette bête. Maintenant qu'elle avait obtenu ce qu'elle voulait, elle ne reculerait

plus.

Hailey a besoin de nous. Dépêche-toi, insista l'animal.

Affichant son visage le plus neutre et inexpressif qu'il avait perfectionné après des années de missions difficiles à l'armée, il s'avança vers la dernière cabine. Ses pieds n'apparaissaient pas sous le rideau, néanmoins il pouvait l'imaginer recroquevillée sur la banquette, les genoux contre sa poitrine et le souffle court.

Il inhala, imprimant son parfum dans son esprit. C'était une senteur fleurie, comme celle des prairies dans les hautes montagnes, aux premiers jours de l'été, quand les abeilles bourdonnaient et que les baies commençaient à rougir. Mais il y décelait aussi de la peur, ce qui rendit son ours furieux.

Quand je mettrai mes griffes sur ces mecs-là...

Tim serra les poings, se rappelant qu'il n'était pas venu pour ça. Ce qu'il devait faire, c'était aider cette femme, cette Hailey, à s'enfuir.

Devant la dernière cabine, il s'arrêta en se grattant le front. Il avait pris d'assaut de nombreux bâtiments, avec son unité des forces spéciales, sans parler des bunkers, des installations militaires et des tunnels. Mais rien de tout cela ne lui avait appris à exfiltrer une femme seule d'une cabine d'essayage.

Il lui vint un instant à l'esprit qu'elle pouvait être armée. Que cela pouvait être *elle* la méchante de l'histoire, et non l'inverse. Pourtant, une fraction de seconde plus tard, il balaya cette idée. C'était dans ses yeux à elle qu'il avait vu de la peur, alors que les hommes avaient l'air de vouloir la tuer. Il ferait mieux de passer à la phase suivante de l'opération *Extraction du centre commercial,* et vite.

— Alors... commença-t-il sur un ton qu'il voulait léger.

Ce fut un échec, car son grondement grave et effrayant résonna dans le silence des cabines.

— Vous pouvez rester là-dedans autant que vous voudrez. Ce ne sont pas mes affaires.

Sauf qu'il avait la forte impression que c'étaient ses affaires, au contraire, même s'il ne savait pas vraiment pourquoi.

— Mais il y a au moins quatre types à votre poursuite, reprit-il. Et je pense que vous avez cinq minutes maximum avant qu'ils comprennent où vous êtes.

Quelque chose bougea derrière le rideau, et une seconde plus tard, elle parla :

— Seulement quatre ?

Tim sourit. Elle trouvait le moyen de faire de l'humour ! Derrière l'intonation narquoise de sa voix, la peur était pourtant bien réelle.

— Disons que c'est approximatif.

Il plissa les yeux en regardant le rideau, regrettant de ne pas voir à travers. Il avait oublié à quoi elle ressemblait. Ses iris étaient la seule partie qui lui restait en tête : d'un bleu pur et riche, comme le ciel printanier des Rocheuses.

— Quatre mecs, au moins, à cet étage du centre commercial. Et oui, je dirais que vous avez environ cinq minutes, plus ou moins.

— Et à qui ai-je l'honneur ?

Il inclina la tête. Même acculée dans un coin, elle parvint à garder son calme.

— Timber Hoving, dit-il. Et vous, vous êtes Hailey, c'est ça ?

Un silence lui répondit, puis :

— Comment le savez-vous ?

Il leva les yeux au ciel. Si elle savait tout ce qu'il pouvait découvrir s'il décidait de véritablement mener l'enquête, elle flipperait.

— J'ai entendu l'un d'eux le mentionner. Le type en costume gris trop imbu de lui-même. Celui visiblement accro à son téléphone.

La femme souffla.

— Jonathan. Bien sûr.

Bien sûr ? Elle avait l'air d'en avoir plus qu'assez de ce type. Était-ce son patron ?

Il regarda le rideau, puis sa montre.

— Bon, vous sortez ou pas ?

Elle prit le temps de réfléchir.

— Que je sorte… pourquoi ? Pour aller où ?

— Avec moi. On s'en va.

— Vous connaissez un moyen de t'enfuir ?

Sa voix était pleine d'espoir, un espoir qu'il était déjà terrifié de voir s'envoler s'il échouait d'une quelconque manière.

Il se frotta le menton. Oui, il connaissait un moyen de s'enfuir, toutefois il doutait qu'elle apprécie ce qu'il avait en tête.

Une main apparut au bord du rideau. Elle jeta un coup d'œil à l'extérieur, puis se cacha de nouveau, le laissant retenir les détails qui venaient de défiler devant ses yeux : des yeux bleus, des cheveux blonds, des pommettes saillantes parsemées de taches de rousseur qu'il aurait aimé avoir le temps de compter.

— Pourquoi devrais-je vous faire confiance ?

Elle essayait de jouer les dures à cuire, cependant sa voix chevrotait un peu. Elle dégageait une telle solitude qu'il en eut mal au cœur.

Il se passa une main dans les cheveux. Pourquoi devrait-elle lui faire confiance ?

— Vous pouvez, c'est tout, dit-il en haussant les épaules. Je vous le promets.

Sans doute aussi parce qu'elle n'avait pas le choix.

Le truc, c'était qu'il avait l'impression de ne pas avoir le choix, lui non plus. Il devait simplement l'aider parce que… parce que…

Le destin, chuchota son ours.

Il prit une profonde inspiration et décida de ne pas analyser ce sentiment de trop près. Pas maintenant, en tout cas, avec tout ce qui se bousculait dans son esprit.

Pendant quelques secondes, le temps resta suspendu. Soudain le rideau s'ouvrit dans un bruit d'anneaux métalliques sur une tringle en acier, et la femme afficha un air renfrogné. Les mains sur les hanches, le menton dressé, elle le fusilla du regard, comme si c'était lui l'avait poursuivie jusque-là et non celui qui voulait l'aider à s'échapper.

Ne me laissez pas tomber, semblaient dire ses yeux flamboyants. *Ne me laissez pas tomber.*

Sa poitrine se serra et il redressa les épaules, comme chaque fois qu'on confiait à son unité l'une de ces opérations de type *Mission : Impossible* que personne d'autre n'avait la moindre chance de réussir. C'était une question de vie ou de mort, un fardeau qui pesait à présent sur lui.

C'était de la folie. Cette femme était une parfaite inconnue. Et pourtant, sa confiance touchait la seule partie encore un peu sensible de son cœur.

Elle était fine, presque trop maigre, et mesurait quinze centimètres de moins que lui. Pourtant, elle le dévisageait comme si c'était lui qui avait tout intérêt à faire attention.

— Admettons que je décide de vous faire confiance, dit-elle. Et ensuite ?

Il prit une grande inspiration, s'efforçant de ne pas se perdre dans son regard sublime, puis fit craquer quelques fois sa mâchoire.

Concentre-toi, putain. Concentre-toi pour la faire sortir d'ici.

Son esprit passa une fois de plus toutes les options en revue, et le même enchaînement se démarqua pour former son meilleur plan.

— Attendez ici une seconde, lui dit-il. Je reviens tout de suite.

Chapitre 4

La femme, Hailey, poussa un petit cri pour protester, cependant Tim retourna dans le magasin de sport. Son choix était limité, néanmoins ça ferait l'affaire. Attrapant un sweat-shirt dans un rayon et quelques shorts dans un autre, il s'empressa de retourner vers les cabines d'essayage et les lui lança.

— Choisissez quelque chose. Dépêchez-vous.

Elle le regarda fixement.

— Quoi ?

— Ils cherchent une femme en blanc, dit-il en agitant les mains.

Elle baissa les yeux sur sa robe et marmonna :

— Je savais que ce n'était pas crème.

Il n'avait aucune idée de ce que cela signifiait, mais n'insista pas.

— Comme je vous l'ai dit, ils essaient de trouver une femme qui porte du blanc. Pas deux personnes avec des vêtements sombres.

Elle regarda le tas d'habits dans ses mains.

— Vous pensez que ça va marcher ?

Il hocha la tête. Il avait assez d'expérience dans la surveillance pour savoir qu'il était très difficile d'effectuer ce genre de gymnastique mentale.

— Ce n'est pas garanti, mais il y a de bonnes chances. Quelle est votre pointure ?

Elle serrait les vêtements contre sa poitrine comme si c'était une petite armure.

— Euh... trente-huit.

Quelques minutes plus tard, ils étaient à la caisse, retirant les étiquettes des habits qu'elle avait déjà enfilés. Elle avait opté pour un sweat-shirt bleu et un short de sport rose trop ample d'une taille. Cela dit, c'était terriblement efficace.

— Je vous rembourserai, décréta Hailey lorsqu'il sortit son portefeuille.

Il faillit lui répondre qu'il s'en fichait éperdument pour le moment, cependant les mots restèrent coincés dans sa gorge quand elle se pencha pour détacher son chignon. De longues mèches blondes et souples tombèrent en cascade sur ses épaules, rebondissant lorsqu'elle y passa les doigts avant de demander :

— Et là, c'est mieux ?

Il déglutit. C'était pire, en réalité. Comment était-il censé se concentrer sur l'exfiltration de cette jeune femme alors qu'il avait déjà du mal à rester debout à la regarder ?

Il se racla la gorge avant de lui enfoncer une casquette de base-ball rose sur la tête.

— Là, c'est mieux.

Elle la retira et fit la grimace en lisant le mot écrit en gras sur le devant.

— *Aloha* ?

— *Aloha*, répondit-il d'une voix grave avant de la remettre en place.

La vendeuse rangea la robe blanche dans un sac, passa sa carte de crédit et les salua en lançant un *mahalo* chaleureux avant de retourner à son téléphone.

— Ma confiance n'est que temporaire, vous savez, chuchota Hailey alors qu'il lui prenait la main pour l'entraîner vers la porte.

— Mon aide aussi n'est que temporaire, rétorqua-t-il, s'adressant davantage à son ours intérieur qu'à elle.

Il jeta un coup d'œil dans la galerie. Aucun des hommes qu'il avait repérés plus tôt n'était là. Il sortit en essayant de marcher au pas, de ne pas se précipiter. Quand ils arrivèrent à l'espace de restauration, Hailey se rapprocha de lui.

Sympa, ronronna son ours.

Oui, peut-être, en d'autres circonstances. Son esprit dériva vers toutes sortes de fantasmes sur ce que ces circonstances pourraient être. Lui et elle, en promenade le dimanche, sans destination en particulier et surtout sans personne à fuir. Ils apprendraient à se connaître, à rire et à passer un bon moment.

Un bruit de couverts cristallin se fit entendre, et il reporta son attention sur le présent.

Temporaire, souffla-t-il à son ours.

— Et maintenant ? chuchota Hailey dans son oreille.

Si proche. Si délicieuse. Son ours ferma les yeux, plus rêveur que jamais.

Tim désigna l'escalator :

— Par là-bas. Une fois au rez-de-chaussée, on pourra prendre un taxi ou disparaître dans la foule.

C'était un bon plan, sauf qu'un autre escalier montait en face, coupant le leur en diagonale. Hailey baissa les yeux et se crispa.

— Oh, mon Dieu...

Trois journalistes approchaient, leurs caméras à portée de main. Qu'est-ce qu'elle avait ?

Sans avoir le temps de se poser la question, Tim se retourna pour la dissimuler avec son corps. Il passa ensuite un bras sur ses épaules, comme il le ferait avec sa copine, et lui murmura à l'oreille :

— On va y arriver, ne vous inquiétez pas. Gardez les yeux baissés. Vous voyez quelqu'un d'autre ici ?

Elle hocha sèchement et vivement la tête, avant de faire un signe vers la galerie.

— Là-bas. Et là, aussi.

Les personnes qu'elle indiquait étaient facilement repérables avec leurs vêtements chics et leurs chaussures vernies. Comme s'ils sortaient de la messe ou d'un grand gala.

Il élabora rapidement un itinéraire, puis entraîna Hailey dès que l'escalator s'arrêta. Le trottoir n'était pas loin, malgré tout il serpenta de boutique en boutique, comme pour faire du lèche-vitrines, touchant quelques articles en faisant mine de s'y intéresser. Son cœur se mit à battre plus fort. Ils étaient presque dehors. Encore quelques pas et...

Hailey s'arrêta et tourna brusquement les talons.

— Non, ces deux-là...

Tim chercha aussitôt une nouvelle option, mais putain ! Trois hommes et une femme se tenaient derrière eux, à scruter la foule.

— Oh, Seigneur, murmura Hailey. C'est Isabelle...

Tim ignorait qui était Isabelle, mais à l'évidence, cette femme était synonyme de mauvaise nouvelle. Hailey et lui étaient encerclés sur trois côtés, avec une boutique de l'autre. Ils n'avaient aucune échappatoire. Sauf...

— Surtout, ne le prenez pas mal, chuchota-t-il avant de la pousser vers une colonne du centre commercial, se penchant tout contre elle.

Elle écarquilla les yeux quand il se rapprocha comme pour l'embrasser. Il était tout près d'elle, jusqu'à ce que seuls quelques centimètres les séparent. Elle poussait de petites expirations sous le choc, soufflant son haleine mentholée vers lui.

— Chut, murmura-t-il, plaçant ses bras de part et d'autre de sa tête pour masquer son visage.

Tout ce que les gens verraient en passant, ce serait un mec en train d'embrasser sa copine.

Et très franchement, c'était presque le cas. Il était tout proche, et malgré l'urgence de la situation, son cerveau commença à s'éteindre. Le parfum de chèvrefeuille de Hailey lui monta aux narines et son sang s'accéléra. Leurs jambes étaient pressées les unes contre les autres, et à chaque profonde inspiration, leurs poitrines se touchaient. Quand Hailey glissa timidement les bras autour de sa taille, il faillit soupirer de plaisir.

Ce n'était pas un baiser, toutefois c'était ce qui s'en ressemblait le plus.

C'est tellement bon, gémit son ours.

Putain, oui, ça l'était. Tellement qu'il lui fallut toutes ses forces pour ne pas franchir ces derniers centimètres et couvrir ses lèvres des siennes. Hailey semblait ailleurs, d'abord surprise, puis plus alanguie, le regard dans le vague. Ses yeux aussi avaient dû s'adoucir, ou pire, étinceler carrément.

Ma compagne, murmura son ours. *C'est ma compagne.*

Derrière lui, deux hommes passèrent en coup de vent, si vite que l'un d'eux heurta le sac en plastique qui contenait la robe de Hailey.

— Désolé, marmonna-t-il avant de continuer son chemin sans réfléchir.

Allez-y. Maintenant ! cria une voix dans l'esprit de Tim. La sortie était ouverte, c'était leur chance.

Mais il en avait à peine conscience, sous le regard hypnotique de Hailey et l'effet du mot qui résonnait encore dans son esprit.

Compagne...

Il déglutit. Chaque métamorphe savait ce que cela signifiait. Une rencontre inespérée avec son âme sœur, orchestrée par le destin. Un seul regard capable de changer la vie d'un homme.

Mais que cet événement *lui arrive à lui ?* Ici ? Maintenant ?

Les lèvres de Hailey frémirent, effleurant les siennes, et une vague de chaleur se propagea dans son corps en même temps qu'un farouche sentiment d'espoir.

Oui, gronda une voix depuis les profondeurs de son âme. *C'est elle, l'élue.*

Elle cligna des yeux et il se demanda si elle venait d'entendre la même chose, si elle voulait lui faire comprendre : *Oui. C'est lui, l'élu.*

Mais ils n'avaient pas le temps. Derrière eux, les gens aboyaient des ordres et pressaient le pas.

— Va voir par-là ! cria un homme à un autre. Il faut la trouver.

Il faut la protéger, grogna son ours.

Tim aussi faillit grogner. Il venait de trouver sa compagne prédestinée. Le monde ne pouvait pas lui laisser un peu de répit ?

Une autre odeur le frappa et il sursauta.

Un métamorphe ? Il prit la main de Hailey et l'entraîna vers la sortie. Ses premiers pas étaient hésitants et il la serra contre lui pour la soutenir, résistant à l'envie de regarder autour de lui.

Le premier homme qui l'avait poursuivie à l'étage était-il un métamorphe ? Était-il proche ?

Tim se rua vers la sortie, juste devant eux. Une seconde plus tard, ils étaient dehors. Hailey cligna des yeux sous le soleil. Tim aussi en avait envie. Cette sensation d'éblouissement ne concernait pas que ses yeux, et elle n'était pas due au brusque changement de luminosité. Elle était en lui, l'emplissant d'une lueur chaude.

Ma compagne... murmura son ours, aussi abasourdi que lui.

— Avancez.

Il poussa presque Hailey dans un taxi. La circulation s'était suffisamment dégagée et en agissant vite la voiture pourrait zigzaguer entre les autres.

— Où allez-vous ? demanda le chauffeur.

Tim regarda Hailey, terrifié à l'idée qu'elle donne une adresse où il devrait alors la quitter pour toujours. Mais elle lui renvoya son regard, indécise.

— Euh... Pearl Harbor.

Il avait donné le premier endroit qui lui était passé par la tête. Il avait l'esprit à présent très encombré de nouvelles options et idées, car un ours devait toujours avoir un plan.

Le chauffeur avait allumé la radio et une voix enjouée annonçait une météo ensoleillée d'Honolulu, une circulation dense et une course de chaloupes. Tim se rapprocha de Hailey et lui demanda à voix basse :

— Où logez-vous ?

Elle fit un geste derrière eux.

— Là-bas, derrière.

Il jeta un coup d'œil par la vitre arrière. Personne n'était apparu à leur poursuite... pour l'instant.

— Je dois m'enfuir, ajouta-t-elle d'une voix rauque. Très loin. Je dois me cacher.

Il prit le temps de réfléchir. Une robe blanche. Des journalistes. Des hommes qui couraient. Mais que se passait-il exactement ?

— Écoutez, si vous avez des ennuis avec la loi...

Elle secoua rapidement la tête.

— Ce n'est pas ça. Je vous jure que je vous expliquerai plus tard.

Elle lança un regard implacable en direction du chauffeur.

— Pour l'instant, j'ai besoin de trouver un endroit où faire profil bas pendant quelques jours. Hors des sentiers battus.

Tim resta immobile sur son siège. Il connaissait un lieu qui répondait précisément à cette description. La plantation de Koakea, où il vivait à Maui, était aussi éloignée des sentiers battus que possible. Mais il ne pouvait pas ramener une parfaite inconnue parmi ses amis métamorphes. Ils vivaient à l'écart pour une bonne raison, protégeant leurs secrets aux regards humains indiscrets.

Après tout, Maui regorgeait de cachettes. Il pourrait sûrement trouver un endroit où elle se sentirait bien.

Son ours hocha la tête avec enthousiasme.

Un endroit où on pourra la garder.

Il prit une grande inspiration, luttant contre cette perte de contrôle qui menaçait de bouleverser sa vie bien rangée. Il était venu à Oahu avec un plan précis, et Hailey n'en faisait pas partie.

Maintenant, si, riposta son ours.

Il la regarda, incapable de dire oui, mais aussi de dire non.

— Et Maui, ça te dirait ? souffla-t-il enfin.

L'espoir éclaira les yeux de Hailey avant que le doute ne les assombrisse à nouveau.

— Maui, ce serait génial, mais comment y aller ? Mon portefeuille est resté à l'hôtel. Je n'ai pas de carte de crédit, pas de pièce d'identité.

Tim sentit une curieuse tension lui crisper les joues. Un sourire ? Mais pourquoi souriait-il dans un moment pareil ?

Le destin, ricana son ours. *C'est forcément ça.*

Il se pencha vers le siège avant pour parler au chauffeur.

— Pourriez-vous nous emmener à l'héliport, s'il vous plaît ?

L'homme hocha la tête, cependant Hailey saisit le bras de Tim.

— À l'héliport ? Quoi, un hélicoptère ? Vous possédez un hélicoptère ?

Il sourit. Non, il n'en possédait pas. Mais son frère, si.

— Vous me faites confiance ? demanda-t-il en retenant son souffle.

Même si ses options étaient limitées, elle n'avait pas exactement besoin de lui. Après tout, elle pouvait se rendre à la police, appeler un parent ou trouver une cachette sur Oahu jusqu'à ce que son problème se tasse.

Et pourtant, il voulait qu'elle lui fasse confiance. Il le voulait éperdument.

Il scruta ses lèvres, son cœur battant la chamade. Allaient-elles former un non ?

Après l'avoir regardé dans les yeux, elle hocha lentement la tête.

— Oui. Enfin, pour le moment.

Il lui fit un grand sourire. Ce oui lui faisait autant de bien que le soleil par un jour nuageux, aussi temporaire qu'il soit.

— Bon, très bien.

Il essaya de rester calme.

— Maui, dit-il en désignant l'horizon.

Hailey tourna la tête. L'île n'était pas visible de là, toutefois l'océan scintillait entre les bâtiments qui défilaient au bord de la route.

— Maui, chuchota-t-elle, la gorge nouée.

Elle garda le silence pendant le reste du trajet, néanmoins ses doigts ne cessaient de triturer l'unique perle de son collier. Un objet oblong et bombé qui n'allait pas avec la belle robe qu'elle portait lorsqu'il l'avait repérée. Quand ils descendirent du taxi, une fois à l'héliport, elle serra le sac du magasin contre son corps comme une barrière protectrice. En un sens, c'était le cas. Restait à savoir ce qui rendait cette femme assez désespérée pour tout quitter.

C'est quoi ce bordel ? fit tout à coup une voix grave dans son esprit.

Tim se retourna et aperçut son frère, Connor, à côté d'un hélicoptère brun à rayures rouges et jaunes.

— Hailey, je te présente Connor, dit Tim de sa voix la plus franche.

Son frère lui serra poliment la main.

— Ravi de faire ta connaissance.

Au même instant, il gronda dans son esprit :
Qui est-ce ?

Tim n'avait pas vraiment de réponse, mais il ne comptait pas reculer. L'hélicoptère avait quatre places, et seulement deux d'entre elles étaient réservées.

Elle a besoin d'aide. Et arrête de l'intimider.

Je n'intimide personne, répondit Connor avec un regard noir.

Hailey déglutit, posant les yeux au loin, jusqu'au parking.

Tu es venu à Oahu pour récupérer ton permis de travailleur free-lance, et à la place, tu ramènes une femme ? lança Connor d'un air blasé.

Cela dit, Tim lui-même n'en revenait pas. Ces derniers mois, rien ne l'avait détourné de son objectif : obtenir ce foutu permis. Maintenant, il ne pensait plus qu'à Hailey. Que s'était-il passé exactement ?

Il rejoua la première moitié de la matinée dans sa tête. Il s'était levé tôt pour se rendre à Oahu avec Connor. L'hélicoptère devait être inspecté, alors Tim avait sauté sur l'occasion pour partir avec lui. Le bureau de la chambre du commerce et de la consommation, basé à Honolulu, était ouvert au public. Ainsi, il pouvait obtenir son permis plus rapidement, au lieu d'attendre leur passage mensuel à Maui. Il avait vraiment hâte de cocher toutes les cases pour être enfin prêt à se mettre à son compte. Timber Hoving, travailleur indépendant. Peu à peu, son rêve de diriger sa propre entreprise devenait réalité. Il serait son propre patron et embaucherait peut-être même quelques employés un jour.

Tout s'était déroulé comme prévu, jusqu'à ce qu'il aille faire quelques emplettes au centre commercial et s'arrête pour manger un morceau dans la galerie. Hailey avait alors déboulé dans sa vie comme une tornade que personne n'avait vue venir.

Je l'aide. Mais c'est temporaire, expliqua-t-il à Connor. À voix haute, il ajouta :

— Hailey a besoin d'un chauffeur pour Maui, alors nous voilà.

Il espérait la mettre à l'aise, cependant son frère fit tout le contraire en croisant les bras et en redressant ses larges épaules.

— Et que va faire Hailey une fois à Maui ?

Rester avec moi, faillit rétorquer l'ours de Tim. *Pour toujours.*

Tim repoussa cette pensée au fin fond de son esprit.

— On trouvera une solution en cours de route.

— Toi, tu vas trouver une solution ? répliqua Connor, incrédule.

Toi, un ours qui ne fait jamais rien sans tout planifier étape par étape, tu veux prendre des décisions sur un coup de tête ?

Si son frère le regardait froidement, les yeux de Hailey débordaient de gratitude. Soudain, une voiture entra en trombe sur le parking de l'héliport et son visage se décomposa. Ce n'était qu'un pilote de bolide en retard pour son service, toutefois Tim fit signe à Connor de se dépêcher.

— On discutera en chemin, d'accord ?

Connor ne bougea pas et ils se défièrent du regard pendant la minute qui suivit. Ils se dévisageaient, menant une bataille intérieure si intense qu'il commençait à transpirer.

On doit l'emmener avec nous, insista-t-il.

Dis-moi pourquoi, lâcha son frère.

C'était un ordre, pas une suggestion, et Tim serra les poings.

Connor était le mâle alpha de leur petite meute. Si Tim avait l'habitude de dire ce qu'il pensait, il contestait rarement les ordres directs. Jusqu'à présent, il n'en avait jamais eu besoin. Connor était l'aîné, il avait toujours été l'unique responsable. C'était leur mode de fonctionnement.

Pourtant, cette fois, son ours se rebellait, enfreignant des règles qui ne l'avaient jamais dérangé jusqu'à présent.

Hailey s'agitait nerveusement, oscillant d'un pied sur l'autre en les observant tous les deux.

D'accord, grommela enfin son frère. *Mais tu ferais mieux de trouver un putain de plan, et vite.*

En moins de dix minutes, ils avaient attaché leurs ceintures dans l'hélicoptère et enfoncé des casques sur les oreilles, et le paysage de Pearl Harbor s'éloignant rapidement en contrebas. Hailey posa une main contre la vitre, regardant le site commémoratif avec une expression impénétrable. Connor réorienta alors l'hélicoptère et les yeux de la jeune femme balayèrent la plage animée de Waikiki et la crête qui grimpait vers Diamond Head. Que pouvait-il bien dire pour la mettre à l'aise ?

Au cas où tu serais assez dingue pour croire qu'elle pourra rester avec nous, elle ne peut pas, aboya Connor dans son esprit. *Tu sais que Cynthia me soutiendra sur ce point.*

Tim regardait droit devant lui. Cynthia était la co-alpha de leur clan de métamorphes : une jeune veuve dragonne au passé mystérieux, avec un fils et des méthodes de leadership intransigeantes. Mais pour Hailey, une femme en fuite, elle ferait sûrement preuve de bienveillance.

Tim se retourna au moment où cette dernière levait les yeux vers lui. Ces yeux d'un bleu pur, emplis de peur et d'espoir. Ces lèvres charnues, qui frémissaient légèrement. Sa vision périphérique d'ours était comme éteinte, réduisant progressivement son monde à Hailey et rien d'autre. Son esprit en était à peu près au même état. Tous ses projets et ses rêves soigneusement élaborés étaient devenus flous, et tout avait cessé d'exister sauf elle.

Le destin, murmura son ours.

Il déglutit. Le destin ? Était-ce vraiment cela ?

Chapitre 5

Accrochée à son siège, Hailey regardait la surface de l'océan tandis que les montagnes escarpées de Maui se rapprochaient de plus en plus. L'hélicoptère avait déjà survolé la bosse longue et basse de Molokai, et elle était abasourdie par le panorama. Bien sûr, elle aurait préféré profiter de ce spectacle somptueux sans être confrontée à la situation actuelle.

Son regard alternait entre les deux hommes, à l'avant de l'hélicoptère. À droite, celui qui l'avait aidée à s'échapper du centre commercial : Tim, aux yeux fascinants et à la voix douce, mais puissante, dont l'écho jouait plus que le simple volume pour transmettre ce qu'il avait à dire. Elle avait toujours du mal à croire qu'elle lui avait fait confiance si spontanément, cependant quelque chose en lui la rassurait. Quelque chose qu'elle ne s'expliquait pas. À vrai dire, elle ne le soupçonnait absolument pas de cacher une carte plus vicieuse dans sa manche. Tim n'était pas un agent à la solde de Jonathan, que ce dernier aurait posté par avance dans le centre commercial. Non, le marié éconduit était bien trop persuadé qu'elle accepterait cette union sans moufter.

Elle réprima un gémissement en cognant doucement sa tête contre la vitre. Jonathan. Mais qu'est-ce qu'elle avait bien pu lui trouver ? Comment avait-elle été aussi bête ?

— Ça va ? demanda Tim.

Il était trop loin pour la toucher, pourtant on aurait dit qu'il venait de la prendre dans ses bras. L'idée d'une étreinte n'aurait pas dû lui paraître aussi douce, car après tout, c'était un parfait inconnu. Pourtant, il émanait de lui une impression d'honneur, de justice et de confiance.

C'est temporaire, se rappela-t-elle.

Elle soupira en regardant l'eau miroitante. L'océan était d'un bleu profond et chatoyant à certains endroits, et turquoise limpide sur le pourtour des côtes.

— Ça va. Je me sens juste un peu sonnée.

— Vous pouvez nous expliquer ce qui se passe ? demanda Connor d'une voix plus sèche, plus nerveuse.

Elle leva les yeux. Tim avait présenté Connor comme son frère, et ça se voyait. Pas tant dans les détails que dans l'impression générale. Ils avaient les mêmes yeux noisette, la même autorité et la même attitude méfiante.

Voulait-elle leur raconter ce qui s'était passé ? Non, pas vraiment. Mais elle devait à ces hommes une explication, après tout ce qu'ils avaient fait pour elle.

— Je suis venue à Honolulu pour un mariage. Il s'avère que c'était le mien.

Levant les yeux au ciel, elle ajouta :

— En tout cas, c'était ce que pensait Jonathan.

Les hommes échangèrent un regard perplexe et elle poursuivit :

— Je ne connais Jonathan que depuis deux mois environ. On se voyait de temps en temps. Enfin, plutôt rarement, je dois dire. Quand il m'a invitée au mariage de sa sœur, ça ne m'a pas semblé très correct de rompre avec lui à ce moment-là.

Elle laissa échapper un ricanement amer.

— Mais en fin de compte, ce n'était pas le mariage de sa sœur. C'était un mariage surprise, qu'il avait organisé pour nous.

Sa voix monta dans les aigus alors que la scène épouvantable se répétait dans sa tête.

— Il a posé un genou à terre devant tout le monde, ajouta-t-elle en secouant la tête. Il croyait vraiment que je dirais oui.

Les sourcils de Connor se rejoignirent.

— Et j'imagine qu'il avait tort ?

Hailey émit le même gloussement sans joie.

— Un peu qu'il avait tort ! Essayer de me forcer à l'épouser ? Hors de question.

Elle grinça des dents.

— Mais avec tout le monde qui nous regardait... je crois que j'ai paniqué. Ses agents de sécurité commençaient déjà à me rejoindre...

— Attends. Quoi ? l'interrompit Tim. Ses agents de sécurité allaient te forcer ?

Hailey observait toujours l'océan en contrebas, incapable d'affronter son regard au moment de lui avouer sa naïveté. Elle se sentait tellement ridicule, comme une adolescente idiote. En repassant la scène dans sa tête, elle revit Lamar s'approcher d'elle, avec ses grands yeux pleins de haine. Et sa mère... Sa propre mère ! Elle avait essayé de la pousser à accepter. Tout compte fait, elle n'avait peut-être pas été si folle de s'enfuir. Peut-être que c'étaient eux les fous.

— Honnêtement, je ne sais pas ce que Lamar aurait fait. Mais quand je me suis enfuie, il m'a suivi. Avec les autres de la sécurité, ils m'ont pourchassée comme si j'étais une criminelle, tout ça parce que je voulais dire non.

Sa voix tremblait, et ses mains aussi.

— Jonathan les a rejoints. Je ne pouvais plus m'arrêter de courir. Tout ce que je voulais, c'était fuir le plus loin possible.

Un silence gêné s'ensuivit, jusqu'à ce que Tim la surprenne en grommelant un commentaire à mi-voix :

— Je crois bien que je me serais enfui, moi aussi.

Elle faillit éclater de rire. Pas une seconde elle ne trouvait crédible que M. Montagne-de-muscles-et-troncs-d'arbre-à-la-place-des-bras envisage une chose pareille. Mais c'était gentil de sa part.

— Alors, quel est le projet maintenant ?

Connor jeta un coup d'œil en coin à Tim, comme s'il s'attendait à ce que son frère ait une stratégie toute tracée dans la tête. Mais Hailey avait le sentiment que ce dernier était tout aussi perdu qu'elle, ce qu'il prouva en se frottant le menton.

Elle reprit la parole avant lui. Ce n'était pas à lui de résoudre son problème. Elle devait trouver un moyen de s'en sortir toute seule.

— Je n'ai pas eu le temps d'élaborer de plan. Mais s'éloigner d'Oahu et de Jonathan, c'est un bon début.

Et aussi de la presse, faillit-elle ajouter. Cependant ni Tim ni Connor ne semblaient l'avoir reconnue et la situation était déjà trop complexe pour en rajouter.

— J'ai juste besoin de trouver un endroit où faire profil bas pendant quelques jours.

— Faire profil bas ? demanda Connor en la dévisageant. Tu n'as pas quelqu'un à appeler ?

Elle pinça les lèvres. Elle n'avait que sa mère. Pas de frères ni de sœurs ni de cousins proches à appeler au secours. La seule personne qu'elle aurait vraiment aimé contacter, c'était son grand-père, toutefois il était mort depuis des années. Quant aux amis, elle ne s'en était pas vraiment fait dans le monde de la mode. Et ceux de son enfance, elle ne les avait plus revus depuis des années.

Les sourcils froncés, elle regarda son reflet dans la vitre. Sa mère l'avait-elle délibérément empêchée de revoir ses amis ?

Je fais simplement ce qu'il y a de mieux pour toi, ma chérie, l'imaginait-elle dire.

Hailey frappa du poing contre sa cuisse. Bon, d'accord. Elle avait un compte en banque et il était bien garni. Maintenant, elle devait trouver comment y accéder. Peut-être pourrait-elle appeler son avocat. Elle avait son téléphone et son numéro dans sa liste de contacts.

Elle se renfrogna à cette pensée. Sa mère aussi avait ce numéro. D'ailleurs, elle avait tous les chiffres, puisque c'était elle qui avait toujours tout géré depuis le début. Elle savait clairement trop de choses, à bien y penser.

Hailey réfléchit. Avec un peu de chance, elle pourrait se rendre dans une banque et prouver son identité. Une fois qu'elle aurait accès à son argent, elle rentrerait chez elle. Ensuite, elle déclarerait publiquement ce qu'elle avait en tête, annonçant son retrait du mannequinat. Quant à Jonathan...

Elle frissonna. Il ne l'avait jamais menacée auparavant, cependant son regard avait été éloquent quand il avait compris qu'elle allait déguerpir... Jusqu'où était-il prêt à aller ?

Elle prit une grande inspiration. Chaque chose en son temps. Elle pourrait toujours obtenir une ordonnance restrictive si besoin. Et elle pourrait même en demander une contre sa mère, si la situation dégénérait vraiment. Après quoi, elle se trouverait un endroit tranquille, loin de son ancienne vie, et elle prendrait un nouveau départ.

— Est-ce que vous avez de l'argent ? Une carte de crédit ? Quelqu'un à appeler ? demanda Tim.

Elle déglutit, essayant de déloger la boule dans sa gorge, et secoua la tête. Non, elle n'avait rien de tout cela.

— Je suis sûr qu'on peut trouver un moyen de vous aider pendant quelques jours, lui dit-il.

Connor en resta bouche bée. Même s'il ne disait rien, elle pouvait lire les mots sur son visage.

Quelques jours ? Tu as craqué ou quoi ?

Pourtant, Tim fit un geste vers la vitre, attirant son attention vers l'horizon.

— Maui, chuchota-t-elle en découvrant la vue.

Oahu était agréable, mais Maui avait un côté plus brut. Les montagnes étaient plus hautes et plus sauvages. Sûrement trouverait-elle là-bas un endroit où se cacher pendant quelques jours.

Personne ne reprit la parole et Hailey essaya de faire le vide dans son esprit pendant un moment. Elle faillit y arriver tant les couleurs émeraude de la terre et les teintes turquoise de la mer étaient fabuleuses. Néanmoins, plus ils se rapprochaient de la plage dorée, plus le doute s'immisçait dans son esprit. Où irait-elle ? Que ferait-elle ?

Connor manœuvra l'hélicoptère vers une plateforme d'atterrissage en béton, sur une splendide propriété dans un coin tranquille de l'île. Elle aperçut trois ou quatre toits entre les palmiers, toutefois le reste n'était que pelouses bien entretenues et arbres verdoyants. Il y avait aussi un vaste garage, d'une capacité de huit véhicules au moins. Le regard de Hailey hésitait entre les deux hommes sur les sièges avant. Vivaient-ils vraiment dans une propriété comme celle-ci ?

Ses pensées devaient se voir sur son visage, car Tim précisa avec un geste :

— C'est le propriétaire de l'hélicoptère qui possède ce domaine.

Il tendit ensuite le doigt plus loin sur la droite.

— Nous, on habite à côté, on fait un peu de gardiennage, un peu de sécurité.

Le côté sécurité correspondait bien à Tim et Connor. Mais « un peu » ? Impossible.

— Sympa.

Elle s'efforça de ne pas se faire trop de faux espoirs, cependant sur une propriété aussi vaste, on lui accorderait peut-être un coin où se cacher quelque temps. Elle pourrait proposer de travailler en échange.

Intérieurement, elle grimaça. Le travail ne serait pas vraiment utile, pas dans un sens pratique. Sa meilleure chance était encore d'emprunter assez d'argent pour prendre un taxi jusqu'à un hôtel, d'où elle pourrait essayer d'arranger le reste.

Quand l'hélicoptère se posa, un homme et une femme quittèrent la rangée de palmiers au bord de la piste, les mains en visière devant les yeux. Étaient-ce les propriétaires ? Hailey se ressaisit, cherchant déjà ce qu'elle allait dire et faire.

Tim se pencha vers elle.

— Ce sont les concierges, en quelque sorte. Les propriétaires sont absents pour le moment, mais ne t'inquiète pas. Ce sont des amis.

À la moue de Connor, il était évident que la situation ne lui plaisait toujours pas, malgré tout Tim sauta et aida Hailey à sortir avant que son frère ne puisse dire un mot. Les hélices ralentirent au-dessus de leurs têtes et Tim la conduisit vers le couple qui les attendait.

— Je te présente Hunter Bjornvald, dit-il en désignant le grand costaud. Un camarade de l'armée, de l'époque des forces spéciales.

Hailey avait commencé à s'interroger au mot de « *camarade* », mais ensuite Tim avait évoqué les forces spéciales, et elle en eut le souffle coupé. Pas étonnant qu'ils aient tous un petit côté brut de décoffrage.

La femme, en revanche, était une magnifique autochtone à la chevelure longue et soyeuse. Elle aurait dû paraître fragile à côté du colosse, pourtant elle dégageait une véritable aura d'autorité.

— Dawn Meli, dit Tim, continuant les présentations. Voici...

— Hailey Crewe, répondit-elle aussitôt, lui coupant la parole.

L'estomac de Hailey se noua sous le regard fixe de Tim. Seigneur, elle avait vraiment horreur de ça. Certains la reconnaissaient, d'autres s'en fichaient. Personnellement, ça lui était égal, cependant elle avait toujours l'impression d'avoir menti en omettant cette information dès le départ. En même temps, elle n'avait pas envie de lancer à tous ceux qu'elle rencontrait : « Au fait, je suis un célèbre mannequin, vous savez ? »

La bouche de Connor s'ouvrit en grand et le dénommé Hunter parut tout aussi abasourdi.

— Qui ?

Dawn éclata de rire et frappa Hunter entre ses omoplates.

— Hailey Crewe, le mannequin. Il faut vraiment que tu sortes plus souvent.

— Hailey Crusak, à vrai dire, précisa cette dernière, comme si cela changeait quelque chose. Mais mon agent a pensé que Crewe m'irait mieux.

— Et qu'est-ce qui vous amène ici ? s'enquit Dawn.

Hailey regarda Tim, se demandant ce qu'elle pouvait révéler ou pas.

— C'est une longue histoire, lâcha-t-elle enfin dans un soupir.

Les hommes échangèrent un long regard et Hunter se frotta le menton d'une main, visiblement perplexe sur la marche à suivre. Mais lorsqu'un chat écaille de tortue passa près d'eux avec un miaulement plaintif, il afficha un grand sourire et le prit dans ses bras.

— Salut, Keiki, dit-il en blottissant l'animal sous son menton.

Hailey sourit quand l'animal la regarda comme pour lui dire qu'il menait quand même la belle vie.

Clairement, pensa-t-elle avec un coup d'œil autour d'elle, constatant l'élan d'amour évident que le chat recevait ici.

— Ne t'inquiète pas. On va s'en occuper, lança Tim à Connor avec un regard implacable. Allons chez nous.

Il ouvrit la voie, s'engageant sur un long sentier sinueux qui conduisait jusqu'au terrain voisin. Il était évident qu'ils avaient franchi la limite de la propriété : pas vraiment à cause de la vieille clôture branlante, mais parce que la pelouse impeccable du domaine cédait la place à tout un enchevêtrement végétal, avant de déboucher sur ce qui semblait être une sorte de ferme à l'abandon.

— C'est toujours en cours de rénovation, murmura Tim en s'excusant.

Hailey regarda autour d'elle avec nostalgie. Elle avait toujours été attirée par les maisons à retaper, toutefois depuis que sa carrière avait démarré, sa mère avait insisté pour que tout soit toujours parfait. Quand Hailey n'était pas sur la route pour son travail, elle vivait dans un appartement ultramoderne, sans aucun cachet. Ici, en revanche...

Elle jeta un regard circulaire avec admiration. Le point central de la plantation était une grande bâtisse ancienne, restaurée jusqu'aux moulures alambiquées de l'avant-toit. Un endroit chaleureux et accueillant, en contraste avec la femme réservée venue les accueillir sous le porche.

— Hailey Crewe, je te présente Cynthia... Brown, lui dit Connor une fois qu'ils eurent gravi les marches.

Elle remarqua une pointe taquine dans sa voix, et pendant la pause entre le prénom et le nom de famille, la femme avait lancé un regard acéré à Connor. Cynthia dégageait un air royal ; pas snob, mais clairement hautain. Du moins, jusqu'à ce qu'un petit garçon aux cheveux roux et aux magnifiques yeux verts se précipite dans ses jambes en criant :

— Maman ! Maman ! Maman ! C'est qui ?

Cynthia se réchauffa en lui prenant la main.

— J'allais justement le découvrir, mon chéri.

Hailey serra la main de l'autre femme, puis s'accroupit pour saluer le garçon.

— Je m'appelle Hailey.

Il écarquilla les yeux.

— Comme la comète ?

Elle éclata de rire. Elle venait de débouler dans la vie de ces gens, et pourtant...

— Pas vraiment, mais j'ai vu les satellites de Jupiter, lui dit-elle. Mon grand-père me les montrait toujours, dans le ciel.

Son cœur se réchauffa puis se serra, comme toujours quand elle pensait à lui.

— Oh ! Je peux te montrer mon livre sur les comètes ?

Le garçon retourna en courant dans la maison.

— Joey... ! lança Cynthia avant de renoncer avec un soupir.

— Hailey Crewe ! s'exclama une jeune femme pleine d'entrain en bondissant sous le porche.

— Salut, Jenna, dit Tim.

Connor, jusque-là bourru et réservé, se fendit d'un immense sourire à la vue de la nouvelle venue qu'il embrassa d'un long baiser intense. Une deuxième femme arriva, ressemblant beaucoup à Jenna, et Hailey resta bouche bée.

— Jody Monroe ? fit-elle.

La blonde sourit et la prit par les bras.

— Hailey Crewe. Waouh. Une autre fugitive du monde du mannequinat ?

Elle éclata de rire et Hailey se sentit complètement rassurée. Elle n'était peut-être pas folle de vouloir laisser ce monde derrière elle, tout compte fait.

— Vous vous connaissez ? demanda Connor.

— On a posé pour des campagnes publicitaires concurrentes, expliqua Jody aux autres. Hailey a fait *Boundless,* et moi *Elements.*

— Je crois que la tienne l'a emportée, commenta Hailey.

Elle était sincère. Le monde du mannequinat s'était extasié devant le nouveau visage du milieu, pourtant Jody avait abandonné aussi vite qu'elle avait commencé.

Une fille intelligente, en avait conclu Hailey. Plus intelligente qu'elle, en tout cas, qui s'était laissé happer irrémédiablement.

Jody gloussa.

— J'ai découvert que le mannequinat, ce n'était pas vraiment mon truc. Ce que j'aime, c'est le surf... et Cruz.

Elle désigna l'homme aux cheveux noirs à ses côtés.

— Mais *Boundless* a très bien marché aussi. D'après ce que j'ai entendu dire, Moira, grande patronne de la société pour laquelle je travaillais était vraiment furax. Comme si son parfum était le seul à pouvoir réussir. Tu parles !

Hailey ricana, néanmoins à la mention du nom de Moira, les autres se renfrognèrent et échangèrent des regards froids. Que se passait-il ? Moira LeGrange avait une réputation redoutable, mais quand même.

Cynthia s'éclaircit la voix.

— Bon, tout le monde. Installez-vous pour que Melle Crewe nous explique ce qui lui arrive.

Les autres s'assirent autour de l'immense table sur le porche, et Hailey prit une profonde inspiration avant de se lancer. Elle leur raconta toute l'histoire, depuis sa rencontre avec Jonathan, deux mois plus tôt, jusqu'au moment où elle avait atterri sur la propriété voisine.

Deux autres arrivèrent et se présentèrent discrètement : un homme avenant à la barbe dorée du nom de Dell, et un autre frère de Tim, Chase, qui se mirent à l'écouter attentivement. Cynthia tapotait des doigts sur la table tandis que Hailey poursuivait son récit. Chase se mit à faire les cent pas et Dell s'éloigna pour aller lire les livres que Joey avait apportés. Dawn et Hunter s'approchèrent, aussi attentifs que les autres. De longs silences s'imposaient chaque fois que Hailey faisait une pause, et elle avait l'étrange sentiment qu'ils communiquaient sans un mot. Leurs petits hochements de tête et gestes correspondaient à ceux que feraient des gens en pleine conversation, pourtant aucune bouche ne bougeait et personne ne prononçait un mot. Keiki, le chat, se promenait sous la table en se frottant contre leurs jambes, ronronnant avec affection.

Quand Hailey eut terminé, Jenna lui adressa un signe de tête sinistre.

— Je me suis déjà enfuie, moi aussi, un jour. Alors, je sais ce que ça fait.

Connor rapprocha Jenna de lui.

— Maintenant, c'est fini, chuchota-t-il en glissant délicatement une mèche de cheveux derrière son oreille.

Cynthia jeta un coup d'œil vers l'endroit où Joey était assis, et un air troublé lui traversa momentanément le visage.

Hailey prit le temps de regarder le reste du groupe. Hunter et Dawn étaient le genre de couple chaleureux et aimant que l'on repérait à des kilomètres. Connor et Jenna aussi. Tim, quant à lui, gardait les yeux rivés au sol, comme s'il était mal à l'aise devant de telles démonstrations d'affection. Dell et Chase semblaient satisfaits d'être célibataires, tandis que Cynthia dégageait une impression de tristesse, comme si quelque chose pesait sur ses épaules. Chacun avait une histoire différente, toutefois il était clair qu'ils formaient une communauté soudée.

Hailey baissa les yeux. Keiki se frottait à ses chevilles, ronronnant pour la réconforter. Elle se pencha pour caresser sa queue tricolore toute douce.

— Malheureusement, vous ne pouvez pas rester ici, déclara Cynthia, plus gentiment que Hailey ne l'aurait cru.

Tous ses espoirs s'écroulèrent, jusqu'à ce qu'elle ajoute :

— Mais je crois savoir où vous pourrez séjourner.

— Où ça ? s'empressa de demander Tim avant que Hailey ne s'autorise le moindre soulagement.

Cynthia regarda Hunter.

— Comment s'appelle cet endroit ? Là où tu as grandi ?

Hunter acquiesça immédiatement.

— Pu'u Pu'eo. Un coin charmant, de l'autre côté de Maui.

Les yeux de Dawn pétillèrent.

— Mais oui ! Pu'u Pu'eo. C'est parfait !

— Pu'u quoi ? demandèrent Connor et Tim en même temps.

— En hawaïen, ça veut dire la colline de la chouette, expliqua Hunter. C'est la maison de ma mère adoptive. J'ai grandi là-bas.

À ces mots, son regard prit un air mélancolique, lointain.

— C'est un endroit génial, ajouta Dawn. À l'écart de la route et totalement hors réseau. Personne, je dis bien *personne*, ne pensera à te chercher là-bas.

— Exactement, reprit Cynthia, donnant à Hailey la nette impression qu'elle s'y connaissait en matière de fuite.

Hailey se triturait nerveusement les doigts. Un *endroit isolé*, c'était clairement ce dont elle avait besoin en ce moment.

— Vous êtes sûrs? Je ne voudrais pas m'imposer, dit-elle avant de se rattraper. Merde. Je me suis déjà imposée. Beaucoup. Auprès de vous tous.

Elle regarda Connor, puis Tim. Depuis le début, il lui avait accordé le bénéfice du doute. En plus, il avait pris un risque en l'amenant auprès de ses amis pour qu'elle demande leur aide. Mais à son regard, elle comprit qu'il le ferait à nouveau.

Elle déglutit. Elle le connaissait à peine, et pourtant elle lui devait tant.

— Ce sera avec plaisir, lui assura Dawn. Croyez-moi. On cherche même une utilité à cet endroit pour que la jungle ne l'engloutisse pas.

Son sourire s'estompa et elle poursuivit d'une voix plus feutrée :

— Et puis, ça nous plaît de partager notre chance. On est passés par là, nous aussi, vous savez. Et on en est sortis plus forts et plus épanouis.

Jenna hocha la tête, refermant les doigts autour de ceux de Connor. Pensait-elle aux terribles circonstances qui l'avaient conduite ici?

— Ce serait parfait, déclara Tim avec prudence. Mais il n'y a pas de protection là-bas. Si quelqu'un réussit à retrouver la trace de Hailey...

Elle fit la grimace. Elle imaginait déjà le tapage médiatique qui s'ensuivrait.

Cynthia se gratta la tête.

— Je ne vois pas comment. Nous, nous ne dirons rien. Mais tu as raison. Il vaudrait mieux ne pas laisser Hailey totalement seule.

Elle regarda autour d'elle.

— Elle aura besoin que quelqu'un reste avec elle, juste au cas où.

Dawn dut percevoir la détresse de Hailey, car elle intervint d'une voix douce :

— Je veux juste que vous soyez bien installée. Comme je l'ai dit, c'est hors de tout réseau. Il faut aller chercher l'eau au ruisseau, utiliser des lanternes au kérosène, tout ça. Oh... vous n'aimez peut-être pas la vie à la dure ?

Hailey rit à gorge déployée. La vie à la dure ? Cela faisait trois ans qu'elle en rêvait. Partir dans les bois, monter sa tente et contempler les étoiles. Mener une vie simple loin des paillettes et du glamour qui l'avaient aspirée.

Elle allait se rattraper. Ce monde l'avait grassement payée, et elle ne l'oublierait jamais. Mais elle était clairement prête à tourner la page.

— Vivre en pleine nature ne me dérange absolument pas, dit-elle alors que des souvenirs de son enfance lui revenaient en mémoire.

Les deux fois où l'électricité avait été coupée chez elle, parce que sa mère ne pouvait pas payer. Cet hiver particulièrement rigoureux où elles avaient dû aller chercher du bois. Les vêtements achetés en friperie et les chaussures élimées.

C'était exactement ce qu'elle avait vécu et elle imaginait à peine les difficultés de sa mère. Pas étonnant que cette femme soit si déterminée à gravir les échelons de la société.

Hailey ferma les yeux. Elle trouverait en elle le pouvoir de lui pardonner. Après tout, sa mère voulait seulement la protéger du genre de vie qu'elles avaient fui.

— Tim pourrait l'accompagner.

Elle rouvrit brusquement les paupières. Un instant. Qu'est-ce que Connor venait de dire ?

Tim avait l'air tout aussi surpris qu'elle.

— Moi ?

— Bien sûr, reprit son aîné avec un sourire en coin. Tu seras parfait.

Hailey croisa son regard. « *Parfait* », c'était bien ça le problème. Ses yeux torrides, ce corps ferme, cette aura de chevalier servant et cette volonté de l'aider.

Le côté mal tourné de son esprit dériva sur toutes les façons dont il pourrait la satisfaire. Elle récupéra son verre et faillit presque rater sa bouche, trop fébrile et complètement excitée à cette idée.

— La maison a besoin de travaux, non ? fit Connor en gratifiant Tim d'une tape dans le dos. Et si on laissait monsieur l'entrepreneur se retrousser les manches ?

— Eh bien, oui, pourquoi pas… murmura ce dernier.

Il n'avait peut-être pas l'air très enthousiaste, toutefois l'éclat dans son regard en disait long.

— Je pourrais aider, intervint rapidement Hailey. C'est le moins que je puisse faire.

— Parfait, conclut Connor. Alors, c'est réglé.

Au moins deux voix bourrues différentes répondirent par un « *affirmatif* » ferme, et en un clin d'œil, tout le monde se mit en mouvement. Une énergie parfaitement contrôlée se dégageait de ce groupe, donnant l'impression d'une unité militaire bien huilée prête à passer à l'action. Tim, Hunter et Connor se rassemblèrent comme le ferait un état-major de l'armée pour élaborer un plan. Dawn et Jody établirent une liste de courses et partirent au supermarché en Land Rover. Jenna applaudit avec enthousiasme avant de lui dire :

— On va vous trouver des vêtements. Je pourrais vous prêter les miens si ça ne vous dérange pas.

Avec un grand sourire, elle ajouta :

— Comme ça, je pourrai dire que j'ai filé des fringues à Hailey Crewe.

Elle gloussa.

— Excusez-moi, reprit-elle. Désolée. Je suis la plus jeune de ma famille. Ça se voit que j'ai un complexe avec les vêtements de seconde main ?

Hailey rit.

— Aucun souci.

— Oh, autre chose, ajouta Cynthia. Il faudrait quand même appeler quelqu'un.

Elle leva une main quand Hailey voulut protester :

— Pour que personne ne pense que tu as été enlevée ou que tu t'es noyée.

Hailey fronça les sourcils, néanmoins Cynthia n'avait pas tort. On lui remit un téléphone, intraçable d'après le groupe, et elle composa nerveusement le numéro de son agent. Heureusement, elle tomba sur le répondeur et se contenta d'un message rapide.

— David ? C'est Hailey. Écoute, je voulais juste te dire que je vais bien. Je prends simplement des vacances. On reste en contact.

Elle raccrocha avec une lourde expiration puis regarda autour d'elle. La foudre ne l'avait pas frappée et elle n'avait pas subi d'invasion de sauterelles. Bien sûr, abandonner son métier ne serait pas aussi facile, mais c'était un bon début. Une vague de soulagement la submergea.

— Tout est prêt ? demanda Cynthia. Bon.

Tout le monde se mit en branle, comme s'ils attendaient cet ordre. Jenna s'éloigna en promettant de revenir rapidement. Joey sortit tout un tas de livres sur les étoiles et les planètes, ainsi qu'un autre sur les dinosaures pour faire bonne mesure et montrer à Hailey ses passages préférés. Ces gens étaient si gentils, si désireux de l'aider, et personne ne lui posait le genre de questions qu'elle n'était pas prête à affronter. *Comment as-tu pu être aussi stupide ? Qu'est-ce que tu as trouvé à ce Jonathan ? Pourquoi ne t'es-tu pas enfuie plus tôt ?*

C'était comme un tourbillon autour d'elle qui ne lui laissait pas le temps de réfléchir jusqu'à ce que toutes ces forces entrent en collision et qu'elle se retrouve poussée dans un véhicule. C'était un pick-up blanc cabossé, avec des sacs de courses empilés dans le coffre, des bagages pleins de vêtements sur la banquette arrière et une bouteille d'eau fraîche dans le porte-gobelet. Ils avaient pensé à tout, apparemment. Hailey se retrouva sur le siège passager tandis que Tim prenait le volant. Tous deux claquèrent leurs portières, puis se regardèrent.

Le silence retomba dans l'habitacle et elle déglutit. Tim aussi.

— C'est parti.

Dawn les salua depuis dehors.

— Prenez bien soin de cette maison.

Hailey cligna des yeux à plusieurs reprises. C'était donc bien réel ? Elle avait trouvé un endroit où se cacher, avec son garde du corps personnel. Un soldat bien bâti, quoiqu'un peu taciturne, avec des avant-bras volumineux et un large torse.

Elle glissa un coup d'œil vers Tim. Quand il fronçait les sourcils, il était carrément terrifiant, mais quand il souriait, on aurait dit que les nuages se dissipaient après une longue période de pluie. Pour le moment, il était pensif, et qui pourrait lui reprocher d'avoir des doutes ?

Quand il la regarda, cependant, ses yeux brillèrent et elle retrouva ce sentiment : la certitude inexplicable que tout irait bien, et qu'à partir de maintenant, advienne que pourrait.

Elle déglutit péniblement. Elle avait fait confiance à sa mère. Elle avait même fait confiance à Jonathan, au début. Alors, pouvait-elle vraiment se fier au réconfort que lui inspirait Tim ?

C'est temporaire, essaya-t-elle de se rappeler.

— Tout va bien ? murmura-t-il alors que le pick-up dévalait le chemin en terre battue.

Hailey se mordit la lèvre. Eh bien, elle le découvrirait bien assez tôt.

— Ça va.

Enfin, je pense.

Chapitre 6

Le trajet jusqu'à Pu'u Pu'eo dura environ une heure, et à la seconde où Timber se gara devant le petit cottage, Hailey soupira.

— C'est très mignon.

Effectivement, il ne pouvait qu'être d'accord : il s'agissait d'un de ces modestes cottages sur une immense propriété, cachée dans une forêt luxuriante. Hunter n'avait pas plaisanté quand il lui avait dit que celui-ci se trouvait hors des sentiers battus.

— C'est parfait, acquiesça-t-il en franchissant le portail ouvert.

La porte d'entrée était ouverte et ils sillonnèrent la maison, partant en exploration.

Un grand salon occupait l'avant avec une large baie vitrée et un canapé usé, mais accueillant. Un long comptoir sur le côté faisait office de cuisine, avec une gazinière, un réfrigérateur et quelques placards. Un couloir étroit traversait la maison, menant à deux pièces carrées sur la gauche et une chambre plus longue et étriquée sur la droite.

« Notre mère adoptive, Georgia Mae, dormait dans la chambre près de l'entrée », lui avait dit Hunter. « Ella avait celle au fond et *Kai et moi partagions la dernière. Ce n'était pas grand-chose, mais c'était chez nous. »*

Un foyer qui avait été chéri, Tim le voyait bien, même une nouvelle couche de peinture était grandement nécessaire. Les toilettes étaient dehors, à l'arrière, et pour se doucher, il fallait aller au ruisseau, cependant ça ne semblait pas du tout déranger Hailey. Elle prit la chambre du fond, celle avec les grandes fenêtres à volets qui donnaient sur une étendue de jungle parsemée de fleurs géantes rouges. Il prit celle de droite.

Le temps de balayer les deux pièces, de faire les lits avec des draps propres et d'engloutir les sandwiches que Dawn leur avait préparés, le soleil s'était couché depuis un moment.

— Bon, ben je pense que je vais aller me coucher, annonça Hailey en se forçant à sourire. Ça fait des années que je ne me suis pas couchée aussi tôt.

— Vous... Tu es sûre que tu ne veux pas appeler quelqu'un d'autre ?

— Non, merci.

Le faux sourire qu'elle lui lança avant de s'en aller le tuait. N'avait-elle donc personne sur qui compter ?

Elle peut compter sur moi, dit son ours.

Il la regarda partir. Si c'était lui qui avait été dans le pétrin, il aurait pu appeler ses frères ou Dell et ils auraient accouru. Mais Hailey...

— Je vais aller me coucher aussi, alors, murmura-t-il, ne sachant pas quoi dire d'autre.

Alors qu'elle partait pour se préparer à aller au lit, il se tint à l'écart et réfléchit à toute cette histoire. Aux circonstances folles qui les avaient réunis. La fuite. La peur. Et surtout, cette confiance que lui avait accordée Hailey.

Sacrée journée.

C'est le destin, chuchota son ours. *Qu'est-ce que ça peut être d'autre ?*

Une fois qu'elle fut couchée, il se prépara également à aller dormir, passant une bonne minute à frotter son épaule gauche contre le cadre de la porte de sa chambre, une habitude instinctive de l'ours pour marquer son territoire. Il faillit aller faire de même avec la porte de Hailey avant de se reprendre.

Tu veux bien arrêter, oui ? s'agaça-t-il en réprimandant son animal. *Elle n'est pas à nous. C'est une humaine. Elle ne sait même pas ce que nous sommes.*

Pas encore, dit son ours. *Mais un jour peut-être...*

« *Un jour* » ne s'accordait pas avec la notion de temporaire, et pourtant, cette idée occupa ses pensées alors qu'il fixait le plafond une fois au lit. La porte de la chambre de Hailey était ouverte, tout comme la sienne, et il resta longtemps sur le qui-vive, dans l'attente d'un bruit. Souhaitant qu'elle soit plus près, espérant qu'elle allait bien, se posant des questions sur le destin.

Tim tapota des doigts d'un air pensif. Son frère Connor avait récemment trouvé son âme sœur. Est-ce que le fait de penser à elle lui donnait des papillons dans le ventre et lui gonflait la poitrine ? Avait-il soupçonné qu'elle était son âme sœur dès le départ, comme lui suspectait actuellement qu'Hailey était la sienne ?

Moi, je ne suspecte rien du tout, gronda son ours. *Je sais.*

Il n'avait jamais voulu d'une âme sœur. Ça ne faisait aucun sens. Il avait déjà tout le soutien nécessaire de la part de ses frères et de son ami Dell. Pourquoi se compliquer la vie avec tous les compromis et émotions qui accompagnaient une âme sœur ?

Soudain, sorti de nulle part, un sentiment de vide se logea dans ses tripes et ne voulut plus le quitter. Un vide qu'il n'avait encore jamais ressenti auparavant. Comme si quelqu'un l'avait fait passer de « *Je suis parfaitement bien tout seul* » à « *J'ai terriblement envie d'avoir une âme sœur avec qui partager ma vie* ».

Ce qui était dangereux, et même très dangereux, car souvent, le destin avait tendance à pousser le côté animal d'un métamorphe à se rebeller contre la partie humaine et plus rationnelle de son cerveau.

Quand il s'endormit enfin, cette notion de « *un jour* » imprégna ses rêves. Des rêves agréables, bien loin des rêves habituels, crus et nerveux dans lesquels il dressait de longues listes de choses à faire, des plans d'urgence et des inventaires d'équipement.

Là, au contraire, ils furent doux, lents et un peu flous, mais tous plaisants. Il se balançait sous le porche avec Hailey ou marchait pieds nus sur la pelouse. Durant un autre, il allait au bout de ce presque-baiser qu'ils avaient failli échanger dans le centre commercial. Les lèvres de Haily étaient douces et pleines sous les siennes alors qu'elle posait fermement les mains sur sa taille. Et quand elle ouvrit les yeux pour le regarder avec émerveillement, elle eut l'air de dire : *Waouh. Je crois que tu es mon âme sœur.*

Ce qui était idiot bien sûr, les humains ignoraient tout des âmes sœurs prédestinées. En plus, Hailey venait d'échapper à un homme qui lui avait offert l'éternité. Pourquoi voudrait-elle d'un autre homme qui lui proposerait exactement la même chose ?

Lorsqu'il se réveilla, à l'aube, son nez tressaillit et son esprit encore groggy réalisa à nouveau où il se trouvait. Soudain, tout lui revint en mémoire et il se redressa rapidement, reniflant l'air avec inquiétude. Cependant l'odeur qui lui chatouillait les narines n'annonçait pas un problème ; il s'agissait de l'arôme riche du café fraîchement moulu, accompagné d'un son grave et mélodieux. Lorsqu'il entra dans la pièce principale, Hailey était devant la cuisinière, fredonnant doucement. La chemise de nuit orange qu'elle portait, que Jenna avait dû lui prêter, lui retombait juste au-dessus de ses genoux.

La veille, il avait simplement remarqué ses yeux. Et maintenant, son regard se posait sur ses longues et fines jambes. Ses hanches se balançaient sur les côtés, faisant bouger ses cheveux brillants. Il aurait pu la regarder éternellement si elle ne s'était pas retournée en lui souriant.

— Bonjour, murmura-t-elle.

— Bonjour, dit-il en grondant, comme quand son ours voulait être entendu.

— J'espère que ça ne te dérange pas, dit-elle en désignant les provisions qu'elle avait déposées sur le comptoir.

Il secoua la tête.

— Hunter nous a dit de faire comme chez nous.

Il s'approcha et respira l'arôme divin du café frais mélangé au parfum de chèvrefeuille de Hailey.

— Waouh. Ça sent super bon.

Elle tourna le moulin à café quelques fois de plus, intensifiant l'arôme. C'était un moulin à l'ancienne et elle ouvrit le petit tiroir du bas, dévoilant le marc encore frais.

— J'espère que tu sais comment te servir de cette gazinière, gloussa-t-elle. Je n'ai pas réussi à l'allumer.

Il s'avança pour lui faire une démonstration, tirant une allumette de la grosse boîte sur l'étagère du haut.

— Tu tournes le bouton dans ce sens puis tu le maintiens enfoncé.

Le poêle commença à cliqueter et il approcha l'allumette. Un bruit d'air pulsé et *pouf!* La flamme se mit à tournoyer autour du brûleur. Quand il retira l'allumette, il réalisa qu'Hailey était assez proche pour que l'un d'entre eux puisse souffler dessus et l'éteindre. Et, *pouf!* Une deuxième série de flammes sembla parcourir ses veines de la même manière. L'instinct titillait son âme, pointant vers Hailey, et il eut l'impression de se réveiller une deuxième fois, comme le long grognement d'une bête qui sortait de sa tanière après l'hiver.

Âme sœur, murmura son ours. *C'est notre âme sœur.*

Il ferma les yeux, n'osant pas bouger de peur de troubler ce rare moment de paix absolu. Le genre qu'il n'avait jamais ressenti au cours de ses dix années dans l'armée ni avec personne d'autre qui ait pu s'approcher aussi près de lui.

Pourtant Hailey ne l'oppressait pas ; avec elle, il se sentait vivant et libre. Il s'éloigna de la gazinière, plus lentement qu'elle, et ils finirent par se faire face. Les yeux de Hailey brillèrent et il retint son souffle. Il mourait d'envie de prendre son visage dans ses mains. Ou mieux encore, de conclure ce pré-baiser.

Il avait l'impression que ça n'aurait pas dérangé la jeune femme et faillit céder. Soudain, il reprit brusquement ses esprits et s'écarta. Foutu ours qui lui faisait faire des bêtises.

— C'est tout bon, dit-il un peu trop vite.

Hailey se mordit la lèvre et détourna les yeux, puis se força à sourire rapidement.

— Bon, donnez-moi du travail, sergent. Comme je l'ai dit, je veux gagner ma croûte.

Il regarda autour de lui.

— Et le petit-déjeuner ?

Elle brandit un morceau de toast sec et il le fixa du regard. Pas étonnant qu'elle soit si mince. Trop mince, même.

Il la convainquit alors de prendre une deuxième tartine avec du beurre et de la confiture. Elle la mangea les yeux fermés avec un air béat qui satisfaisait un peu trop son ours, plus encore que sa propre tartine de miel. Mais dès l'instant où

Hailey eut terminé, elle se releva d'un bond et regarda autour d'elle.

— OK, bon… Par quoi on commence ?

La réponse était facile, car cette question avait envahi son esprit une bonne partie de la nuit, et il avait tout un plan en tête.

— On s'occupe d'abord de la maison. Ensuite, de la citerne, pour ne pas devoir tout le temps transporter de l'eau.

Hailey acquiesça et se mit en mouvement en un instant, frottant les fenêtres et les sols et aérant toutes les tapisseries au soleil. Elle ne plaisantait pas quand elle disait vouloir gagner sa croûte. Pendant ce temps, Tim rampait sous la maison, taraudant les piliers de fondation, vérifiant les poutres transversales, établissant une liste de priorités et un calendrier pour tout ce qui devait être réparé.

À un moment donné, il se mit à reculer en observant la ligne de toit, s'assurant qu'elle soit bien droite. Hailey devait être concentrée sur son travail, car elle était elle aussi sur la pelouse, et ils se rentrèrent dedans.

— Pardon.

Il se retourna, les mains en l'air, car ce choc, fesses contre fesses, n'était pas prévu.

Mais c'était agréable, cependant, sourit son ours.

Hailey pivota tout aussi rapidement et rosit de façon adorable.

— C'est ma faute.

Et pendant un moment, ils restèrent plantés là, se perdant dans le regard l'un de l'autre, sans voix. Souriant. Rêvassant, presque.

Soudain, Tim sortit de sa torpeur et recula, balbutiant quelque chose à propos des tuiles.

Arrête ça !

Qui ? Moi ? dit son ours d'un air faussement innocent.

Pfff. La bête avait le don de l'orienter subtilement vers Hailey dès qu'elle le pouvait.

Ce n'est pas moi, soupira son ours d'un air rêveur.

Son grand méchant ours intérieur, qui s'était autrefois déclaré immunisé contre tout et n'importe quoi, était en train de fondre, la tête dans les nuages.

Je te jure que ce n'est pas moi, insista la bête. *C'est le destin.*

Et peut-être qu'il avait raison, car dès qu'Hailey était dans les parages, il n'arrivait même plus à réfléchir.

Hailey s'empressa de partir, encore toute rouge. Une teinte que ses joues à lui devaient également refléter, car il sentit qu'elles s'échauffaient. Il dut donner beaucoup de coups de pied au sol et cligner plusieurs fois des yeux pour se ressaisir.

Toute la journée se déroula ainsi, comme des montagnes russes ; un coup tout était agréable, et le suivant tout était gênant.

Ils se heurtèrent à nouveau deux fois dans la cour et une fois en entrant dans la maison. Hailey s'avança en même temps que lui et ils faillirent s'emmêler dans l'embrasure de la porte. Chaque fois, leurs regards se croisaient et Tim mourait d'envie de rester près d'elle. Pourtant, chaque fois, il reprenait ses esprits et s'éloignait.

Foutu ours !

La bête se rebellait subtilement, sournoisement, faisant de son mieux pour lui faire baisser sa garde face à cette attirance brûlante qu'il éprouvait.

Il marmonna dans sa barbe, essayant de se remémorer la tâche qu'il devait exécuter ensuite. Mais sa liste mentale, qui avait toujours été claire et ordonnée dans son esprit, s'était totalement effacée. Il lui fallut errer pendant cinq minutes pour se rappeler ce qu'il devait faire. À savoir, nettoyer les gouttières bouchées. Cela lui prit une bonne partie de l'après-midi, mais l'avantage, ce fut que ça lui permit d'observer les allées et venues de Hailey. Elle semblait se délecter de tout ce travail, fredonnant en portant un seau dans chaque main. Ses cheveux étaient relevés en une queue de cheval négligée et elle avait enfilé des vêtements de sport et la casquette rose *Aloha* qu'ils avaient achetée au centre commercial.

Une petite chouette effraie s'était perchée sur une branche voisine et hululait d'appréciation.

Et ouais, cette fille, c'est quelque chose, hein ? eut envie de dire Tim.

— Ne parais pas si surpris, le réprimanda Hailey, s'arrêtant assez longtemps pour lever les yeux vers lui. Pas question de jouer les princesses. Je sais ce que c'est que le vrai travail.

Oups. Pris en flagrant délit.

— Je n'en doute pas, répondit-il en lui arrachant un petit sourire.

À part un déjeuner sur le pouce, ils continuèrent tous les deux à travailler jusqu'à ce que le soleil se couche, marquant la fin de l'une des journées les plus calmes et les plus agréables que Tim ait connues depuis très, très longtemps.

— Je vais préparer le dîner. Tu peux aller te laver, lui dit-il en désignant le ruisseau.

Il eut du mal à détacher son regard d'elle lorsqu'elle traversa le jardin avec du gel douche dans une main et une serviette dans l'autre. Elle tourna la tête en marchant, observant la végétation épaisse. La chouette hulula à nouveau et Tim faillit lui répondre.

Oui, moi aussi je la trouve incroyable.

La chouette n'était pas une métamorphe, seulement une amie de la mère adoptive de Hunter qui gardait toujours un œil sur les lieux. Tim se remit à cuisiner avant que l'oiseau ne le surprenne à regarder Hailey de trop près.

L'animal gloussa et s'envola, lui faisant comprendre qu'il était trop tard pour ça.

Tim prépara des lasagnes, l'un des trois plats qu'il savait faire sans se planter, et pendant qu'il partit se laver, Hailey prépara du pain à l'ail et mit la table pour deux sous le porche. Elle avait même trouvé une bougie pour l'ambiance et dès qu'il la repéra, Hailey rougit.

— Sympa, dit-il, la faisant rougir un peu plus.

Cynthia, la métamorphe dragon qui dirigeait la plantation, était une grande adepte des bougies et des jolies serviettes, et il n'en avait jamais compris l'intérêt. Il était du genre pragmatique, sans fioritures, et s'il avait été avec l'un de ses frères, disons Chase, le métamorphe loup le plus silencieux au monde, ils se seraient assis, auraient mangé sans rien dire et auraient été parfaitement heureux. À quoi bon mettre des bougies ? Désormais, il comprenait. Une bougie apportait une lueur chaude et familière, créant un espace pour deux dans l'immensité de la forêt environnante. Un espace agréable, douillet et intime.

Tu n'es clairement pas avec Chase ici, gloussa son ours.

Les cheveux de Hailey étaient brillants après son bain et sa peau rayonnait presque sous la lueur des flammes.

— Tu veux du pain à l'ail ? lui demanda-t-elle en lui tendant le panier.

Ses ongles étaient abîmés et elle avait travaillé dur toute la journée. Pourtant elle semblait apaisée, comme lui. Il en piocha un morceau et après quelques bouchées, s'arrêta et ferma les yeux. Il avait été en mouvement si longtemps que les regards occasionnels vers le soleil couchant ou les plongeons dans l'eau eux lui avaient semblé être des temps de pause suffisants. Mais maintenant il sentait en lui quelque chose qui se détendait. Une paix autour de lui qui s'infiltrait jusque dans son âme.

Son ours adorait ça aussi. L'espace. Les arbres. Le ruisseau qui coulait.

Être en bonne compagnie, ajouta la bête, à moitié enivrée par l'odeur de Hailey.

— C'était tellement bon, soupira Hailey, terminant la petite portion qu'elle s'était octroyée.

— C'est tout ce que tu prends ?

Son regard se posa sur le reste de lasagnes avant de se détourner.

— C'est largement suffisant.

Il avait pris d'énormes bouchées, alors qu'elle n'avait fait que grignoter. Il doutait que ce soit à cause de sa nervosité... pas après le nombre de calories qu'elle avait dû brûler aujourd'hui. Il poussa donc le plat à gratin vers elle en hochant la tête.

— Vas-y.

Elle pinça les lèvres et ferma les yeux, luttant clairement contre la tentation.

Il s'esclaffa.

— Je ne suis pas en train de te vendre de la drogue, tu sais ! C'est juste de la nourriture. Tu sais ce que c'est, la nourriture ?

Elle gloussa.

— Non, pas dans mon milieu.

Il fronça les sourcils. Qu'est-ce que ça faisait de s'affamer pour obtenir un nouveau contrat ? Est-ce que son manager, ou pire, sa mère, regardait par-dessus son épaule en comptant chaque calorie ?

— Eh bien désormais, si, dit-il en désignant le jardin tout propre et la maison nettoyée et arranger. Pour ton nouveau métier, du moins.

Elle gloussa et finit par céder, le laissant remplir son assiette d'une deuxième portion. Elle prit immédiatement une bouchée et il dut se retenir de sourire.

— Ça doit être assez différent du mannequinat, marmonna-t-il entre deux bouchées de pain à l'ail.

Elle grimaça.

— Oui, c'est assez différent. Mais ici c'est le grand luxe comparé à la maison dans laquelle j'ai grandi, dit-elle en parcourant du regard les planches usées et la peinture écaillée avant de plaquer la main sur sa bouche. Pardon, sans vouloir t'offenser. Ce cottage est super et j'aime t'aider à faire ressortir son caractère.

Il sentit sa poitrine se réchauffer. Lui aussi adorait ça. Réparer de vieux endroits, les faire revenir à la vie. Voire même les améliorer.

— Où as-tu grandi ?

Elle sourit.

— Dans le Montana. Ma mère travaillait dans un restaurant à Fort Benton et mon père dans la sylviculture, expliqua-t-elle alors que son visage s'illuminait avant de s'assombrir.

Tim n'osa pas lui en demander la raison.

— Dès que j'ai été assez grande, j'ai aidé au restaurant. J'ai commencé à préparer les tables. Tu sais... mettre les couverts, remplir les verres d'eau. Ma mère travaillait en cuisine.

Son regard lui parut lointain et elle prit un ton étrange qu'il ne sut pas interpréter.

Il pouvait très bien l'imaginer mener ce style de vie. *Mannequin*, en revanche, pas vraiment. Jenna lui avait rapidement montré une publicité dans un magazine et il avait à peine reconnu Hailey. La femme sur la photo paraissait tellement... maquillée. Tellement différente. Ils avaient enlevé ses taches de rousseur par ordinateur, ce qui lui avait vraiment déplu, et avaient coiffé ses cheveux dans tous les sens. Elle ne ressemblait en rien à la femme dynamique, bien que pensive, qui se trouvait en face de lui.

Hailey prit une grande inspiration et croisa son regard.

— Tu n'imagines pas à quel point j'apprécie...

Il l'interrompit en agitant la main.

— Je ferais peut-être mieux de recruter des mariées en fuite plus souvent. La maison est nickel.

Elle lui fit un grand sourire.

— Ça fait du bien de faire un vrai travail pour une fois. De me salir les mains, tu vois...

Pendant un instant, elle sembla s'inquiéter qu'il ne comprenne pas ce qu'elle voulait dire, cependant il lui sourit simplement. Le connard qu'elle avait fui ne savait peut-être pas ce qu'était le travail manuel, mais lui oui.

— Oh oui, je vois très bien. Crois-moi, je sais.

Ils se sourirent quelques secondes, et le sien ne s'effaça que lorsqu'il ressentit à nouveau cette douleur dans sa poitrine. Comme si la porte rouillée d'un compartiment secret s'ouvrait lentement, prête à la laisser entrer. Une porte qu'il n'était pas sûr de vouloir ouvrir, car il y avait certainement toute sorte de sentiments interdits à l'intérieur.

— Oh, regarde !

Hailey montra du doigt un insecte qui brillait dans le jardin. Un autre le rejoignit et entre ça et les cris d'oiseaux provenant de la forêt environnante, son sentiment de sérénité s'accentua. Une sérénité encore plus intense qu'à Koaeka, un endroit qu'il avait fini par aimer.

Ce n'est pas le lieu qui compte, dit son ours. *C'est la personne. C'est elle.*

— C'est tellement paisible, murmura Hailey.

Ils n'échangèrent pas beaucoup de mots durant la demi-heure qui suivit, pourtant ça ne fut pas gênant. C'était simplement agréable. Ils observèrent la jungle s'assombrir, la journée se terminer. Même faire la vaisselle ne semblait pas être une corvée, pas quand il la faisait avec elle. Et enfin, lorsque la nuit noire d'encre tomba et que les grillons se mirent à chanter à tue-tête, ils allèrent se coucher.

— Bonne nuit, lui dit doucement Hailey, s'arrêtant devant la porte de sa chambre pour se tourner vers lui.

— Bonne nuit, chuchota-t-il.

Les grillons venaient-ils vraiment de chanter plus fort à ce moment-là, ou était-ce simplement son imagination ? Les étoiles avaient-elles réussi à se faufiler dans ses yeux pour les faire briller si intensément ? Et cette sensation de chaleur et de bonheur dans ses tripes… c'était seulement les lasagnes qui l'avaient bien rassasié, non ?

Il se racla la gorge et hocha rapidement la tête avant de rejoindre l'obscurité de sa chambre.

— Bonne nuit.

<h1 style="text-align:center">Chapitre 7</h1>

Les jours suivants se déroulèrent de la même manière : des heures de travail ponctuées de moments de pur bonheur quand Hailey n'était pas loin. Elle préparait le café avec un arôme différent chaque jour, devançant toujours Tim en cuisine, et ce dernier se réveillait lentement, essayant de distinguer lequel il s'agissait chaque fois.

— Une pointe de cannelle, lui dit-elle le deuxième jour en lui tendant une tasse.

Les autres fois, elle mit une touche de crème, un peu de sirop d'érable et sa version préférée : une goutte de miel. Chaque gorgée glissait dans sa gorge tel un élixir et il finissait toujours par se lécher les babines comme un ours devant un pot de miel.

— Alors, par quoi on commence aujourd'hui ? demandait toujours Hailey après leur petit-déjeuner.

Ce qui dans son cas, était une tartine avec de la confiture *et* du beurre, et ça, c'était un sacré progrès.

Elle adorait se creuser la tête et travailler, comme lui, cependant il faisait pénitence pour toutes ces années passées en tant qu'ingénieur militaire : il avait plus démoli que construit. Que cherchait-elle à compenser exactement ?

La grosse mission du deuxième jour avait été de vider la citerne qui collectait l'eau du toit, et ce n'était pas une mince affaire. Il se tenait debout dans la citerne de ciment qui lui arrivait aux épaules, pelletant la boue du fond dans des seaux qu'il remettait à Hailey, qui les vidait de son côté dans une brouette. Une fois celle-ci pleine, il la descendait jusqu'au tas de compost dans les bois. S'il n'agissait pas assez rapidement, Hailey partait avec la brouette, affirmant qu'elle pouvait s'en occuper. Quand elle revenait, elle était toute transpirante et son visage était couvert de saleté, néanmoins son sourire était encore plus large et son visage plus frais qu'avant.

Ce qui poussa Tim à se poser à nouveau la même question : quel besoin ardent le travail satisfaisait-il pour elle ? Quelque chose lui avait-il manqué auparavant ?

— Comment ça se fait que tu sois passé de serveuse à mannequin ? lui demanda-t-il alors qu'ils travaillaient.

Elle fronça les sourcils, comme si ce n'était pas son meilleur souvenir.

— Après le lycée, j'ai commencé à travailler à plein temps, espérant économiser pour l'université. J'avais un plan et tout, dit-elle avec un sourire mélancolique. J'avais calculé combien je devais mettre de côté pour pouvoir faire des études à côté. Mais un soir, des clients qui n'étaient pas du coin sont venus et l'un des mecs n'arrêtait pas de me regarder. Mais *vraiment*. Ça m'a fait flipper à l'époque. La femme avec qui il était m'a appelée et m'a demandé si j'avais déjà fait du mannequinat. J'ai failli les envoyer promener, pour être honnête.

Elle eut un petit rire.

— Ils sont restés jusqu'à la fermeture et ont parlé à ma mère. Une chose en a entraîné une autre et puis...

Elle agita la main.

— Finalement, on a fini par quitter le restaurant et le Montana, expliqua-t-elle en prenant un ton de plus en plus triste. On a emménagé à Los Angeles et... voilà. C'est comme ça que ça s'est passé.

Il la regarda par-dessus le bord de la citerne. Elle n'avait pas vraiment l'air enthousiaste.

— C'est comment, alors ?

— Le mannequinat ? ricana-t-elle. Tu passes beaucoup de temps à attendre que la lumière soit parfaite ou que les accessoires arrivent. Ce sont des centaines de photos, encore et encore, jusqu'à en oublier le produit que tu représentes. Dieu merci, j'avais ma mère pour me tenir à l'écart de... disons, des mauvaises influences ?

Pour la première fois, Tim trouva une raison de vouloir serrer la mère de Hailey dans ses bras plutôt que de l'étrangler.

Soudain, Hailey soupira et fit un signe vers les pieds de Tim.

— On ferait mieux de s'activer, monsieur. On a beaucoup de boulot.

La citerne leur prit toute la journée et il en fut de même pour les petits travaux autour de la maison. Très rapidement, ils établirent une routine agréable. Chaque journée commençait par une tasse de l'incroyable café de Hailey, et Tim avait même pris l'habitude de rester couché pendant quelques minutes, les yeux fermés, savourant l'odeur. Cela faisait des années qu'il ne s'était pas prélassé dans son lit et Dieu seul savait que les mecs se moqueraient de lui s'ils l'apprenaient.

Hailey et lui étaient de plus en plus à l'aise l'un avec l'autre, parfois même trop, oubliant facilement que leur arrangement était « *temporaire* ». Une fois, il était arrivé derrière elle pendant qu'elle préparait le café et avait posé ses bras sur le comptoir, de chaque côté d'elle, sans réfléchir. Elle s'était immédiatement mise à fredonner comme si sa présence faisait partie intégrante d'une matinée parfaite pour elle. Quant à lui, il s'était tellement enivré de son parfum qu'il avait failli déposer un baiser dans son cou.

Un baiser, avait murmuré son ours. *Bonne idée.*

Il s'était écarté juste à temps.

Hailey se retourna dans ses bras et ne fut pas du tout surprise de le trouver si proche. À vrai dire, elle baissa même les yeux vers ses lèvres, et il se demanda si elle aussi s'imaginait un baiser. Sa peau frissonna comme lorsqu'il se transformait en ours. Son cœur battit plus fort, et il aurait pu jurer que celui de Hailey faisait de même.

— Tu sens ça ? murmura-t-elle.

Si elle parlait de cette sensation, comme si deux plaques tectoniques glissaient l'une à côté de l'autre, s'alignant comme un coup du destin, alors oui.

— Oui.

Ses yeux parcoururent son corps de haut en bas, le réchauffant au fur et à mesure qu'ils bougeaient.

— Je n'ai jamais ressenti ça auparavant, dit-elle comme si elle venait tout juste d'expérimenter son premier tremblement de terre.

Mais ce n'était pas un tremblement de terre, et il le savait. C'était le destin. La question, c'était de savoir ce qu'il devait faire. Fallait-il laisser le destin agir à son rythme ou saisir sa chance dès qu'on le pouvait ?

— Moi non plus, répondit-il.

Tout à coup, une odeur de brûlé se répandit dans l'air et Hailey agita les mains.

— Oups ! Je n'ai pas intérêt à brûler ma tartine cette fois-ci, murmura-t-elle.

Et cela mit fin à cet instant particulier.

Sauf que ce n'était pas vraiment la fin. Le travail, le café divin et Hailey se combinaient de façon magique pour ouvrir toutes sortes de portes cachées dans son âme, et Tim réalisa qu'il riait, pensait et rêvait de plus en plus. Il *ressentait* également plus de choses, car cela faisait un moment qu'il avait enfoui ses émotions. Il avait enfoui tout espoir aussi, mais désormais, tout remontait en lui.

Peut-être qu'Hailey et lui pourraient passer plus de temps ensemble. Peut-être pourraient-ils réparer sa maison à Koakea. Peut-être même, en faire *leur* maison et non plus seulement la sienne, car tout était mieux quand Hailey était là. Cette façon qu'elle avait parfois de regarder au loin d'un air nostalgique le rendait pensif et le faisait réfléchir à ce fameux « *un jour* ». Sa manière de savourer chaque bouchée lui donnait envie de ralentir et de faire de même. Et quand elle s'arrêtait pour regarder la maison, il faisait pareil. Le cottage avançait à pas de géant et il ne pouvait s'empêcher d'imaginer sa maison à Koakea s'améliorer de la sorte. Il imagina même un vase avec des fleurs sur son patio et des bougies sur la table, ce qui prouvait *vraiment* qu'il était parti loin dans ses pensées.

Ça, et le fait qu'il avait commencé à mémoriser une centaine de petits détails sur Hailey et avait hâte d'en accumuler d'autres.

Avait-elle grandi avec des animaux de compagnie ?

— Même pas en rêve, pouffa-t-elle. Ma mère est allergique aux animaux. Elle ne peut pas être dans la même pièce qu'eux.

Des frères et sœurs ?

— Je suis fille unique, soupira-t-elle.

Ses passe-temps préférés ?

Elle leva les mains en adoptant une posture de combat.

— Fais gaffe. Je fais du kickboxing. Tu sais ce que ça veut dire ?

— Quoi ? Waouh !

Il se baissa quand elle lui fit une démonstration.

— Je sais vraiment bien frapper en l'air. Et asséner des coups de poing aussi.

Elle plaisantait, malgré tout elle était véritablement douée. Malgré tout, il ne supportait pas l'idée qu'un professeur musclé lui donne des cours privés, la guidant dans chacun de ses mouvements. Il n'avait néanmoins pas besoin d'entretenir cette image.

— Je ferai attention à ne pas te mettre en colère alors.

Il se força à se remettre au travail.

Finalement, une autre belle journée se termina et ils s'attardèrent sur le porche un long moment après le dîner. Il rapprocha son tabouret du rocking-chair de Hailey ce soir-là de sorte que leurs pieds se touchent. Elle le regarda, sourit et...

La chouette hulula à ce moment-là et il jeta un regard noir vers l'obscurité. C'était toujours une bonne chose d'avoir quelques sentinelles supplémentaires. Mais des chaperons, non merci.

D'un autre côté, il ne pouvait pas nier que la réalité se trouvait juste là, derrière ce rideau de végétation qui encerclait la maison. Alors, quand Hailey insista pour faire la vaisselle, il s'avança juste assez loin sur la route pour avoir du réseau sur son téléphone. Il le vérifiait de moins en moins souvent, ne cherchant pas vraiment cette connexion avec le monde extérieur. Quoi qu'il en soit, Hunter et Connor avaient discrètement enquêté sur l'affaire qui concernait Hailey. Et plus ils en apprenaient, plus Tim avait raison de penser qu'elle avait bien fait de fuir et qu'elle n'était pas folle. Un message de son frère lui confirma.

Connor : Jonathan Owen-Clarke. Un vrai connard, si tu veux mon avis.

Tim s'en était douté et il ne pouvait pas s'empêcher de se demander ce qu'une gentille fille comme Hailey faisait avec un type pareil. Mais quand il y réfléchissait, c'était logique. Elle était une jeune femme qui s'était lancée dans une carrière intense et solitaire, avec une mère surprotectrice. Et puis, Jonathan était arrivé et avait probablement d'abord dû jouer le rôle du mec gentil. Assez pour obtenir quelques rencards, supposa-t-il.

Connor : Jonathan Owen-Clarke vient d'un milieu très riche. De l'argent du pétrole californien qui remonte à plusieurs générations. Le père est Richard Owen-Clarke... le mec qui s'est présenté comme gouverneur. Le grand frère se prépare à siéger au Sénat, et j'imagine que Jonathan n'en est pas loin non plus. Le ranch qu'il a acheté dans le Montana est sa résidence actuelle. Alors, qui sait ce qu'il a en tête ?

Tim n'aimait pas ça du tout, cependant ce n'était pas vraiment un motif d'enquête criminelle. Certes, Jonathan était un connard. Certes, Hailey avait commis une erreur. Et alors ? Elle avait fait preuve de courage et s'était montrée intelligente en quittant cet imbécile.

Connor : En revanche, il est beaucoup plus difficile de trouver quoi que ce soit sur Lamar Dennison, son chef de la sécurité. On sait qu'il a travaillé pour Owen Clark pendant deux ans, mais avant ça, il n'y a aucune trace de lui en ligne. J'imagine que c'est un nom d'emprunt. On enquête toujours. En attendant, ne bougez pas de là où vous êtes. Les journaux et les gens parlent tous de cette histoire. Hailey avait raison quand elle disait de faire profil bas pendant un moment.

Tim était sur le point de verrouiller son téléphone quand il reçut un dernier message.

PS : Elle a bien fait de larguer ce salopard. Prends bien soin d'elle.

Il jeta un regard noir à son téléphone. Oh oui, il s'occuperait bien d'elle.

— Tu as des nouvelles ? lui demanda Hailey quand il entra dans la maison.

Il éteignit son portable, ne souhaitant pas lui mentir ni l'alarmer non plus.

— Pas vraiment. Toute la presse en parle donc on va encore rester ici trois ou quatre jours.

Elle haussa un sourcil d'un air taquin.

— Tu n'as pas tout parfaitement planifié ?

Il sourit.

— Disons que c'est approximatif.

Elle lui rendit son sourire, puis prit un air plus sérieux.

— Moi ça me va, mais toi ?

Il leva les yeux vers elle. Évidemment que ça lui allait aussi. Ces derniers jours avaient été… différents. Spéciaux. Importants, même.

— Je veux dire, j'imagine que tu as du travail. Tu es à ton compte, c'est ça ?

Il sourit. Sa vie n'était que chaos, pourtant elle avait retenu ce détail le concernant. C'était marrant comme l'urgence qu'il avait éprouvée à vouloir créer son entreprise s'était estompée, même s'il la planifiait depuis des mois. Obtenir un prêt, évaluer le matériel, étudier les meilleurs moyens pour faire de la publicité… Tout cela selon un calendrier détaillé qu'il avait établi. Il avait même été jusqu'à Oahu pour accélérer l'obtention de sa licence. Cependant ces derniers jours, cela ne lui paraissait plus si important.

Plus rien ne paraissait important.

Il agita la main.

— On n'a qu'à dire que c'est de l'entraînement.

Elle sourit.

Le silence qui suivit s'éternisa, toutefois pas de façon gênante. Ils observèrent le jardin, regardant les lucioles briller. Il y avait tellement d'endroits affreux dans le monde. Tellement de luttes et de conflits. Il était venu à Pu'u Pu'eo pour permettre à Hailey de faire un break, mais apparemment, lui aussi en avait besoin.

Il profitait alors de chaque matin au ralenti, tirant une certaine satisfaction de chaque journée de travail et appréciant ces soirées tranquilles sous le porche. La seule partie de la journée qu'il n'appréciait pas était quand il devait aller se coucher, car cela signifiait qu'ils devaient se séparer. Comme le sixième soir quand ils retournèrent tous les deux dans leurs chambres respectives. Hailey s'arrêta à côté de lui alors qu'il se tenait devant la porte de sa chambre.

— Hé, murmura-t-elle.

— Hé, dit-il en écho, retenant son souffle pendant que son cœur battait la chamade.

Elle rougit.

— J'ai passé une très bonne journée.

— Moi aussi, fut tout ce qu'il parvint à répondre.

Il crut que ça s'arrêterait là, néanmoins Hailey regarda ses pieds, puis leva la tête vers lui, croisa son regard, et finalement, haussa les épaules l'air de dire : « *Oh et puis mince* ». Elle se pencha vers lui pour déposer un baiser sur sa joue. Un baiser minuscule, à peine perceptible, qui fit bouillonner son sang.

Elle s'écarta et se tut.

S'il te plaît, recommence, eut-il envie de la supplier. *S'il te plaît.*

Et miracle ! Elle le fit. Elle se pencha pour lui donner un autre baiser, ses yeux rivés dans les siens tout le long. Et ce deuxième baiser ne s'arrêta pas sur sa joue. Il atterrit directement sur ses lèvres.

Dès l'instant où ils se touchèrent, le feu parcourut ses veines et il posa les mains autour de sa taille. Son corps entier soupira de plaisir lorsqu'il déplaça ses lèvres sur les siennes.

C'était un baiser doux et mesuré. Le genre qui n'avait pas besoin d'être plus torride ou avide, car il était très bien comme il était. Un baiser de première fois qui lui laissa suffisamment le temps de savourer la façon dont le corps de Hailey fondait contre le sien.

Quand ils s'écartèrent enfin, ils se sourirent. Les yeux de Hailey brillaient et ses joues étaient rouges. Tim sentit sa poitrine se gonfler, car cette gêne qui semblait toujours s'ériger entre eux avait disparu. Vraiment disparu.

Il prit doucement son visage dans ses mains et caressa sa joue de son pouce.

— Sympa, murmura-t-il.

Hailey afficha un grand sourire qui faillit le faire tomber à la renverse. Pas un de top model, car les mannequins faisaient toujours la moue. Plutôt un sourire de fille à la fois gentille, joyeux et sincère. Et avant même qu'il ne s'en rende compte, il souriait aussi.

— Sympa, acquiesça-t-elle.

Ils restèrent debout un moment sans parler, les mots n'étant pas le seul moyen de communication. Les yeux de Hailey renvoyaient tellement de messages. Finalement, elle prit une grande inspiration et il fit de même.

— Bonne nuit, chuchota-t-elle en s'avançant vers sa chambre.

Il hocha doucement la tête, la regardant partir.

— Bonne nuit.

Chapitre 8

Hailey essaya de garder les yeux fixés sur la route alors que le pick-up roulait le long de la côte, cependant son regard revenait sans cesse vers Tim. Ou plus précisément, vers ses bras. Cet homme avait les avant-bras les plus épais et musclés qu'elle ait jamais vus. Ses mains étaient également immenses, avec des veines en relief sur la surface, comme s'il n'y avait plus de place sous tous ces muscles en dessous.

Elle détourna le regard. Elle l'avait beaucoup trop observé secrètement ces six derniers jours. Les six meilleurs jours qu'elle ait jamais vécus. Sans précipitation. Sans agitation. Ces dernières années, sa vie lui avait paru être un flou constant d'activités, avec des réunions, des shootings, des séances de sport... À Maui, le temps ne s'écoulait pas au même rythme.

C'était en partie grâce à l'endroit, mais surtout grâce à Tim. Cet homme était aussi stable qu'un rocher. Calme et introspectif. Prévenant aussi, s'assurant constamment de lui donner la chaise la moins cabossée, la tasse la plus moins ébréchée... et il la laissait toujours utiliser l'évier en premier. Si elle l'avait laissé faire, il aurait fait la cuisine *et* le ménage, et aurait également transporté l'eau du ruisseau à la maison. Il était incroyablement ordonné, tellement qu'elle avait fini par aligner les coussins sur le canapé usé de façon parfaitement perpendiculaire, comme il le faisait.

Et waouh ! Qu'est-ce qu'il embrassait bien ! Son petit baiser chaste pour lui souhaiter bonne nuit avait rapidement dérivé vers le plus électrisant qu'elle ait jamais expérimenté... et Tim n'avait même pas fait beaucoup d'efforts. Qu'est-ce que ce serait s'il l'embrassait en s'abandonnant sauvagement ? Elle rougit et regarda par la vitre de la voiture pour qu'il ne puisse pas voir ses joues roses. C'était fou de voir à quel point cet homme la perturbait, que ce soit dans son esprit ou dans son corps.

— Ça va ? demanda-t-il.

Elle devint encore plus écarlate et attrapa sa bouteille d'eau.

— Oui, super.

— Tu as bien dormi hier ?

Elle faillit recracher sur le tableau de bord du pick-up. Après ce baiser ? Elle avait passé la moitié de la nuit à se toucher, faisant comme s'il était là, avec elle.

— Oui, ça allait. Et toi ?

Elle se risqua à le regarder et... waouh. Son soldat dur à cuire était-il en train de rougir ?

Il frotta son menton mal rasé et hocha rapidement la tête.

— Bien, merci.

Elle cacha son sourire. Peut-être n'était-elle pas la seule à ressentir cette attirance. Elle soupira alors, car ce n'était vraiment pas le moment de perdre la tête...

Il se tourna vers elle. Il ne lui demanda pas directement ce qu'elle avait, mais c'était tout comme.

Elle fit un geste vague de la main.

— Tu es M. Plan d'action. Et moi, en attendant, je ne sais pas du tout ce que je vais faire de ma vie.

Il s'esclaffa.

— Dix ans dans l'armée, ça laisse pas mal de temps pour établir des plans, crois-moi.

Elle l'imagina appuyé contre un tank, regardant fixement un coucher de soleil dans le désert. Ou bien allongé sur une couchette dans sa caserne, observant le plafond et tapotant ses pouces l'un contre l'autre.

Il parla soudain plus bas.

— Ce n'est pas toujours bien, tu sais. C'est une sorte d'obsession, parfois.

Ses mains se crispèrent sur le volant et une image totalement différente lui traversa l'esprit. Celle de Tim, sprintant à travers une zone de combat qui tremblait sous les explosions et les hurlements assourdissants.

Elle déglutit avec difficulté. Peut-être que cet homme était plus marqué par les combats qu'il ne le laissait entendre. Peut-être que ce besoin de tout planifier était une façon de reprendre le contrôle après avoir frôlé la mort trop de fois.

Elle lui toucha le bras et le sourire qu'il se forçait à arborer se détendit. Ses yeux passèrent d'une teinte brune et terne à une couleur noisette brillante et vive, et les muscles de son avant-bras durs comme la pierre devinrent... OK, durs comme la pierre, même si pas aussi tendus qu'auparavant.

Il continua de conduire tranquillement pendant une minute pendant que Hailey regardait Maui d'un œil neuf. Il était facile de prendre ces paysages pour acquis, toutefois quand elle se rappelait d'autres régions du monde...

Ses doigts se mirent à chercher sa perle, puis s'arrêtèrent. Elle l'avait laissée sous son matelas dans sa chambre avant d'aller se laver et n'avait pas eu le temps de la remettre. Ce qui était dommage, car il y avait quelque chose de réconfortant dans ce bijou.

— Le design architectural, dit soudain Tim sans crier gare.

— Quoi ?

— Le design architectural. Tu y as déjà songé ? Tu as l'œil pour ça, dit-il en faisant un signe par-dessus son épaule. Comme ton idée de pavillon pour la maison.

— J'ai juste dit ça comme ça, protesta-t-elle.

Un soir, alors qu'ils observaient le ruisseau depuis le porche, Tim avait évoqué l'idée d'un endroit couvert pour pique-niquer sur place. En quelques secondes à peine, elle avait saisi un crayon et avait dessiné un pavillon octogonal.

— C'est bien ce que je dis, rétorqua-t-il. Avec mon idée, j'imaginais plutôt une sorte de cabane comme dans les parcs nationaux. La tienne serait superbe. Tu fais ça souvent ?

— Crois-moi, dit-elle en riant, mon talent artistique se limite à griffonner sur des serviettes. Ça n'aboutit jamais à grand-chose.

— Qui sait ? Peut-être qu'un jour si, insista-t-il.

Il avait appuyé le « *un jour* » avec une telle conviction que cela lui réchauffa le cœur.

Soudain, il ricana.

— Et si ça ne fonctionne pas, tu pourras toujours faire du café. Comment ça s'appelle déjà...? Une barista?

Elle rit de bon cœur.

— Tu es en train de dire que je suis faite pour travailler chez Starbucks?

Il se mit à rire, un vrai rire, car ils avaient surmonté cette gêne de la même façon qu'ils avaient surmonté tout un tas d'autres choses les premiers jours.

— Il n'y a rien de mal à ça, mais non. Quelque chose de plus haut de gamme. Ton café est vraiment trop bon.

— Contente qu'il te plaise, dit-elle en souriant.

Durant les quelques kilomètres qui suivirent, elle apprécia le paysage et pensa à ce « *un jour* » qu'elle imagina être comme celui-ci. Des journées bien remplies. Un travail honnête. Un homme bien avec qui partager tout ça.

La route sinueuse se redressa et la côte rocheuse laissa place à de longues étendues de plages. Tim tourna à gauche à un feu, se gara et désigna le bâtiment sur leur droite.

— La quincaillerie est juste là, mais il vaut mieux que tu attendes dans le pick-up.

Elle baissa sa casquette de base-ball, la rose qu'il lui avait offerte ce jour-là au centre commercial, et secoua la tête.

— Tu rigoles? Personne ne va me reconnaître maintenant.

Ses cheveux étaient emmêlés, ses jambes éraflées, et ses ongles étaient un désastre. Elle était à l'opposé de la marionnette maquillée et parfaite en laquelle elle avait l'habitude de se transformer quand elle arrivait sur n'importe quelle séance photo. Et le meilleur dans tout ça, c'était que personne ne fronçait les sourcils ou ne se précipitait pour corriger tous ces terribles défauts.

Tim la regarda d'un air dubitatif.

— Tu es toujours trop belle.

Elle éclata de rire et il rougit.

— Je veux dire...

Il grommela un petit peu et farfouilla derrière son siège.

— Tiens. Mets ça.

C'était une chemise en flanelle à carreaux. *Sa* chemise en flanelle. Elle l'enfila lentement, inspirant profondément en y passant la tête. C'était agréable d'être enveloppée de l'odeur de Tim. En sécurité, là où personne ne pouvait la trouver.

— Et comme ça ? demanda-t-elle en tirant le tissu pour l'ajuster.

Tim la fixa du regard sans dire un mot. Ses yeux brillèrent et elle eut l'impression qu'il conversait avec lui-même. Il faisait ça parfois, comme s'il était à moitié boyscout et moitié badboy, et que ce dernier luttait pour se libérer.

Il sortit du pick-up une seconde plus tard en marmonnant :
— Tu es toujours trop belle.

Hailey dissimula son sourire en le suivant dans la quincaillerie. La façon dont certains hommes pouvaient parfois la regarder la dégoûtait. Pourtant Tim le contemplait comme on observait une cascade ou un paysage particulièrement saisissant. Comme si elle était spéciale, quelque chose qu'il n'avait jamais vu auparavant.

Évidemment, elle était en public et devait rester prudente, alors elle garda la tête baissée et demeura près de lui. C'était excitant de bouger après s'être cachée pendant plusieurs jours. Elle avait adoré la paix qui régnait dans ce petit cottage isolé, néanmoins c'était quand même agréable de sortir. Vraiment agréable... jusqu'à ce qu'un porte-journaux attire son attention et qu'elle se fige sur place.

« *La mariée en fuite se planque-t-elle sur une île ?* » disait le titre.

Hailey garda les yeux rivés dessus. Il y avait une photo d'elle face à Jonathan durant la cérémonie à Waikiki, en plus d'une autre image d'une propriété avec un mur immense. Au début, elle paniqua. Était-ce Koa Point, là où les amis de Tim vivaient ? Mais lorsqu'elle reprit ses esprits et lut la légende, elle poussa un soupir.

Des témoins ont vu mademoiselle Crewe dans une propriété appartenant à une actrice célèbre à Kauai...

C'était déjà ça. Les journalistes s'étaient trompés d'île et de domaine... et d'amie, car elle ne connaissait aucune célébrité.

Elle suivit rapidement Tim et resta près de lui tout le long.

— Qu'est-ce que tu penses de ceux-là ? demanda-t-il en lui montrant deux pots de peinture. Dawn trouve que le couloir serait sympa en jaune.

Hailey se détendit progressivement. Une quincaillerie, c'était le dernier endroit où quelqu'un pourrait la reconnaître, non ? Elle regarda les pots de peinture.

— Celui-ci. Il est plus doux.

Il plissa les yeux sur l'étiquette.

— Plus doux ? Ils sont tous les deux jaunes pour moi.

Elle faillit rire, imaginant ce que sa maquilleuse aurait à dire sur le *sujet*.

— Crois-moi, celui-ci est bien mieux.

Il regarda à nouveau les deux pots, perplexe, et en reposa finalement un.

— Je te fais confiance.

Dix minutes plus tard, ils avaient tout ce qu'il leur fallait, en plus d'un magazine d'*Architectural Digest* que Tim lui tendit avec un regard sévère qui disait : « *Un jour, tu te souviens ?* »

Elle le prit et ajouta même un second magazine : une gazette amatrice appelée *Horticulture Hawaïenne*.

— Qui sait ? plaisanta-t-elle face à son regard inquisiteur. Je pourrais bien faire pousser mon propre café un jour.

C'était une blague, toutefois Tim acquiesça si sérieusement qu'elle ne put s'empêcher de réfléchir à cette idée. Après tout, elle cherchait à changer de carrière.

Elle commença à feuilleter les revues sur le chemin du retour, cependant le soleil se couchait alors elle les posa sur le côté et leva les yeux. Le ciel était d'un bleu violacé et les nuages avaient pris une teinte orange et rose.

— Magnifique, murmura-t-elle.

Tim jeta un coup d'œil.

— Le crépuscule est vraiment incroyable depuis Koakea. Mais oui. Ça aussi, c'est sympa.

Elle ricana.

— Tu es pourri gâté.

— Peut-être, oui, admit-il en riant.

Il tapota ensuite les doigts sur le volant et pointa à gauche.

— Peut-être assez gâté pour aller dîner dehors. Je veux dire, prendre à emporter. Ça te va ?

Elle hocha la tête avec enthousiasme. Tout ce qui pouvait prolonger ce beau voyage avec Tim lui convenait.

— D'après mon pote Boone, le meilleur food truck de Maui est sur cette plage.

Il sortit de la route pour se garer sur le parking.

— J'espère qu'on n'arrive pas trop tard.

— J'espère aussi, répondit-elle, pas du tout inquiète.

Il y avait encore autre chose avec lui : ce sentiment que *tout allait toujours bien se passer*. Cette stabilité à toute épreuve, le fait qu'il avait systématiquement un plan et que rien ne serait un problème. Une stabilité qu'elle aurait aimé pouvoir imiter.

La plage était visible derrière les arbres et le ressac était mouvementé ; beaucoup même, d'après ce qu'elle voyait et entendait. Un gros pick-up argenté était garé sur le parking presque désert. Une famille s'avançait vers la voiture avec leur glacière à roulettes et leurs jouets de plage, et deux jeunes hommes chargeaient leurs kitesurfs dans un vieux break.

— Tu as déjà essayé d'en faire ? lui demanda-t-elle.

— Du kitesurf ? Ce n'est pas vraiment le genre de sensations fortes que j'aime.

Elle s'esclaffa, car en effet, elle avait déjà fait ce constat. Cet homme semblait se satisfaire de longues journées de travail et de soirées tranquilles au coin d'un feu crépitant. Avait-il toujours été comme ça ou bien son séjour dans l'armée lui avait-il appris à chérir les petites choses de la vie ?

— Et toi ? demanda-t-il.

Elle secoua rapidement la tête.

— J'adorerais essayer de surfer, mais je doute être assez coordonnée pour faire du kite.

Il secoua la tête.

— Ne te sous-estime pas.

Ce n'était pas la première fois qu'il disait ça et ses mots lui restèrent à l'esprit. Se sous-estimait-elle vraiment ? Était-ce à cause de sa mère qui la rabaissait sans cesse ? Dans tous les cas, elle avait commencé à se servir de ses mots comme mantra.

Lorsque le moment serait venu de retourner affronter le monde, elle s'assurerait de garder ça en tête.

L'idée de faire à nouveau face à l'agitation de Los Angeles lui nouait l'estomac, alors elle chassa cette image de son crâne. Elle s'était donné quelques jours de plus pour se vider l'esprit avant de prendre une décision et merde, elle comptait bien en savourer chaque minute.

— L'assiette mixte de Jenny ?

Elle lut les lettres peintes sur le côté du camion.

— C'est celui-ci.

Dès la seconde où Tim se gara et qu'ils sortirent tous les deux, la femme asiatique derrière le comptoir surélevé du food truck leur cria :

— C'est mon dernier service avant que je ferme ! Qu'est-ce que vous prendrez ?

Hailey se dépêcha d'étudier le menu. Elle n'avait jamais mangé de tacos au poisson et n'avait aucune idée de ce qu'était un *poke bowl*.

— Hmm... qu'est-ce que tu recommandes ? demanda-t-elle à Tim.

Il haussa les épaules et murmura :

— Je ne sais pas. C'est la première fois que je viens à Hawaï.

Ce détail la fit rayonner. C'était sa première fois et il la partageait avec elle ?

— Faites au plus simple pour vous, dit-elle à la dame derrière le comptoir, sachant top bien ce que c'était que de nettoyer son restaurant avant qu'un dernier client ne débarque.

Tim acquiesça et la femme dans le food truck lança un sourire appréciateur à Hailey.

— Je peux vous faire un *poke bowl* et une assiette *luau*. Ça vous va ?

Hailey faillit rire. Si seulement cette femme savait à quel point ça lui allait. Pendant des années, sa mère l'avait tenue en laisse, l'éloignant des gentils types terre-à-terre comme Tim. Alors, une sortie, même modeste, pour prendre à emporter dans un food truck avec un adorable ouvrier du bâtiment, c'était comme un bal royal pour elle. Mieux encore, car personne ne s'inquiétait de ses cheveux ou de sa tenue. Personne ne comptait ses calories. Elle était libre d'être elle-même et d'être responsable d'elle-mêm4e, pour une fois.

Ils mangèrent leur plat sur une dune, et autre bonus, avec les doigts. Le poisson mariné était délicieux et même si Tim n'arrêtait pas de s'excuser de ne pas être du bon côté de l'île pour le coucher de soleil, elle n'en avait rien à faire. Les vagues interminables déferlaient sur la plage et ils restèrent longtemps après le départ des derniers kitesurfeurs.

— Le parc va bientôt fermer, murmura Hailey, même si elle n'avait pas envie de s'en aller.

Tim ne semblait pas trop inquiet.

— Oui, mais je suis certain que personne ne va venir nous demander de partir.

Ils restèrent donc assis là, observant le ressac pendant que les couleurs s'atténuaient lentement dans le ciel.

Le soleil se couchait ailleurs derrière eux, toutefois faire face à l'est était quelque part symbolique. Ils faisaient face au futur au lieu de s'attarder sur le passé.

Hailey resserra la chemise en flanelle contre elle et se tourna vers Tim, pour le remercier à nouveau. Mais avant même qu'elle n'ait le temps de parler, leurs regards se croisèrent comme ils l'avaient fait si souvent ces derniers jours. Ils ne faisaient pas que se *croiser*, ils restaient *rivés* l'un sur l'autre, et elle ne voulait pas que ça s'arrête.

— Tu as une miette, chuchota-t-il avant de caresser sa joue du pouce.

Il garda sa main là, prenant son visage. Elle ferma les yeux et se reposa contre sa main. Elle ne pouvait pas s'en empêcher. Pour la première fois depuis des années, elle se sentait stable. Elle était confiante et convaincue que quoi qu'elle choisisse de faire, tout se passerait bien.

Le vent jouait avec ses cheveux qui effleuraient la main de Tim. Lorsqu'il les recoiffa, elle faillit ronronner de plaisir. Elle ouvrit les yeux et vit que Tim s'était rapproché. Il baissait le regard vers ses lèvres, un regard qui semblait briller d'un éclat jaune-vert, comme cela avait été plusieurs fois le cas ces derniers jours. Était-ce un effet d'optique ?

Quand il releva la tête, elle lut la question dans ses yeux.

Je peux t'embrasser ? S'il te plaît ?

Ils étaient assis côte à côte, son genou contre le sien et leurs bras entrecroisés dans le dos, se soutenant l'un et l'autre pour admirer le panorama. Mais désormais, la seule vue qu'elle désirait était un gros plan sur Tim.

Est-ce qu'il pouvait l'embrasser ?

Bien sûr que oui ! Elle mourait d'envie qu'il le fasse.

Chapitre 9

Hailey hocha la tête et se pencha plus près, se focalisant sur les lèvres de Tim. Des lèvres pleines, douces, qui s'entrouvrirent légèrement. Il l'attira plus près et le temps s'arrêta, la laissant inspirer son odeur cuivrée. Soudain ils s'embrassèrent ; un baiser léger, timide. Ils s'écartèrent pour reprendre rapidement leur souffle et se rejoignirent à nouveau. Ce second baiser fut merveilleux. Elle se rapprocha, effleurant sa joue de ses doigts.

Si elle le caressait dans un sens, sa peau était rugueuse et couverte de poils. Mais si elle le caressait dans l'autre, sa barbe était douce et souple. Elle sentit son corps se réchauffer et maintenant qu'elle avait les yeux fermés, ses autres sens furent titillés.

Il recula lentement, très lentement, et Hailey se retrouva à tendre les lèvres, prolongeant le baiser.

— Sympa, murmura-t-elle.

Il acquiesça et chuchota en retour :

— Très sympa. Je peux recommencer ?

Elle sourit. Il était de la vieille école. Pourquoi lui avait-il fallu si longtemps pour trouver un homme comme lui ?

— Bien sûr que tu peux.

Les lèvres de Tim tressaillirent, puis il l'embrassa à nouveau, prenant son visage dans ses mains immenses en se penchant plus près. Pas assez pour assouvir ce désir qui montait en elle comme un feu de joie, néanmoins c'était déjà un bon début.

Elle glissa la main contre ses côtes, désirant plus. Bien plus, avec moins de vêtements en travers de son chemin. Son corps réclamait le sien et son esprit était rempli d'images torrides ; Tim la faisant basculer en arrière pour se pencher sur elle. Elle, enroulant ses jambes autour de sa taille. Lui, en train de la toucher. De la désirer. De la prendre...

Elle était sur le point de s'approcher encore plus, lorsqu'elle sentit les muscles de la joue de Tim tressauter dans sa main et qu'il s'écarta. Il s'écarta brusquement, en fait, et elle sursauta face à ce changement soudain. Que se passait-il ?

Il se redressa, la relevant en la tirant par la main avant de la pousser derrière lui. Ses narines se dilatèrent pendant qu'il humait l'air autour de lui.

— Merde, murmura-t-il en regardant vers les terres.

Hailey resta soudain bouche bée quand un chien sortit de l'ombre, le nez au sol. Un énorme chien à l'air féroce, avec des oreilles droites et un pelage gris. Quand il releva la tête, il montra les crocs et un long filet de salive coula de ses lèvres. Merde, effectivement. La bête était assez grosse pour être un loup. Attendez... c'était un loup. Elle le savait, car elle en avait vu plein dans le Montana, mais jamais d'aussi près. La plupart lui jetaient à peine un coup d'œil avant de se mettre à l'abri. Celui-ci sortait audacieusement de l'obscurité, se dirigeant droit sur eux en grognant. Avait-il la rage ?

Tim lui tint fermement la main en la faisant reculer vers l'eau, leur seule issue. Quand il prit la parole, sa voix parut tendue.

— Pas de geste brusque.

Hailey déglutit. Elle n'en avait pas l'intention. Mais putain, un loup ? À Maui ?

— Peu importe ce qui t'amène ici, tu as intérêt à dégager, siffla Tim. Maui est notre territoire.

Hailey le regarda sans comprendre. La majorité des gens criait ou tapait des mains pour faire fuir un loup. Tim lui parlait comme s'il s'agissait d'une autre personne.

— Tim... chuchota-t-elle.

Il lui serra rapidement la main, lui demandant de se taire et de lui faire confiance.

Évidemment qu'elle lui faisait confiance. Mais qu'est-ce qui était en train de se passer au juste ?

— Retournons à la voiture. Doucement, murmura-t-elle alors que son cœur battait la chamade.

La plupart des loups avaient toujours l'air méfiant ; celui-ci avait un regard de prédateur.

Pourtant Tim tint bon et le chassa d'un geste de la main.

— Je te le dis pour la dernière fois. Ne fais pas ça. Pas ici. Et laisse-la tranquille.

Le loup renifla puis regarda derrière lui quand des phares brillèrent dans la nuit. Le food truck était parti depuis bien longtemps et un nouvel arrivant prenait sa place. Hailey expira, réalisant que c'était sûrement la police. Cependant les deux hommes costauds qui se glissèrent hors du SUV ne donnaient pas l'impression de vouloir aider. Ils coururent derrière l'animal, assez près pour l'attraper comme s'il s'agissait d'un chien errant. Ils n'essayèrent toutefois pas de capturer la bête et celle-ci ne broncha pas. Ils croisèrent simplement les bras en jetant un regard noir à Tim. Hailey les fixa. La seule chose qui l'empêchait de partir en courant, c'était sa présence, si calme et forte.

— Dites-moi que l'un d'entre vous fait preuve de plus de bon sens que lui, lança-t-il de cette voix posée et maîtrisée.

Hailey avait envie de lui tirer la main et de s'enfuir. De quoi parlait-il ?

L'un des hommes tendit la main.

— Vous devez venir avec nous, mademoiselle Crewe.

Elle le regarda, reconnaissant soudain l'un des agents de sécurité de Jonathan. Elle ne comprenait pas comment ils avaient pu la retrouver. Mais une seconde plus tard, elle imagina Jonathan en train de donner des billets de cent dollars à quiconque aurait des informations sur l'endroit où elle se trouvait. Avait-il retrouvé le chauffeur de taxi avant de la suivre jusqu'à Maui, en demandant au loup de suivre sa trace ?

Elle chassa cette idée de son esprit. Même Jonathan ne pouvait pas être aussi fou, si ?

— Tenez votre chien en laisse ! cracha-t-elle. Et tirez-vous. Je ne viendrai pas avec vous.

Le loup émit un grondement rauque et menaçant, et Tim se raidit.

— Je vous le dis, vous feriez mieux de le maîtriser, dit-il. S'il ne montre ne serait-ce que... merde. Ne fais pas ça, je te dis !

Sa voix était pressante, presque suppliante, et il avait les yeux rivés sur le loup.

— Mon Dieu, il va vraiment le faire, marmonna l'un des agents de sécurité à son comparse en regardant l'animal.

Hailey les dévisagea. Que pensaient-ils que le loup allait faire ?

— Ne faites pas ça, patron, lança l'autre agent de sécurité en tendant la main vers le loup.

Mais la bête lui grogna dessus et commença à faire les cent pas, regardant Tim avec un air de défi.

— Putain, marmonna Tim. Tu es fou ou quoi ?

Soudain, il se tourna vers Hailey, lui murmurant d'un ton pressant :

— Ferme les yeux. Ne regarde pas.

Comment pouvait-elle ne pas regarder ? Le loup laissa échapper un hurlement étouffé et se dressa sur ses pattes arrière, griffant l'air. Quelques secondes plus tard, il retomba à quatre pattes et se courba en grognant.

— Mais qu'est-ce que... ? tressaillit Hailey en reculant.

Sa fourrure se désépaissit et ses omoplates se rétractèrent jusqu'à être carrées sur son dos au lieu d'être le long de ses flancs. Sa queue devint plus courte et ses pieds s'aplatirent et s'allongèrent. Si Tim n'avait pas tenu sa main si fermement, Hailey aurait pu s'enfuir de terreur.

— Oh mon Dieu, murmura-t-elle. Non.

Ses genoux se mirent à trembler et elle secoua la tête, incapable d'en croire ses yeux. Le loup se transforma tout à coup en un homme hirsute aux cheveux noirs. Sa posture était raide et il redressa les épaules comme un boxeur prêt à se battre. Il était nu, toutefois Hailey fut surtout plus choquée en découvrant son visage.

— Lamar ? dit-elle d'une voix à peine audible tellement elle était abasourdie.

Tim la regarda, encore plus troublé qu'auparavant. Il continua de tenir fermement sa main, l'éloignant des dunes.

Lamar sourit et fit craquer ses doigts, un à un.

— Tiens, tiens. Qu'avons-nous là ? lança-t-il.

Ses narines se dilataient comme celles d'un animal tandis qu'il étudiait Tim du regard.

— Melle Crewe et son nouvel ami, qui se trouve être un...

— Fais gaffe, grogna Tim, l'interrompant.

Lamar dernier ricana.

— Oh, je vois. Tout s'explique à présent. Elle ne sait pas.

Hailey avait envie de crier. Non, elle ne savait pas ce qui était en train de se passer. Elle avait juste envie de partir d'ici au plus vite.

— On vous a cherché partout, mademoiselle Crewe, ricana-t-il. On se demandait où vous étiez partie.

Hailey agrippa la chemise de Tim et scruta l'obscurité derrière Lamar. Jonathan allait-il bientôt débarquer ? Ou bien tout ça n'était qu'une hallucination ?

— Et vous voilà, à Maui, continua-t-il. En train d'embrasser un homme qui n'est pas votre futur mari. Quel genre de femme fait ça ?

— Une fiancée sans futur mari, d'après ce que j'ai entendu, rétorqua Tim d'une voix rauque et menaçante. Voilà ce qui arrive quand un crétin ne pose pas la question à l'avance.

— Oh, mais pourtant, il lui a bien demandé, insista Lamar.

— Oui, le jour du mariage, pas avant ! cria Hailey. Et j'ai dit non.

— Quand c'est non, c'est *non*. Qu'est-ce que vous ne comprenez pas là-dedans ? grogna Tim avec un air solennel qui aurait fait fuir n'importe quel homme.

Le cœur de Hailey battait la chamade et elle avait la bouche sèche. Mais cela semblait trop dangereux de montrer un quelconque signe de faiblesse, alors elle serra les poings et tint bon. Elle pourrait faire sa crise de nerfs plus tard. Là, tout de suite, il fallait qu'elle se ressaisisse.

— Laisse tomber, Lamar.

— Vous n'avez pas le droit d'être ici, ajouta Tim d'une voix très calme.

Lamar éclata de rire.

— Cette plage n'est pas ton territoire.

— Tout Maui est notre territoire, gronda Tim.

Hailey le regarda. *Notre ?* Parlait-il de ses amis à Koa Point ? Personne ne pouvait posséder *tout* Maui. Alors, que voulait-il dire par là ?

— On est juste venus récupérer ce qui nous appartient, cracha Lamar.

Hailey sentit ses joues rougir.

— Ce qui vous appartient ? Je n'appartiens à personne, et encore moins à ton patron. Alors, barrez-vous d'ici. Je ne veux plus jamais vous revoir, Jonathan et toi.

Lamar éclata d'un rire moqueur.

— Ce n'est pas à toi de le décider ça, ma chérie. Pas quand le patron a fait son choix.

Elle resta bouche bée. Mais pour qui se prenait-il ?

Tim la devança et répondit plus vite.

— C'est ta dernière chance pour foutre le camp d'ici avant que je ne t'écorche vif.

Lamar s'esclaffa.

— Littéralement ?

Hailey grimaça. Mon Dieu, allait-il à nouveau se transformer en loup ? Même les hommes de Lamar ne paraissaient pas sûrs de leur coup.

— Tu connais les règles, mec.

Hailey eut envie de hurler. Mais quelles règles ? Ils avaient déjà dû enfreindre toutes les lois en vigueur.

Tim serrait sa main si fort qu'elle grimaça, néanmoins sa voix restait calme et autoritaire.

— N'y pense même pas, connard. Ni toi ni moi. Maintenant, recule. Ne fais pas quelque chose qu'on va tous regretter.

— C'est toi qui vas le regretter, enfoiré, ricana Lamar.

Il se tourna soudain vers ses hommes.

— Je m'occupe de lui. Attrapez-la.

Hailey n'en croyait pas ses oreilles. Pensaient-ils vraiment pouvoir la kidnapper ? La forcer à épouser Jonathan ? Mais quand ce cauchemar prendrait-il fin ?

Tim se tourna légèrement vers elle et chuchota :

— Je peux les retenir, Hailey. Cours dès que je te le dirais.

Hailey se tordit les mains, sans trop savoir que faire. Son vieux cauchemar recommençait.

Cours Hailey ! Cours ! lui avait crié son grand-père ce jour terrible, quand elle avait quatorze ans. Une journée qui avait pourtant si bien commencé comme celle-ci, et qui s'était terminée de façon affreuse, avec une meute d'animaux sauvages tuant son grand-père. Elle s'était enfermée dans son pick-up et s'était recroquevillée sur la banquette arrière pendant des heures avant que la police ne passe et ne la ramène à la maison, dans un sale état. Elle n'aurait pas pu aider son grand-père, pourtant la honte de l'avoir laissé derrière elle la hantait toujours. Et maintenant, ça recommençait avec Tim ?

— Je n'irai nulle part, dit-elle.

Les trois hommes se crispèrent et Tim aussi. Hailey avait terriblement peur qu'ils se battent, ou pire, que Lamar se transforme à nouveau en loup et n'égorge Tim. Mais ce dernier ne battit pas en retraite et tint bon, restant parfaitement calme.

— Ne gâche pas un travail déjà bâclé, dit-il à Lamar. Tu ne l'emmèneras pas. Maintenant, casse-toi.

Lamar se renfrogna en l'entendant évoquer son échec, cependant avant qu'il ne puisse rétorquer, une voiture arriva en grondant sur le parking et tout le monde se retourna. C'était une grosse voiture carrée et Hailey trembla, imaginant Jonathan en sortir avec deux autres agents.

Mais les muscles de la joue de Tim tressautèrent et il relâcha un peu sa main lorsqu'un homme costaud arriva.

— Connor.

Hailey expira, mais n'arrêta pas de suer pour autant.

Connor s'avança, contourna son frère pour se positionner à côté de lui et croisa les bras.

— Que se passe-t-il ? grogna-t-il.

Tim à lui seul était déjà incroyable, cependant les deux ensembles étaient très effrayants. Hailey arrivait à peine à voir par-dessus eux tandis qu'ils se tenaient épaule contre épaule, formant un mur de protection. Elle s'attendait à ce que Tim explique à son frère que le fou en face d'eux pouvait se transformer en loup, néanmoins il dit simplement :

— Ce qui se passe, c'est que nous avons ici un idiot. Un abruti de fils de pute et ses deux hommes encore plus débiles.

Connor souffla.

— Vous avez une minute pour retourner à votre voiture et quinze pour quitter Maui, bande de crétins. Et quand vous arriverez à Oahu, vous prendrez le premier vol pour le continent. Si vous avez du retard, vous êtes morts.

Sa voix était sombre et menaçante, effrayant Hailey. Connor le pensait vraiment, elle en était certaine. Tim soutint ses propos avec un grognement guttural et profond.

L'homme à gauche de Lamar posa la main sur son épaule.

— Allez. Barrons-nous d'ici.

Lamar secoua l'épaule et Hailey craignit qu'il ne résiste. Mais il finit par montrer les dents et recula.

— Vous n'avez pas fini d'entendre parler de nous, connards.

Les trois hommes tournèrent les talons et Connor les suivit jusqu'à leur voiture. Quand elle démarra et quitta le parking en marche arrière, il revint vers son frère pour échanger avec lui de façon précipitée.

— Je vais m'assurer qu'ils partent, annonça-t-il avant de regarder Hailey et prendre un ton morne. Occupe-toi d'elle.

Tim acquiesça.

— Je vais l'amener à Koakea.

Connor eut l'air de vouloir protester, toutefois Tim insista.

— Il le faut. Elle sera plus en sécurité là-bas.

— Attendez... commença Hailey.

Mais Connor se contenta de marmonner et courut jusqu'à sa voiture. Quelques secondes plus tard, il sortit du parking, suivant le SUV de Lamar.

Les grillons qui s'étaient tus se remirent à chanter et le parc retrouva son calme. Un calme trompeur, car qui savait quelle créature pouvait à nouveau surgir de l'ombre ?

Hailey ne réalisa pas que ses mains tremblaient jusqu'à ce que Tim les prenne et l'attire plus près de lui. Elle le regarda dans les yeux, bégayant alors qu'une douzaine de questions se bousculaient dans sa tête.

— Dis-moi que j'ai rêvé. Que je n'ai pas vu ça.

Pendant une longue et terrifiante minute, il ne répondit rien. Puis, il frotta ses mains contre les siennes et lui embrassa les doigts.

— Partons d'ici. Je vais tout t'expliquer dans la voiture.

Chapitre 10

Tim se glissa dans le pick-up, claqua la portière et passa une main dans ses cheveux. Il jura ensuite dans sa barbe pour la centième fois. N'importe quel métamorphe sain d'esprit savait qu'il ne devait jamais montrer son côté animal devant un humain. Pour se transformer à la vue de tous, ce Lamar devait être un sacré fils de pute arrogant... ou complètement taré.

Pire encore, il l'avait fait devant Hailey.

Tim serra les mains sur le volant pendant que son ours grognait dans son esprit.

Quand je poserai mes griffes sur lui...

Oui, sans blague. Il avait dû redoubler d'efforts pour ne pas réduire Lamar en pièces. Un ours contre un loup... ce ne serait pas chose aisée, cependant il n'avait aucun doute sur l'identité du vainqueur. En d'autres circonstances, Connor et lui les auraient tués sur le champ lui et les deux autres, qui devaient être un ours et un autre loup métamorphes à en juger par leur odeur. Toutefois Hailey avait été présente et sa sécurité passait en premier.

Elle ne craint plus rien désormais, chuchota son ours.

Oui, elle était en sécurité. Mais, merde. Comment allait-il pouvoir lui expliquer ?

« Moi aussi je suis un métamorphe. Et toutes ces gentilles personnes que tu as rencontrées à Koakea ? Hunter est un ours, comme moi. Chase est un loup, mais je te jure qu'il n'a rien à voir avec Lamar. Dell est un lion... »

Hailey était recroquevillée sur son siège, le visage enfoui dans ses mains.

Chacun de ses sanglots lui arrachait le cœur.

— Chut, Hailey...

Il se pencha et enroula ses bras autour d'elle.

Ses sanglots se transformèrent en questions qu'elle marmonna et qu'il ne comprit pas.

— Tout va bien maintenant. Je te promets que ça va aller, murmurait-il sans relâche.

Quand elle leva les yeux, son visage était couvert de larmes et ses yeux brillaient de peur.

— Mais qu'est-ce que c'était que ça ? Quel genre de monstre est-il ?

Le terme lui serra le cœur, car lui aussi était un métamorphe.

— Un métamorphe, marmonna-t-il après avoir pris une grande inspiration.

Il ne pouvait pas lui mentir, après tout.

Hailey écarquilla les yeux et prit ses mains dans les siennes. Elle lui faisait tellement confiance. Elle ne se rendait absolument pas compte qu'il était lui aussi ce genre de monstre.

— Un métamorphe ? Tu veux dire comme un loup-garou ?

Il hocha la tête.

— Ce genre-là, oui, j'imagine. Mais différent.

— Comment ça, différent ? demanda-t-elle, les mains tremblant dans les siennes.

Quand il démarra le véhicule et s'éloigna, son cœur aurait tout aussi bien pu être traîné sur le sol derrière eux.

— Ils peuvent changer de forme comme ils le souhaitent, mais pas comme le raconte la légende. Pas seulement quand c'est la pleine lune.

— Non, ils se transforment seulement quand ils veulent foutre la trouille à quelqu'un, ricana Hailey avant de secouer la tête. Comment est-ce possible ?

Tim réalisa que ce n'était pas le bon moment d'expliquer à quel point c'était agréable de pouvoir se transformer et quitter sa peau humaine et de disparaître dans la nature de temps en temps.

Hailey fronça les sourcils et le regarda.

— Attends. Comment sais-tu qu'ils existent ?

Pendant une seconde, il eut l'impression de ne plus pouvoir réfléchir. Merde, qu'allait-il dire ?

Dis-lui que tous les métamorphes ne sont pas méchants, grogna son ours, sautant de haut en bas, se rebellant contre l'autorité de son côté humain. *Parle-lui de moi.*

Il dut faire tout son possible pour garder la bête sous contrôle. S'il expliquait à Hailey ce qu'étaient les métamorphes, ça ne fonctionnerait jamais, alors il choisit une version édulcorée de la vérité.

— C'est ma mère qui me l'a dit.

Son ours fit la grimace quand Tim insista sur le fait que c'était pour protéger Hailey.

Tu te protèges toi-même, idiot. Dis-lui.

— J'ai grandi dans les montagnes Wasatch. Il y a beaucoup de gens qui restent entre eux dans les bois là-bas.

Comme moi, eut-il envie d'ajouter, mais le pick-up roulait à toute allure et Hailey risquait de se jeter sur la route s'il le faisait.

— Tu en as déjà vu un auparavant ? demanda-t-elle alors que ses lèvres tremblaient.

Mon Dieu, sa mère avait raison quand elle disait que les petits mensonges finissaient toujours par devenir des bourbiers qui vous aspiraient.

— Oui. Quelques-uns.

Son ours ricana.

— Quelques-uns ? cria Hailey en agrippant la poignée de la portière si fort qu'il eut peur qu'elle s'enfuie pour de vrai.

— Ils ne sont pas tous mauvais, dit-il bien trop tard. La plupart restent entre eux, comme les ours.

— Les ours ?

Il ferma les yeux quelques secondes. Merde. Pourquoi avait-il mentionné cela ?

— Il y a toute sorte de métamorphes. Des loups, des ours...

Le sien leva les yeux au ciel. *Tu comptes aussi lui parler des lions et des dragons ?*

Non, certainement pas. C'était déjà assez le bazar comme ça.

Hailey croisa les bras.

— Lamar n'était pas vraiment discret, n'est-ce pas ?

Tim la regarda du coin de l'œil. C'était déjà ça... Hailey était assez forte pour faire face au choc. Mais que penserait-elle de lui si elle savait ?

Elle pâlit soudain.

— Oh mon Dieu. Il travaille pour Jonathan. Est-ce que Jonathan est au courant ? Attends... et si Jonathan en était un aussi ? dit-elle avec horreur.

Ce n'est clairement pas le moment de lui parler de nous, lança-t-il à son ours avant que celui-ci ne se manifeste.

— Je ne sais pas. Mais tu es en sécurité maintenant, d'accord ?

Elle se mordit la lèvre et hocha rapidement la tête, ce qui lui déchira le cœur. Le fait de ne pas lui dire toute la vérité voulait dire qu'il trahissait sa confiance et cela l'anéantissait. Il tapota des doigts sur le volant, essayant de réfléchir.

— Là, tout de suite, il faut qu'on t'amène dans un endroit sûr. Même si Connor s'assure qu'ils quittent bien Maui, on ne peut pas prendre de risques.

Elle regarda désespérément autour d'elle.

— Où ça ?

— À Koakea.

Les mecs allaient le tuer et il le savait, mais quel autre choix lui restait-il ?

— Cynthia a dit que je ne pouvais pas rester et tu as confirmé que c'était elle qui décidait.

Tim fronça les sourcils. C'était vrai, cependant quand il était question d'assurer la sécurité de Hailey, c'était *lui* qui prenait les décisions, putain.

— Ça, c'était avant qu'on ne sache qu'il y avait des métamorphes impliqués.

La chaussée tranquille et broussailleuse se transforma en voie qui traversait une zone industrielle, et il rejoignit finalement l'autoroute 37 qui menait à l'ouest de Maui.

— Attends une minute, protesta-t-elle, où allons-nous ?

— À Koakea, comme je te l'ai dit.

— On ne passe pas récupérer nos affaires avant ?

Il la regarda.

— On peut envoyer quelqu'un s'occuper de ça. Jenna et les autres peuvent te prêter quelques habits.

Elle ne dit rien, néanmoins elle se tordit les mains et agrippa son cou avec nervosité. Qu'il y avait-il de si important à Pu'u Pu'eo qu'elle doive récupérer ?

Une minute trop tendue et trop silencieuse s'écoula avant qu'elle ne prenne à nouveau la parole.

— Tu lui as dit que c'était « notre » territoire.

Son cerveau tourna à plein régime. Merde. Comment allait-il pouvoir expliquer ça ? La meilleure réponse qu'il trouva fut :

— Je parlais de territoire humain.

Il se retint de grimacer. C'était son premier vrai mensonge et ça lui faisait mal.

Elle l'étudia de près. Trop près.

— Combien de tes amis sont au courant pour les métamorphes ?

Il se pinça l'arête du nez, puis la relâcha rapidement avant qu'elle ne le remarque.

— Nous le savons tous.

Elle fixa du regard.

— Comment ça se fait ? Je veux dire, moi je n'ai jamais été au courant. Je n'arrive toujours pas à croire que ce soit possible.

Il dit la première chose qui lui vint à l'esprit.

— Nous en avons croisé quelques-uns quand nous étions à l'armée.

— À l'armée ? dit-elle d'une voix aiguë.

Il lui toucha le bras ce qui sembla aider.

— Tous les métamorphes ne sont pas méchants. Mais c'est très secret et nous devons faire en sorte que ça le reste.

C'est là que ça devenait difficile : il devait lui expliquer pourquoi.

— Oh, tu veux dire que les gens vont flipper quand ils l'apprendront ? souffla-t-elle. Je ne peux pas dire que je leur en voudrais.

Il tenta une autre approche.

— Eh bien, premièrement, personne ne te croirait et c'est toi qui passerais pour une folle.

Elle s'arrêta net.

— Et deuxièmement, certains humains ne pourraient pas comprendre. Ils les chasseraient jusqu'au dernier, les gentils métamorphes comme les mauvais. Beaucoup d'humains en ont déjà croisé sans le savoir. De gentils métamorphes qui ne feraient de mal à personne.

— Comment peux-tu en être si sûr ?

« Parce que tu es mon âme sœur et que je ferais n'importe quoi pour toi », eut-il envie de répondre. *« Les femmes qui t'ont prêté leurs vêtements sont des métamorphes. Mes amis sont tous des métamorphes. Ce sont de bonnes personnes, Hailey. »*

Il décida d'opter pour une version plus édulcorée pendant qu'il conduisait, vérifiant constamment le rétroviseur.

— Imaginons que quelqu'un que tu connais bien, quelqu'un dont tu es proche même, s'avère être un métamorphe et que tu ne l'as jamais su.

Les souvenirs de tout ce qu'ils avaient fait ces derniers jours défilèrent dans son esprit.

— Une personne en qui tu as confiance. Avec qui tu as travaillé. Rigolé. Partagé des repas. Tout.

Elle ricana.

— Quoi, comme une sorte de colocataire ?

Non, comme moi, eut-il envie de dire.

— Oui, comme un colocataire. Quelqu'un qui a toujours été là et dont tu n'aurais jamais douté. Disons que tu découvres soudain que cette personne a... une religion différente.

— Quel serait le problème ?

Il hocha la tête, soulignant son point de vue.

— Exactement. Ça n'aurait pas d'importance, parce que tu sais qui elle est vraiment et quelle personnalité elle a. Que c'est une bonne personne. Donc, les petits détails n'entreraient pas en compte.

— Le fait de se transformer en animal sauvage n'est pas vraiment un petit détail. Lamar était un loup, dit-elle en frissonnant. Et il l'a caché tout ce temps...

Ce bâtard ne l'a pas caché assez longtemps, grogna son ours.

Hailey secoua la tête et croisa fermement les bras.

— Quelqu'un qui cache un secret pareil ne peut pas être une bonne personne.

Tim garda les yeux rivés sur la route et pinça les lèvres.

— Est-ce que la police est au courant ? demanda-t-elle quelques instants plus tard.

Il bougea la mâchoire. Mieux valait oublier la police... Que dirait Hailey si elle savait que le short qu'elle portait lui avait été prêté par une métamorphe ourse qui était une ancienne flic ? Il l'imaginait déjà... Passer devant la voiture de patrouille de Dawn, lui faisant un signe de la main.

— Non, dit-il. Du moins, la plupart ne le savent pas, comme la majorité des humains.

— Donc personne ne peut m'aider, marmonna-t-elle doucement.

— Moi je t'aiderai. On t'aidera tous.

Elle se tourna vers lui avec un sourire reconnaissant qui faillit lui briser le cœur.

— Dieu merci je t'ai, toi. Je le pense sincèrement. Je ne sais pas où je serais sans toi.

Tim pinça les lèvres, et pendant un long moment, le seul son audible fut celui des pneus du pick-up sur la route.

∞∞∞∞

— Il a quoi ?! beugla Kai.

Une heure s'était écoulée depuis, et ils étaient de retour sur la plantation. Dès l'instant où Tim avait installé Hailey chez lui avec Jenna pour lui tenir compagnie, il avait organisé une réunion avec Cynthia et Kai, les dragons de Koa Point, dans la maison principale. Connor était en chemin après avoir escorté Lamar et ses hommes pour le premier vol vers Oahu avec ses super renforts, Hunter et Dawn, qui avaient tout de suite accouru pour l'aider.

— Lamar s'est transformé juste devant Hailey, répéta Tim, en passant ses mains sur son visage. — Elle a tout vu.

Les yeux de Cynthia s'enflammèrent.

— Il a mis tous les métamorphes en danger en faisant ça.

111

Elle leva les yeux vers le deuxième étage où Dell lisait une histoire au petit Joey. Chase était parti patrouiller, et les métamorphes de Koa Point étaient également tous en alerte. Ils avaient tous reçu l'ordre très strict de ne pas se montrer sous leur forme animale près de chez Tim ce soir.

— Qui est ce Lamar, d'ailleurs ? ajouta Cynthia.

Tim secoua la tête.

— J'aimerais bien le savoir.

Kai paraissait furieux.

— D'ici demain matin, on saura tout ce qu'il y a à savoir sur ce salaud.

Ils étaient assis dans ce qui avait autrefois été le salon du premier étage de la maison de plantation. La plupart du temps, le porche servait de lieu de réunion à Koakea, cependant les conversations plus privées avaient lieu à l'intérieur, surtout avec un humain sur sa propriété.

— Je l'aurais tué sur le champ s'il n'y avait pas eu Hailey, grogna Tim.

On l'aurait réduit en miettes, approuva son ours.

— Qui étaient les autres ? demanda Cynthia.

— Un ours et un métamorphe loup, dit Tim.

Il raconta tout ce qu'il avait appris durant la confrontation à la plage, notamment les liens de Lamar avec l'ex-fiancé de Hailey.

— Alors, il faut qu'on l'interroge, déclara Kai, l'air plus sombre que jamais.

Tim bondit de sa chaise, tellement vite que celle-ci tomba au passage.

— Non, pas ce soir.

Kai et Cynthia le regardèrent fixement, assez longtemps pour qu'il rougisse.

— Je n'avais pas prévu de le faire ce soir, dit finalement Kai. Elle a besoin d'une pause. Peut-être que toi aussi, d'ailleurs.

Tim lui jeta un regard noir. Qu'est-ce que c'était censé vouloir dire ?

— Est-ce que ta maison est vraiment la meilleure option pour elle ? continua Kai. On pourrait l'installer à l'hôtel

Kapa'akea avec une équipe de sécurité. C'est peut-être plus son genre, tu vois.

Il faisait allusion à la maison plutôt sommaire de Tim, et il le savait. Certes, Hailey avait peut-être plus l'habitude des lieux chics comme l'hôtel Kapa'akea, néanmoins elle semblait vraiment à l'aise dans les endroits plus petits et accueillants, comme la maison où ils avaient passé une semaine. Dès le moment où il lui avait présenté la sienne, elle s'était un peu détendue.

— Elle est très bien ici, marmonna-t-il.

Il savait qu'il allait un peu trop loin. Cynthia était responsable de la plantation et Kai la supervisait. Les deux dragons avaient un rang supérieur au sien et il n'avait jamais pensé remettre leur autorité en question auparavant. Mais voilà qu'il se rebellait en tant qu'ours.

Ça n'a rien à voir avec le rang, insista son ours. *Il faut que nous gardions Hailey en sécurité et près de nous.*

Il ferma les yeux. La *sécurité* c'était une chose. La garder *près* d'eux en revanche, ce n'était probablement pas une bonne idée. Mais il était trop tard pour résister à son attirance pour Hailey. Ce qui lui donnait l'impression d'être au purgatoire maintenant qu'elle avait clairement exprimé son ressenti vis-à-vis des métamorphes.

— Trois jours, dit Cynthia en les regardant les deux hommes. On lui donne encore trois jours, et après elle devra partir. D'accord ?

Tim fut sur le point de protester quand elle l'interrompit.

— Je comprends que sa situation est difficile, mais elle ne peut pas se cacher ici éternellement.

— Si la presse apprend qu'elle est là... marmonna Kai.

Tim se figea. C'était déjà assez compliqué d'héberger un humain sur la propriété. Si la presse traquait Hailey jusqu'à Koakea, il y en aurait une dizaine d'autres. Les fouineurs, les curieux, armés de caméras et de micros. Comment lui et ses frères métamorphes pourraient-ils garder leur secret sous ce genre de surveillance ?

— Trois jours suffisent largement pour que Hailey puisse assurer sa propre sécurité et décider de la prochaine étape, déclara Cynthia avec détermination.

On aurait dit un juge qui venait de prononcer sa sentence en frappant de son marteau, et Tim ne put s'empêcher de lui jeter un regard noir. Mais s'il y avait bien quelqu'un qui savait ce que c'était que d'aller de l'avant après un traumatisme, c'était elle. Personne ne savait vraiment ce qui avait amené la jeune dragonne veuve à Maui avec son fils, mais il était évident qu'elle savait ce que c'était que d'être en fuite.

— Trois jours, acquiesça Kai, jetant un regard sévère à Tim. C'est compris ?

Ce dernier cacha à peine le grognement de son ours intérieur.

Hors de question.

Il réprimanda la bête indisciplinée comme il ne l'avait jamais fait auparavant. Assurer la sécurité de son clan passait avant tout, peu importait le coût.

— Tu as compris, Hoving ? répéta Kai, lui jetant un regard désormais noir.

Tim acquiesça sèchement ; c'était tout ce qu'il put obtenir de la part de son ours indiscipliné. Oui, il avait compris. Trois jours, c'était tout ce qui lui restait avec son âme sœur. Certains métamorphes étaient chanceux et avaient toute la vie devant eux. Connor et Jenna avaient déjà pu profiter de plusieurs mois ensemble et avaient encore des années de bonheur qui les attendaient. Kai et Tessa étaient doublement chanceux, avec en plus la rumeur d'un bébé en route. Mais lui...

Tim faillit laisser échapper un cri de colère. Trois jours ce n'était pas assez, putain.

Mais il le faudra, disait le regard sévère de Kai.

Et, merde. Le métamorphe dragon avait raison. Le destin était complexe. Certains gagnaient à la loterie pour *toujours* ; d'autres n'avaient droit qu'à un laissez-passer d'une journée pour une brève incursion d'amour et de chance. C'était ça le problème quand on tombait amoureux d'une femme qui n'accepterait jamais notre côté métamorphe.

Non, le supplia son ours. *Il doit bien y avoir une solution...*

Il observa l'océan de minuit. Si vaste, si dépourvu d'émotions. Un peu comme son âme avant que Hailey ne soit arrivée dans sa vie et n'ajoute toute cette lumière et cet éclat, comme la lune avec la mer.

Il releva le menton. Trois jours, c'était mieux que rien, non ? Ça lui ferait un mal de chien de l'abandonner, cependant c'était peut-être mieux ainsi. Comme ça, il ne serait pas obligé d'avouer à Hailey qu'il avait un côté ours. Ils pourraient simplement profiter de leur temps ensemble. Cela la tuerait de lui dire au revoir, mais au moins, il pourrait se remémorer ses souvenirs pour le reste de sa longue vie solitaire.

Alors il se leva et s'avança d'un pas raide jusqu'à la porte, élaborant un plan dans sa tête. Il chercherait à vivre une vie entière avec elle ces prochains jours. Il lui ferait comprendre à quel point elle était spéciale et ce qu'elle représentait pour lui.

Et ensuite ? pleura son ours.

Il regarda dans le vide. Ensuite il devrait trouver la force de la laisser partir.

Chapitre 11

Hailey passa un bon moment à se faire du souci ce soir-là, peu importait les efforts de Jenna pour la mettre à l'aise. Ce ne fut que lorsque Tim revint qu'elle arrêta de se toucher les cheveux et de triturer ses cuticules.

— Tiens bon, lui dit Jenna en partant. Même si les choses paraissent compliquées, elles finissent toujours par s'arranger.

Hailey secona la tête et marmonna dans sa barbe, assez faiblement pour que personne ne l'entende.

— Mon grand-père s'est fait déchiqueter à mort par des loups. Ça ne s'est pas vraiment arrangé pour lui.

Et putain, là, c'était un tout autre niveau en termes de frayeur avec ce loup-garou qui la traquait au nom d'un psychopathe égoïste qui la voulait comme épouse.

Elle ne voyait pas bien comment ce bordel qu'était sa vie pouvait s'arranger, mais avec Tim qui prenait toute la place dans l'embrasure de la porte, il était plus facile de croire à l'impossible.

Il resta là un long moment après que Jenna fut partie, frottant son épaule contre le cadre ; c'était une de ses nombreuses habitudes qu'elle avait fini par aimer. Bizarrement, il paraissait terriblement triste et elle chercha les bons mots pour le réconforter.

Il ouvrit d'abord la bouche, mais elle leva la main.

— Si ça ne te dérange pas, je préférerais... faire semblant ce soir, dit-elle. Je sais que c'est immature, mais parfois il faut juste faire abstraction du reste et faire comme si tout allait bien. Je te promets que j'affronterai tout ça demain. Mais, ce soir...

Étrangement, il parut soulagé. Vraiment soulagé, comme s'il y avait quelque chose qu'il ne voulait pas affronter non plus.

— Je n'ai encore jamais essayé ça, avoua-t-il. Mais d'accord, ça me va de faire semblant.

Elle se mordit la lèvre. Il aurait pu lui faire un sermon en lui disant qu'elle avait fait n'importe quoi de sa vie, notamment en s'impliquant avec des gens comme Jonathan et ses petites frappes. Il aurait pu lui dire que trop, c'était trop, et la mettre dehors pour qu'elle se débrouille toute seule. Mais il n'en fit rien. Il la regarda simplement en souriant, comme si le seul fait qu'elle soit là lui suffisait.

— Donc... dit-elle en se forçant à prendre un ton léger. C'est intéressant chez toi.

Il promena la main le long du cadre de la porte.

— Ça te plaît ?

Elle rougit. Un simple geste comme celui-ci n'aurait pas dû provoquer toutes ces pensées obscènes dans son esprit, pourtant elle ne put s'empêcher de fantasmer en imaginant ses mains posées sur elle à la place. La caressant de haut en bas. La touchant. La possédant. La protégeant.

Peut-être souffrait-elle d'une sorte de complexe du sauveur. Ou peut-être était-ce la façon dont son torse étirait le tissu de sa chemise, car comment ne pourrait-elle pas le remarquer ? Dans tous les cas, quand Tim était là, le coin sensuel de son esprit, longtemps négligé, tournait à plein régime.

Aimait-elle sa maison ? Elle se racla la gorge, car lui dire qu'elle l'adorait d'une voix rauque risquait de trahir son manque d'affection.

— Oui, parvint-elle à répondre.

Elle avait déjà fait le tour, et tout était propre comme un sou neuf. Mignon aussi, avec une pompe à eau à l'ancienne et un séchoir à café à l'arrière.

Tim fit un pas en avant et sa pression sanguine augmenta immédiatement, même s'il ne s'était avancé que jusqu'à la première poutre de soutien. Il la tapota et la contourna.

— Avant, tout cet endroit était une plantation de café et cette maison était l'une des cabanes.

Les murs étaient en bois brut et la lumière des étoiles brillait à travers les interstices des poutres. Les grillons chantaient tout autour et un arbre immense protégeait le côté ouest. Le toit s'inclinait à différents angles et endroits, comme si le bâtiment avait été construit au fil du temps. À l'intérieur, la structure se divisait en deux niveaux. Enfin, un peu plus, car la maison comportait plusieurs caves, tours et ailes greffées autour.

— Dell l'appelle la maison chaussure. Tu connais cette histoire sur la vieille dame qui vivait dans une chaussure ?

Hailey rit, car cela correspondait parfaitement à la structure. Il y avait un grand salon à l'avant avec une niche sur le côté. Trois escaliers étroits menaient à l'étage ouvert qui se trouvait à peu près à hauteur de poitrine – la mezzanine d'un loft, mais assez bas. Il y avait un lit double avec des pieds courts, ainsi qu'une petite lumière pour lire et des livres placés dans les creux du mur. Elle s'imaginait déjà s'y lover après une longue journée de travail.

— J'adore cet édredon, dit-elle en s'approchant plus près pour admirer les détails.

Le motif était une sorte d'ananas abstrait cousu en petites lignes parallèles.

— Dawn l'a déniché au marché aux puces. Elle fait toujours de super trouvailles, expliqua Tim en souriant et en se remémorant certains souvenirs. Hunter et elle me l'ont offert comme cadeau de bienvenue, d'un ou... d'un pote à un autre, se reprit-il.

Elle regarda autour d'elle. Oui, l'endroit était plutôt vide. Mais dans l'ensemble, c'était plus rustique que délabré, et surtout très accueillant.

— Tu habites ici depuis combien de temps ?

— Je vis à Maui depuis deux mois, mais je n'ai emménagé ici qu'il y a quelques semaines. Il y a encore pas mal de travaux à faire.

Effectivement, néanmoins il en avait déjà fait un foyer chaleureux et confortable. C'était petit et assez sombre, comme dans une cabane en rondins, toutefois l'air était frais et elle pouvait imaginer la lumière du soleil y pénétrer le jour.

Avec quelques jolies touches de déco, elle pourrait presque fig-
urer dans un magazine.

— Ta propre petite tanière, plaisanta-t-elle.

Le sourire de Tim s'atténua un peu alors qu'il marmonnait
en réponse :

— On peut dire ça.

Le loft était à peine assez haut pour qu'un homme de sa
taille puisse s'y tenir debout, cependant le côté gauche avait
un toit surélevé comme un clocher d'église. Dessous se trouvait
une cave trop sombre pour qu'on y voie quelque chose.

— Tu es sûre que tu seras bien ici ? demanda-t-il en désignant le lit sur lequel Jenna avait mis des draps propres.

Elle déglutit, luttant contre ces images d'elle blottie contre
Tim dans ce lit qui assaillaient son esprit. Pas pour du sexe
torride sur lequel elle fantasmait ces derniers jours ; seulement
pour se faire des câlins avant d'aller dormir.

— C'est parfait, mais toi, tu vas dormir où ?

Il désigna la cave.

— Tu ne peux pas dormir là ! protesta-t-elle.

— Ça ne me dérange pas. Vraiment. Comme tu l'as dit,
c'est ma tanière.

Sa voix était très calme, malgré tout il y avait quelque chose
de vulnérable dans son regard. Une tristesse terrible là où elle
avait vu l'espoir briller auparavant.

— Mais il fait noir. Comme dans une grotte. Je ne peux
pas te forcer à dormir là.

— Tu ne me forces pas à faire quelque chose que je n'ai pas
envie de faire, dit-il doucement. Et puis, je te garantis qu'une
fois en bas, j'hiberne pratiquement.

Elle pouffa.

— Ah. Hiberner. C'est ce qu'il faudrait que je fasse.
Comme ça je pourrais me réveiller dans quelques mois et
reprendre ma vie en main, lâcha-t-elle avant d'inspirer profondément et de secouer la tête. Je rigole. Je te jure que je ne
m'imposerai qu'une nuit de plus. Demain, j'élaborerai un plan
et je partirai.

— Demain ? demanda-t-il en relevant la tête d'un air surpris.

Elle déglutit à nouveau. Détestait-il autant cette idée qu'elle ? Elle avait envie de rester de toutes les façons possibles. Pas seulement pour sa sécurité, mais aussi pour se sentir aussi vivante et libre qu'elle l'avait été ces derniers jours. Et puis merde, ce serait bien de pouvoir explorer un peu plus ses sentiments pour Tim ! Néanmoins elle était douloureusement consciente que son attirance pour lui pouvait être due au fait qu'elle était actuellement en fuite. Après tout, elle avait mal jugé Jonathan à travers son désir désespéré de s'affranchir de sa mère et de sa carrière. Était-ce son désespoir alors qu'elle tentait d'échapper à Jonathan qui la faisait tomber amoureuse de Tim ?

Son cœur disait non, mais elle avait déjà pris sa décision.

— Demain. Je ne peux pas te demander plus.

— Reste quelques jours.

Reste aussi longtemps que tu veux, lut-elle dans son regard.

— Et tu n'as pas à me demander quoi que ce soit, ajouta-t-il si doucement qu'elle se sentit à nouveau fondre. Je suis content de pouvoir t'aider.

La chambre était assez petite pour qu'elle n'ait qu'à faire deux pas avant de le rejoindre, et quand ce fut le cas, elle lui fit un câlin.

— J'espère que ça ne te dérange pas.

Leur première étreinte fut bizarre et elle crut avoir fait une erreur. Au début, ses bras étaient raides et incertains, mais en quelques secondes, il la serra contre lui, comme il l'avait fait sur la plage. Plus près encore, si c'était possible, et il la tint fermement. La chaleur de son corps chassa le frisson de la peur et ses bras, qui l'entouraient si délicatement, créèrent un mur qu'aucun ennemi ne pouvait franchir.

— Ça ne me dérange pas du tout, marmonna-t-il, lui rappelant leur baiser.

Un baiser qui avait allumé tous les interrupteurs de son âme jusqu'à ce que Lamar apparaisse.

Elle garda le visage enfoui contre son épaule, déterminée à oublier ce type et tout ce qu'il y avait de mauvais pour la nuit.

Tout ça, c'est temporaire, essaya-t-elle de se rappeler, toutefois c'était de plus en plus difficile.

— Je ne sais pas où je serais sans toi, marmonna-t-elle.

— Oh, mais non, tu t'en sortirais très bien, dit-il l'air désinvolte.

Il resserra malgré tout son étreinte, comme une promesse, et elle ferma les yeux.

— Couche avec moi, chuchota-t-elle.

Une seconde plus tard, elle plaqua la main sur sa bouche.

— Je veux dire... Ce n'est pas ce que je voulais dire.

Il pencha la tête, laissant apparaître un semblant d'amusement pour la première fois.

— Qu'est-ce que tu voulais dire alors ?

Elle rougit.

— Je voulais dire, dors avec moi. Enfin... Oh, mon Dieu...

Il éclata de rire puis la prit dans ses bras.

— Je crois que je vois ce que tu veux dire.

Elle ferma les yeux, prête à ramper dans sa cave et mourir de honte.

— Je vais mettre ça sur le compte de la fatigue et du fait que je suis un peu perturbée.

Il lui caressa le dos, la mettant à l'aise.

— Être simplement perturbée est assez incroyable quand on sait ce que tu viens de traverser.

Elle s'esclaffa. Elle était plutôt *très perturbée* et pas seulement à cause des événements effrayants de cette journée. Ses lèvres la picotaient encore après le baiser qu'ils avaient échangé un peu plus tôt, et son sang bouillonnait bien trop pour une femme qui était glacée jusqu'aux os.

Elle se força à s'écarter.

— Je suis désolée. Je n'ai pas le droit de t'en demander autant.

Il eut un sourire en coin.

— Je crois que je peux souffrir encore un peu plus.

Ses yeux s'assombrirent un moment, comme s'il venait de se souvenir d'une très bonne raison de lui dire non. Soudain, il acquiesça fermement.

— Sérieusement. Ça me fait plaisir de pouvoir t'aider.

Elle prit une grande inspiration.

— OK, donc... La salle de bain est... ?

Il la pointa du doigt et elle fila pour se préparer à aller au lit. Ils étaient d'accord pour faire semblant, non ? Alors, elle allait faire semblant. Semblant qu'il était parfaitement normal de dormir à côté d'un homme qu'elle ne connaissait que depuis quelques jours, semblant de ne pas s'être fait traquer un peu plus tôt aujourd'hui par un loup-garou... enfin, non, pardon, un métamorphe loup.

Mon Dieu, le terme « *perturbée* » était loin d'être assez fort pour décrire ce qu'elle ressentait.

Mais, waouh. Une fois qu'elle fut prête à aller se coucher, le fait de se glisser entre les draps lui procura un certain frisson, et quand Tim la rejoignit, doucement, délicatement, comme s'il avait peur qu'elle ne sursaute, des étincelles parcoururent ses veines.

Elle s'allongea sur le côté, face au mur, ne portant rien d'autre que sa culotte et le T-shirt qu'il lui avait prêté. Tim se faufila derrière elle, laissant un espace entre eux deux alors qu'il tirait le drap et l'édredon sur eux.

— Ça va, comme ça ? murmura-t-il en reposant son bras autour d'elle, prenant soin de laisser sa main sur la zone neutre autour de son ventre.

— Oui.

Elle se força à garder un ton léger, cependant chaque muscle de son corps était tendu.

Elle resta immobile, se disant qu'elle voulait simplement se sentir en sécurité. Qu'elle n'avait pas fantasmé sur Tim chaque nuit depuis une semaine.

— Bonne nuit.

Son grondement profond vibra dans son dos et se joignit aux étincelles qui exploraient ses veines.

— Bonne nuit, chuchota-t-elle.

Durant les minutes qui suivirent, Hailey écouta le chant des grillons et le bruit lointain de la mer. Elle scruta l'étagère sur laquelle elle avait posé sa montre et son téléphone, regrettant que sa perle ne soit pas à côté d'eux. Elle pouvait se passer de son téléphone. Mais sa perle... Depuis que son grand-père la lui avait donnée il y a plusieurs années, elle ne s'en était jamais séparée.

« Mon père et ma mère se sont rencontrés lorsqu'il était en poste à Pearl Harbor à la fin de la Seconde Guerre mondiale », lui avait expliqué son grand-père. *« Il disait toujours que ça a été le coup de foudre entre eux. »*

Hailey ferma les yeux, et écouta le souffle doux de Tim.

« Ma mère était une sublime Hawaïenne qui l'a suivi jusque dans le Montana. Ils étaient fous amoureux. Cette perle était le cadeau de mariage de sa famille. »

Hailey avait toujours regretté de ne pas avoir connu ses arrière-grands-parents, néanmoins les récits de son grand-père avaient en partie compensé ce manque.

« La perle n'est peut-être pas parfaite, mais c'est ce qui la rend plus honnête, comme disait toujours ma mère. »

Hailey ferma les yeux. Pour elle, la perle avait toujours été parfaite. Les creux et la forme oblongue l'aidaient à mieux la tenir quand elle en avait le plus besoin. Comme maintenant, quand son esprit tourmenté partait dans tous les sens. Pourtant elle l'avait laissée à Pu'u Pu'eo et n'avait pas eu l'occasion de la récupérer avant de partir.

« Je vais te confier un secret que m'a raconté ma mère. »

La voix chaude et rauque de son grand-père résonnait dans son esprit.

« Cette petite perle contient tout l'amour du monde. Un amour qui t'accompagnera où tu iras. Un amour qui te donnera la force d'avancer. »

Son grand-père s'était arrêté ensuite et son sourire était devenu doux-amer.

« Je pense que ma mère en avait besoin en étant si loin de chez elle. Elle a toujours regretté de ne pas avoir une fille à qui transmettre cette perle. Tu sais à quel point elle serait heureuse d'apprendre qu'elle t'appartient, désormais ? »

Hailey serra les doigts dans le vide, imaginant la perle dans sa paume. Elle avait besoin de force après les événements terrifiants sur la plage, sans parler du reste. Jonathan. Sa mère. La foule de journalistes qu'elle allait devoir affronter quand elle quitterait sa cachette. Elle faillit frissonner, cependant

Tim enroula sa main autour de la sienne comme s'il avait lu ses pensées.

— Tout ira bien, murmura-t-il, embrassant doucement son épaule.

Ce n'était qu'un petit baiser chaste, mais quand même, son âme se mit à palpiter de joie.

Elle referma sa main autour de celle de Tim et l'attira plus près de son cœur. Pas assez pour séduire ce pauvre bougre ; c'était juste pour se calmer un peu. Le lendemain, elle élaborerait un plan d'action rapide dont la première étape serait de récupérer sa perle. Mais pour le moment...

Tim l'attira plus près, réduisant la distance entre eux, et elle soupira. Avec une couette, un matelas confortable et un garde du corps costaud et immense littéralement collé à elle, elle avait tout ce qu'elle voulait. Avant même qu'elle ne s'en rende compte, elle sombra dans le sommeil.

Fais semblant, Hailey. Fais semblant. Que c'était agréable de coller ses fesses contre les genoux de Tim et de sentir ses doigts entrelacés entre les siens. De se dire que le monde était aussi paisible et sûr que maintenant, et que tout irait bien.

Finalement, ce n'était pas si difficile de faire semblant.

∞∞∞

À sa grande surprise, Hailey dormit comme un loir, et quand elle se réveilla, la lumière rose de l'aube filtrait à travers les interstices de la cabane. Elle s'étira, puis se figea, se rappelant soudain comment elle était allée se coucher. C'était censé être la partie la plus gênante, non ?

Mais Tim murmura par-dessus son épaule, l'apaisant une fois de plus.

— Je crois qu'on a le droit de faire encore un peu semblant. Cette fois-ci, c'est moi qui prépare le café, chuchota-t-il en l'embrassant sur l'épaule avant de rouler sur le côté.

Elle se retourna et le regarda, gardant la couette près d'elle dans la fraîcheur de l'aube. Chaque mouvement de cet homme était puissant, maîtrisé, de la façon dont il descendait les escaliers du loft à l'exactitude avec laquelle il plaçait la bouilloire sur le seul feu de la gazinière. Il portait un caleçon noir et rien d'autre, et la douce lumière du matin éclairait chaque muscle bien sculpté de sa large silhouette. Il se gratta le torse de façon distraite, comme le ferait un homme encore un peu endormi et totalement à l'aise.

Quand il enfila une chemise et la fit glisser le long de son torse, elle essaya de ne pas observer la façon dont tous les muscles de son corps ondulaient. Ce n'était pas seulement son apparence qui l'attirait. Elle avait posé aux côtés de suffisamment d'hommes bien bâtis pour savoir qu'un beau corps ne s'accompagnait pas toujours d'un esprit vif... ou d'un cœur pur. Certains de ces types faisaient des blagues obscènes, d'autres supposaient qu'elle les suivrait du plateau à leur lit. Peu lui ouvraient la porte ou se pliaient en quatre pour l'aider comme l'avait fait Tim. Et aucun d'eux n'avait en lui ce mélange étonnant de douceur et de volonté de fer qu'il possédait.

Elle fixa l'étagère où aurait dû se trouver sa perle et chassa cette pensée de son esprit. Elle ne tombait pas amoureuse. Elle ne pouvait pas se le permettre. Pas durant un moment comme celui-ci et pas après avoir fait tant d'erreurs par le passé.

Alors, elle prit son téléphone sur l'étagère et cliqua sur l'écran, se préparant à lire les nombreux messages qui devaient s'y trouver. C'était bien joli de faire semblant, mais à un moment donné, elle allait devoir faire face à la réalité.

Évidemment, sa boîte mail était remplie de dizaines de messages et elle grimaça.

— Tu veux du lait ? lui demanda Tim en lui tendant une tasse.

Il l'observait de ses yeux profonds et apaisants, la suppliant de rester un peu plus dans son monde. Elle reposa son téléphone, heureuse de remettre à plus tard cette réalité désagréable.

— Oui, ce serait super, murmura-t-elle, glissant hors du lit et loin de son portable.

Il attendit, silencieux et patient comme jamais, pendant qu'elle partait se brosser les dents et enfiler les vêtements que Jenna lui avait apportés la veille. Elle aurait préféré porter le

T-shirt trop grand de Tim toute la journée. Malheureusement, ça n'était pas possible… pas le jour où elle s'était juré de reprendre sa vie en main.

Mais Tim lui avait dit qu'elle pouvait encore faire un peu semblant, et merde, elle le ferait ! Elle sirota son café en le regardant droit dans les yeux tout le long.

— Parfait, souffla-t-elle une fois qu'elle eut terminé, même si elle avait surtout savouré la vue qu'il lui offrait que le goût de cette boisson particulière.

Quand il se lécha les lèvres, elle dut détourner le regard et elle aurait pu jurer entendre sa respiration devenir erratique. Tout comme la sienne, et une énergie invisible se remit à tourbillonner autour d'eux, l'enveloppant dans son charme. Toutes sortes de visions folles lui traversèrent la tête, comme se réveiller éternellement aux côtés de Tim. Passer chaque nuit avec lui. En peu de temps, un futur heureux se dessina dans son esprit, avec des enfants, des étés et des Noëls. Des anniversaires, des week-ends et des dîners occasionnels au restaurant. Des rires, de douces caresses. Il y avait aussi des larmes, cependant aucune n'était brutalement sombre et désespérée, pas si elle pouvait affronter le chagrin avec Tim.

Elle se mordit la lèvre. Était-ce une vision, le genre qu'elle serait folle d'ignorer, ou était-ce un pur fantasme ?

Les yeux de Tim brillèrent, donnant une couleur caramel à ses iris bruns. Il murmura, attrapant ses mains :

— Hailey, il faut vraiment que je te dise quelque chose.

Elle retint son souffle. Avait-il vu ce qu'elle venait de voir ? En avait-il envie lui aussi ? Sa pomme d'Adam s'agita alors qu'il déglutissait, signalant qu'il allait lui dire quelque chose d'important. Quelque chose qui pourrait changer sa vie.

Elle hocha la tête avec empressement. Toutefois il prit un moment, qui s'étira à l'infini. Une sonnerie stridente et perçante déchira le silence et ils s'écartèrent d'un bond. Hailey regarda autour d'elle et repéra son téléphone qui vibrait et clignotait à cause d'un appel entrant. La mélodie urgente tambourina dans le silence de la maison rustique jusqu'à ce qu'elle ne puisse plus le supporter. Elle se précipita vers son portable, regarda l'écran et grimaça lorsqu'il sonna à nouveau.

— C'est ma mère.

La culpabilité s'empara d'elle. Comment avait-elle pu être si cruelle en coupant les ponts avec elle comme ça ? La pauvre femme devait être morte d'inquiétude.

La main de Hailey se figea soudain à mi-chemin quand elle réalisa quelque chose. Si Lamar était capable de la menacer, il pouvait très bien faire de même avec sa mère. Elle saisit le téléphone pour répondre.

— Maman ? Ça va ?

Tim pencha la tête sur le côté, attentif. Elle aurait aimé pouvoir lui prendre la main. En tout cas, ça l'aurait certainement aidée à surmonter cet appel.

— *Hailey ? Putain, mais où es-tu passée ?!*

Elle écarta le téléphone de son oreille. Elle ne lui demandait pas si elle allait bien ni qu'elle s'était fait un sang d'encre à son sujet. Non, juste cette voix stridente de cacatoès. Qui la sermonnait. Qui exigeait... Non, qui lui donnait un ordre que Hailey n'avait pas envie d'entendre.

Tim fronça les sourcils.

— Tout va bien ?

Hailey fit une grimace, couvrit le téléphone et se retint de soupirer.

— Oui. Tout est normal.

Chapitre 12

Hailey pressa à nouveau le combiné contre son oreille.

— Où es-tu, Maman ?

Elle faillit hurler quand elle entendit sa réponse.

— *En route pour Maui, et pas grâce à toi. Mais qu'est-ce que tu as dans la tête, bon sang ?*

Si Tim n'avait pas touché sa main à ce moment-là, qui sait ce qu'elle aurait répondu ?

— Pourquoi viens-tu à Maui ?

— *Pour te faire revenir à la raison, bien sûr ! Bon, dis-moi où tu es,* s'agaça sa mère.

— On dirait que tu le sais déjà, répondit-elle, essayant de comprendre ce qui se passait.

— *Tu veux bien arrêter de jouer à ce petit jeu avec moi ? Je sais que tu es à Maui. L'équipe de sécurité de Jonathan t'a retrouvée. Je ne sais pas à quoi tu pensais.*

Son sang se glaça.

— Jonathan est avec toi ? Non ? Très bien, maintenant écoute-moi, Maman. Écoute-moi bien. Tu ne peux pas lui faire confiance. Et surtout, tu ne peux pas faire confiance à Lamar. C'est un monstre.

Tim relâcha sa main et il se détourna.

— *Ne sois pas ridicule, Hailey. C'est toi qui as fui ton propre mariage.*

— Ce n'était pas mon mariage. C'était celui de Jonathan. S'il avait pris la peine de me demander...

— *Si tu avais pris la peine de réfléchir, rien de tout ça ne serait arrivé. Heureusement pour toi, j'ai réussi à le convaincre de te laisser une seconde chance. Maintenant, dis-moi où tu es.*

129

Hailey secoua la main, à la fois de colère et de peur.

— Où est Lamar, Maman ?

Tim se rapprocha pour écouter.

— *Qu'est-ce que j'en sais ? Ce qui compte c'est que je suis en route pour Maui. Maintenant, arrête de jouer.*

Instinctivement, Hailey eut envie de prendre le premier vol pour Tombouctou, cependant elle parvint à répondre calmement :

— Je ne joue pas, Maman. Je reprends juste le contrôle de ma vie.

Tim lui fit un signe de tête ferme, ce qui la rassura. Sa mère avait toujours cette façon de la faire passer pour une folle, mais heureusement, il redressait la barre chaque fois.

Il était quand même temps d'affronter la tempête quoi qu'il en soit, elle ne pouvait donc pas fuir, et en une minute, elle accepta un lieu de rendez-vous, à contrecœur.

— On se retrouve à l'hôtel Kapa'akea, dit Hailey au téléphone, répétant ce que Tim lui chuchotait. Appelle-moi quand tu arrives.

— *Mais...*

— Appelle-moi quand tu arrives et viens seule, termina Hailey avant de raccrocher brutalement.

Elle se laissa retomber sur une chaise et prit son visage dans ses mains alors que la paix qu'elle avait éprouvée ces derniers jours s'évaporait.

— Tout ira bien, murmura Tim, s'accroupissant devant elle.

Elle se força à sourire.

— Le fait de me retrouver face à un loup-garou ne m'a pas autant secouée que l'idée de revoir ma propre mère.

L'expression sur le visage de Tim passa de chaleureuse à impénétrable. Puis, il se racla la gorge.

— L'hôtel Kapa'akea est un endroit parfait pour se retrouver. La sécurité est déjà importante sur place et on pourra y aller plus tôt pour repérer les lieux.

Hailey fit une grimace.

— Je devrais peut-être appeler les médias. Frapper avant qu'elle ne le fasse, dit-elle avant de secouer la tête. Non, mais tu te rends compte comment je parle de ma mère ?

Il haussa les épaules.

— D'après ce que tu racontes sur elle, ça ne me surprend pas.

Elle observa la porte et se força à se relever. La réalité venait de la rattraper. Elle ferait mieux de sortir et de l'affronter avant que celle-ci ne devienne encore plus incontrôlable.

— OK, bon, j'imagine que j'ai intérêt à mettre un plan en place.

Tim hocha la tête sans rien dire, la laissant réfléchir toute seule.

Elle se creusa les méninges.

— Donc, je vais retrouver ma mère et je lui ferai clairement comprendre que c'est fini entre Jonathan et moi.

C'était plus facile à dire qu'à faire, et elle le savait.

— Mais le fait de frapper en premier est peut-être logique après tout.

Tim sourit.

— Tu as un esprit militaire.

Elle rit.

— Tu sais ce que c'est, hein ? À situation désespérée, mesures désespérées, dit-elle avant de froncer les sourcils. Est-ce que ta mère est aussi insupportable ?

Il secoua rapidement la tête.

— Je crois que c'est nous qui les rendons folles, pas l'inverse. Mais je suis certain que ta mère... euh...

Il essayait de trouver quelque chose de gentil à dire et elle l'adora pour ça.

— Euh... je suis sûr qu'elle veut bien faire, finit-il par dire maladroitement.

Hailey ricana, notamment parce que c'était toujours mieux que de pleurer, puis se mit à élaborer un plan. Elle fit défiler les contacts de son portable, dressant une liste dans sa tête. Tim s'éloigna pour passer quelques coups de téléphone à son tour.

Apparemment, Dawn connaissait une journaliste du coin qui semblait être la personne idéale pour qu'elle donne une interview exclusive. En attendant, Hailey appela son agent, et même s'il était aussi énervé que sa mère, il accepta de lui remettre immédiatement une nouvelle pièce d'identité et carte de crédit.

Le reste était encore flou pour elle. Elle ne pouvait pas quitter Maui sans une équipe de sécurité, car que se passerait-il si Lamar revenait ?

Elle finit par observer Tim qui faisait les cent pas en parlant au téléphone. Dommage qu'elle ne puisse pas rester avec lui. Tout était parfait, à part pour une chose : le sentiment de se servir de la seule personne honnête dans sa vie. Elle n'avait pas l'intention de le faire, cependant il avait déjà accompli tellement de choses pour elle, et elle était tellement perdue... Comment pouvait-elle se faire confiance dans un moment pareil ?

— Tu es prête ? lui demanda Tim quelques minutes plus tard.

Elle se regarda, vérifiant son apparence. Sa mère risquait de faire une crise en la voyant porter des vêtements empruntés. Il était donc très tentant de remettre le T-shirt de Tim, parce que ça lui permettrait de faire passer un message. Mais non. Elle ne s'abaisserait pas à ça. Les habits de Jenna étaient très bien.

Il dut prendre son hésitation pour de la nervosité, ce qui n'était pas loin d'être le cas, car il se pencha vers elle et l'embrassa. Juste une fois, et seulement sur la joue, mais waouh. Son cœur fit un bond joyeux dans sa poitrine et du feu parcourut ses veines. Elle fit de son mieux pour hocher la tête de façon décontractée :

— Oui, je suis prête.

Tim la guida à travers la propriété.

— Rien à voir avec le Montana, hein ? dit-il en désignant le panorama autour de lui.

Elle faillit rire de soulagement. Il lui donnait l'occasion de faire encore un peu semblant.

— C'est vrai, acquiesça-t-elle. Mais j'aime bien.

En vérité, elle adorait même. La paix. L'intimité. La perspective de remettre le terrain en état. Une plantation enchevêtrée était exactement le genre de projet dans lequel elle aimerait se plonger une fois qu'elle se serait éloignée du mannequinat.

Néanmoins, même si c'était magnifique, tout ce qu'elle voyait reflétait son humeur.

Des rangées de plants de café s'efforçaient de se libérer de ces mauvaises herbes qui les étouffaient. La couleur rose pleine d'espoir s'était évaporée depuis un moment, laissant un ciel bleu clair.

Repartir à neuf, essayait-elle de se convaincre, mais tout ce qu'elle voyait vraiment, c'était un immense vide.

Ils s'arrêtèrent sur une colline et elle se retourna lentement, observant le paysage. Il y avait encore quelques maisons ici et là, et une silhouette sortit de l'une d'elles avant de s'étirer. Elle regarda cet homme lever les bras, face à la mer. Était-ce Dell ? Il se retourna et s'étira, bougeant avec une grâce féline. Rapidement, il fut en position de planche, puis de cobra.

Elle le fixa du regard.

— Dell fait du yoga ?

Tim hocha la tête.

— Oui. Tous les jours.

Les premiers mouvements qu'il venait d'effectuer lui étaient familiers, puis il s'accroupit, posa ses mains sur le sol et fit le poirier. Ce n'était *pas* le genre de yoga qu'elle pratiquait. Alors qu'elle l'observait, il ramena les pieds au-dessus de sa tête et plia les genoux, créant une position en forme de diamant. Pour finir, il leva une main du sol et resta comme ça, parfaitement équilibré.

— Waouh, dit-elle en sifflant presque.

Un poirier à une main.

— J'aurais peut-être dû faire un peu de yoga ce matin, continua-t-elle en se tournant vers Tim. Même si je ne suis pas sûre que ça aide.

Il enroula la main autour de la sienne et lui fit un petit sourire. Celui qui lui disait que tout irait bien. Toutefois, même le sien paraissait un peu léger, comme s'il n'était pas sûr de lui.

Quand ils arrivèrent à la grange où son pick-up était garé, Tim le dépassa et lui tendit un casque à la place.

— Une moto ? couina-t-elle en fixant la Harley noire.

Il sourit.

— Oui. Connor, euh, a hérité… d'un peu d'argent et c'est une des rares folies qu'il s'est autorisé. C'est un bon véhicule pour fuir, je suppose.

C'était une blague, mais pas vraiment non plus, et quand elle se glissa derrière Tim, ses mains se mirent à trembler. Était-elle vraiment prête à affronter le monde extérieur ?

Il démarra le moteur et partit en trombe, comme s'il lui disait : « *Oui, tu es prête* ». Cela l'aida de se serrer contre son corps dur, et quand ils atteignirent la moitié de l'allée, une Land Rover aux vitres teintées se positionna derrière eux.

— C'est Connor et Hunter ! cria Tim vers elle par-dessus le bruit du moteur. Nos renforts.

Elle enfouit son visage contre son dos. Mon Dieu, elle leur devait tellement à tous. Comment allait-elle pouvoir les remercier ?

L'hôtel Kapa'akea n'était qu'à quelques kilomètres le long de la côte ; il faisait partie de ces endroits ultra chics avec une longue allée bordée de palmiers. Il y avait des agents de sécurité qui se crispèrent quand ils arrivèrent, toutefois Tim devait avoir un contact là-bas, car ils laissèrent passer la moto et la Land Rover. Alors qu'ils descendaient l'allée privée, Hailey observa les poneys de polo qui s'élançaient sur le gazon à droite. Un terrain de golf s'étendait sur la gauche, et des pots de fleurs exotiques bordaient l'entrée de l'hôtel. Tim se gara sur le côté et guida Hailey jusqu'au bâtiment octogonal en bordure du terrain de polo.

— Ça, c'est le salon de thé, dit-il, très sérieux.

Connor et Hunter, se déployèrent derrière eux, aussi menaçants que des gardes du corps présidentiels, et elle déglutit.

— La journaliste est ici, continua-t-il. Je t'attendrai sous le porche, d'accord ?

Il lui serra la main et elle déglutit à nouveau. Non, ce n'était pas OK parce que waouh… il s'était donné beaucoup de mal pour organiser tout ça pour elle. Tout ce qu'elle avait fait, c'était de lui préparer du café.

— C'est parfait. Merci. Encore, murmura-t-elle en l'embrassant sur la joue. Son visage était tout aussi impassible que celui de Connor ou Hunter, néanmoins ses yeux brillèrent avant qu'il ne la laisse partir.

Hailey prit une grande inspiration. Un jour, elle trouverait le moyen de le remercier correctement. Mais pour le moment...

Elle entra dans le salon de thé, tendant la main vers les deux personnes à l'intérieur. La journaliste s'avéra être une femme du coin, très sympathique, vêtue d'une robe à fleurs, et qui se montra compatissante à l'égard de tout ce qu'avait vécu Hailey. Elle n'était pas du tout le requin fouineur auquel elle s'était attendue. Le photographe était un petit homme asiatique souriant qui lui demandait la permission avant de pouvoir la prendre en photo. Elle avait failli le regarder d'un air perplexe. Elle remarqua que Tim prenait soin de ne pas être visible sur les clichés, peu importait l'angle de vue que choisissait le photographe.

Les interviews n'avaient rien de nouveau pour Hailey, mais celle-ci fut fluide. Il y avait quelque chose de libérateur dans le fait que ce soit elle qui organise le rendez-vous et raconte son histoire avec ses propres mots. Elle s'efforça de redorer l'image de Jonathan avec des phrases comme : « *Nous n'étions pas faits l'un pour l'autre* » et « *J'avais besoin d'espace* » et elle ne mentionna pas Lamar. Elle fit de même pour sa mère et l'industrie du mannequinat, toutefois la vérité dut transparaître, car la journaliste griffonna sur son bloc-notes et échangea des regards avec le photographe, l'air de dire : « *Oh, putain. Moi aussi je me serais barrée à sa place* ». Finalement, Hailey signa une clause accordant les droits exclusifs de son histoire à la journaliste en échange que celle-ci ne révèle pas sa localisation, et ce fut tout. Cette rencontre était la partie facile.

Soudain, le téléphone de Tim sonna sous le porche. Quand Hailey leva les yeux, son expression sinistre lui indiqua de se préparer. Une longue limousine noire entra dans l'allée et s'arrêta pile devant le salon de thé.

— Bonne chance, ma belle, lui murmura la journaliste en sortant.

Le photographe lui fit un clin d'œil compatissant avant de la suivre, ayant l'air de penser qu'elle en aurait effectivement besoin.

Hailey redressa les épaules et se força à ne pas croiser les bras, une posture défensive classique, quand la limousine se gara. Rien ne se produisit tout de suite et elle tapota du pied. Finalement, le chauffeur, un résident de l'île assez costaud qui ne paraissait pas à l'aise dans son costume cravate, sortit du véhicule et le contourna, levant les yeux au ciel de dédain en comprenant que sa cliente allait vraiment attendre qu'il lui ouvre la portière.

Hailey se retint de froncer les sourcils. Oui, c'était bien sa mère.

Le chauffeur ouvrit la portière et une main se tendit.

Hailey ricana. Sa mère n'avait pas besoin d'aide pour sortir d'une voiture. Elle avait déjà vu cette femme piétiner et écraser des figurants sur un plateau s'ils étaient sur son chemin. Pourtant, elle adorait faire une entrée remarquable et attirer l'attention autant que possible.

Hailey se retint de rire lorsque le chauffeur fit preuve d'un peu trop de force et faillit la projeter dans les airs. Sa mère apparut exactement comme elle avait toujours été, certainement depuis le jour même de sa naissance : l'air renfrogné, le visage rouge et remuant dans tous les sens. Elle agita un doigt en direction de Hailey comme si c'était *elle* qui avait fait quelque chose de mal.

— Attends un peu que je m'occupe de ton cas... commença-t-elle en ajustant le foulard à pois rouges et blancs qu'elle avait sur la tête.

Elle portait une chemise blanche, un pantalon rouge et d'énormes lunettes de soleil blanches. En d'autres mots, une nouvelle tenue. Apparemment, elle s'était fait assez de souci pour avoir le temps de faire du shopping à Waikiki.

— Ça me fait plaisir de te voir aussi, murmura Hailey.

Tim s'avança, le visage neutre, laissant ses épaules crispées parler pour lui.

— Pour l'amour du ciel, s'agaça sa mère.

Hailey ouvrit la porte du salon de thé.

— On peut parler ici.

Sa mère passa devant elle, le menton levé, les bras ballants comme une boxeuse, le visage presque aussi rouge que son pantalon. Hailey lui tint la porte, assez longtemps pour indiquer à Tim qu'elle apprécierait son soutien. Il entra discrètement derrière elles.

Quand la porte se referma, la mère de Hailey pivota vers lui en le pointant du doigt d'un air accusateur.

— C'est qui, celui-là ?

Hailey la fusilla du regard. Vraiment, car cet homme, un véritable inconnu, avait fait preuve de plus de gentillesse et de compréhension que sa propre mère ces cinq dernières années.

Elle ne pouvait néanmoins pas vraiment lui dire : « *C'est l'homme contre qui je suis restée blottie cette nuit.* »

— C'est mon garde du corps, lâcha-t-elle, jetant un regard à Tim en espérant que ça ne le dérange pas.

Il ne bougea pas, ne cilla pas, cependant le coin de sa bouche tressauta, lui indiquant que non.

Sa mère, qui avait un œil de lynx, n'avait pas pu rater ce regard, toutefois elle se contenta d'un :

— Pff.

Elle renifla ensuite un vase rempli de très beaux iris et fouilla dans son sac en marmonnant :

— Doux Jésus, toutes ces fleurs, tout le temps. Ne font-ils jamais de pause ? dit-elle avant de regarder la chemise de sa fille. Mon Dieu, qu'est-ce que tu portes ?

Hailey se mordit la lèvre et compta jusqu'à dix.

Sa mère se moucha en faisant un bruit de trompette, puis posa son sac sur une table, froissant la nappe blanche.

— Je n'arrive pas à croire que tu aies été si puérile. Si égoïste.

Hailey tressaillit.

— C'est égoïste de refuser d'épouser quelqu'un ? On n'est plus au dix-huitième siècle, maman. Nous ne sommes pas démunis et nous n'avons pas besoin d'un titre.

Elle grimaça suite à ses paroles. Peut-être ne valait-il mieux pas lui donner des idées. Sa mère était tout à fait capable d'échafauder un plan pour la marier au prochain héritier du trône de l'une de ces petites principautés qui existaient encore dans le monde. Ou pire encore, à un cheik.

Mais cette dernière fit comme si elle ne l'avait pas entendue.

— Je n'ai jamais eu aussi honte de ma vie. Tu as fui ton propre mariage !

— Ce n'était pas mon mariage, rétorqua Hailey, essayant de ne pas crier. C'était un coup monté. Un piège.

— Un piège ? Un piège ?! cria-t-elle d'une voix stridente. Je vais te dire ce que c'est que d'être piégée.

Hailey ferma les yeux, elle savait exactement ce qu'elle allait radoter.

— On est piégée quand on se retrouve veuve avec une montagne de dettes et un enfant à nourrir. À griller des steaks à longueur de journée, à vivre dans une maison avec un toit qui fuit sans savoir comment on va faire pour joindre les deux bouts.

— Maman...

— Alors, quand un homme se présente et qu'on tombe amoureuse...

Hailey leva la main en l'air, lui intimant d'arrêter.

— Je ne suis pas amoureuse de Jonathan, maman. Je ne l'ai jamais été. Je pense que c'était surtout un besoin inconscient de fuir.

— Mais qu'est-ce que tu aurais voulu fuir ?

Toi, faillit-elle lui répondre.

— Je suis une adulte maintenant, maman. J'ai besoin d'espace.

Sa mère cogna la table et ne broncha même pas quand le vase se renversa. Hailey essaya de le rattraper, mais ce fut trop tard. L'eau se répandit sur la nappe parfaite et les fleurs tombèrent à la renverse.

— Après tout ce que j'ai fait pour toi, s'énerva sa mère, tous les sacrifices que j'ai faits...

Hailey plaça ses mains en coupe et fit de son mieux pour récupérer l'eau et la mettre dans le vase. Un combat perdu d'avance, car autant d'eau s'écoula entre ses doigts que celle qu'elle remit dans le vase. Elle y remit ensuite les fleurs, cependant plusieurs pétales restèrent éparpillés sur la nappe. Tout n'était que désordre. C'était l'histoire de sa vie.

— Je sais que tu as fait tout ça, maman, et j'apprécie, dit-elle aussi gentiment que possible. Mais nous ne sommes plus coincées comme avant. Nous avons de l'argent. Plus que nous n'en avons jamais rêvé.

— Peut-être plus que *toi* tu n'en as jamais rêvé, marmonna sa mère.

Hailey eut honte. Quelles étaient les attentes de sa mère ? Serait-elle un jour satisfaite ?

— Tu n'as jamais été pragmatique, Hailey. Sans moi tu serais toujours serveuse au restaurant.

Sans moi, tu veux dire, tu serais toujours serveuse au restaurant, eut-elle envie de rétorquer. Mais elle ne souhaitait pas s'abaisser à ça. Et de toute façon, elle ne pouvait pas en placer une, car sa mère était en boucle.

— Tu es comme ton père. Idéaliste. Romantique. Comme avec ce champ auquel tu t'accroches.

Hailey la regarda. Sa mère était encore en train de parler du terrain que son arrière-grand-père lui avait laissé ? C'était une toute petite parcelle dans le nord du Montana où ses arrière-grands-parents avaient vécu quand ils étaient arrivés pour la première fois, en 1950. Le terrain ne valait pas grand-chose, toutefois il avait une grande valeur sentimentale et elle s'y était accrochée contre vents et marées.

— Épouser Jonathan a beaucoup d'avantages et tu le sais, poursuivit sa mère.

La seule chose qui la coupa fut toute une série d'éternuements qui la saisirent soudain.

— Mon Dieu, il y a un chien ici ou quoi ?

Hailey l'ignora.

— Quels avantages, Maman ? Je ne suis pas amoureuse de Jonathan. Il n'y a rien entre nous. Pas de magie, pas d'alchimie.

Elle ne put s'empêcher de se tourner vers Tim.

Pas comme l'alchimie que je ressens avec lui.

— De la magie ? Pas d'alchimie ? Ce n'est pas ça qui paie les factures.

— Non, mais mon travail de mannequin, si. Nous n'avons eu aucun problème à payer les factures depuis des années. Nous n'avons pas besoin de l'argent de Jonathan.

Pourquoi ne voulait-elle pas se le mettre dans le crâne ?

Sa mère fronça les sourcils en éternuant à nouveau avec violence.

— Il peut t'emmener dans des endroits dont tu n'as jamais osé rêver, Hailey. D'abord le Sénat, et ensuite, qui sait ? Peut-être même la Maison-Blanche.

Hailey resta bouche bée. La Maison-Blanche ? Sa mère voulait qu'elle épouse un con arrogant parce qu'il avait de grandes chances de devenir président un jour ? Était-elle folle ? Hailey ne pouvait même pas imaginer vivre ce genre de vie. Sa mère prit son dégoût pour de l'intérêt, car elle lui afficha alors un grand sourire et continua :

— Imagine, Hailey. Toi et moi, à la Maison-Blanche. Et grâce à moi, Jonathan est prêt à te laisser une seconde chance.

Hailey plaqua les mains sur ses yeux. Tout ça était tellement surréaliste. Soudain, elle se redressa rapidement, déterminée à se faire entendre et partir.

— Je ne reviendrai pas, maman.

— Grâce à moi, tu n'auras pas à aller où que ce soit, lui annonça-t-elle en souriant, désignant l'extérieur.

Les quelques clients de l'hôtel qui étaient dans le champ de vision de Hailey regardèrent tous en l'air et les branches des palmiers s'agitèrent d'un coup dans tous les sens à cause d'une rafale. Le bruit des rotors emplit leurs oreilles et même Tim leva les yeux vers le ciel, alerte.

Hailey sentit son estomac se nouer, lui donnant la nausée. Il s'agissait d'un hélicoptère et elle savait déjà qui était à l'intérieur.

— Maman, qu'est-ce que tu as fait ?! cria-t-elle alors que l'hélicoptère atterrissait.

La portière s'ouvrit en grand et Jonathan en sortit. Il avait l'air d'un cadre d'entreprise pressé, prêt à conclure l'affaire de sa vie.

— Seulement ce qui est le mieux pour toi, déclara sa mère d'un ton sec.

Les lèvres de Hailey bougèrent, essayant de protester, mais c'était trop tard. Jonathan était déjà en train d'avancer jusqu'au salon de thé, comme si l'endroit lui appartenait. Comme si Hailey lui appartenait, en fait.

— Non, murmura-t-elle d'un ton désespéré. Non.

Chapitre 13

Arrêtez-le! aboya Tim à ses amis dehors.

Inutilement, puisqu'ils réagirent aussi rapidement que lui. Tim bloqua la porte pendant que Connor et Hunter interceptaient Jonathan juste à l'extérieur du périmètre des vrombissements des hélices de l'hélicoptère. Les deux hommes croisèrent les bras et clouèrent Jonathan sur place avec des regards froids et durs qui l'arrêtèrent net.

Tim se tourna vers Hailey.

— Tu n'es pas obligée de lui parler si tu n'en as pas envie.

Lui, en tout cas, n'en avait pas envie. Si son attitude arrogante ne l'avait pas déjà fait détester Jonathan, la façon dont ce type touchait son costume sur mesure et ses cheveux gominés auraient aussi fait l'affaire.

— Évidemment qu'il faut qu'elle lui parle. C'est son fiancé! s'écria sa mère.

Il l'ignora, tout comme Hailey.

— Je n'en ai pas envie, mais je suis obligée. Il faut que ça cesse, dit-elle avec une voix vacillante, mais un regard féroce.

Tu es incroyable, eut-il envie de lui dire. Mais il ne pouvait pas, pas avec sa mère à côté.

De son côté, celle-ci laissa échapper un éternuement si bruyant que ses oreilles sifflèrent. Elle renifla ensuite et se frotta les yeux.

— Quelqu'un a dû faire entrer un animal ici à un moment donné, ce n'est pas possible. Mes allergies...

Tim leva les yeux au ciel, cependant il se retint de dire ce qu'il mourrait d'envie de lui rétorquer.

Oui, il y a un animal ici. C'est moi.

Au lieu de ça, il se tourna vers Connor et Hunter et grogna :

Laissez-le passer. Gardez juste un œil sur les autres. Y a-t-il d'autres métamorphes ici ?

Négatif, répondit Connor. *Le pilote et les gardes du corps sont tous humains.*

C'était déjà ça… Lamar obéissait à leurs ordres en restant bien loin de Maui.

Jonathan commença à se disputer avec Connor, insistant sur le fait que l'homme pâle et corpulent à côté de lui devait être autorisé à passer.

Tim regarda Hailey.

— C'est qui, ça ?

Elle soupira.

— C'est son avocat.

Tim le regarda. Quel genre d'homme ramenait son avocat pour se réconcilier avec sa petite amie ?

Ex-petite amie, grogna son ours intérieur.

— Tout n'est que business avec Jonathan, marmonna Hailey, lisant dans ses pensées.

— Il n'y a rien de mal à ça, renifla sa mère.

Tim résista à l'envie de secouer cette femme. Les mères étaient censées aimer leurs enfants. Les guider. Les réprimander ou les féliciter selon la situation. Dieu savait que sa pauvre mère l'avait plus grondé que félicité, avec tous les ennuis que Connor et lui s'étaient attirés, néanmoins elle n'avait jamais caché son amour pour eux.

La mère de Hailey, en revanche ?

Dommage qu'elle soit trop vieille pour Jonathan, marmonna son ours. *Ils seraient parfaits l'un pour l'autre.*

Connor regarda Tim qui secoua la tête.

Pas d'avocat. Un connard, c'était déjà assez pour aujourd'hui.

Jonathan s'avança, lissant sa cravate, préparant visiblement ce qu'il allait dire. La mère de Hailey se recoiffa, comme si elle comptait séduire cet homme elle-même. Hailey, quant à elle, prit position, se préparant.

Tu peux le faire, eut envie de lui dire Tim pour l'encourager alors qu'il s'éloignait de la porte. Il était obligé de laisser passer

Jonathan, toutefois si ce bâtard tentait quoi que ce soit avec elle...

— Hailey, mon cœur! J'étais si inquiet pour toi! déclara Jonathan à l'instant où il entra. Est-ce que ça va?

Au moins, il prenait la peine d'employer les bons mots, même si Tim sentait qu'il mentait. Hailey aussi, et elle s'écarta de Jonathan, les bras fermement croisés.

— Je vais bien, lâcha-t-elle alors que son langage corporel lui ordonnait de reculer.

Jonathan leva les mains en l'air comme s'il était surpris qu'elle le soupçonne de lui vouloir du mal.

Tim avait déjà envie de l'étrangler. Il était trop sournois. Trop riche. Trop certain d'obtenir ce qu'il voulait, peu importait la manière.

Jonathan l'étudia d'un air dédaigneux, cependant Tim lui lança son regard de grizzly le plus féroce qui le fit reculer. Jonathan observa Tim, Hailey et sa mère, avant de finalement poser la question à cette dernière.

— Qui est-ce? demanda-t-il, n'ayant pas le courage d'affronter Tim lui-même.

— Mon garde du corps, rétorqua Hailey.

Tim eut un regard neutre juste à temps, le genre qui indiquait qu'il n'écoutait pas, même s'il était juste là. Les gens assez riches pour avoir des gardes du corps tombaient toujours dans le panneau.

Et comme prévu, Jonathan se tourna vers elle et reprit son numéro de charme là où il s'était arrêté.

— Tu n'imagines pas à quel point j'étais inquiet.

Hailey ne croyait pas un mot de ce qu'il disait, et ça se voyait.

— Tu as perdu ton temps Jonathan. C'est terminé. Et si tu avais pris la peine de me le demander, tu l'aurais su depuis bien longtemps.

— Tss, dit Jonathan, comme si elle était une enfant qui ne se montrait pas raisonnable. Bébé, je...

— Ne m'appelle pas comme ça, lâcha-t-elle alors que son regard s'enflammait.

Jonathan tenta une autre approche.

— Écoute, je me rends compte que ce n'était pas une très bonne idée de te surprendre comme ça...

— C'est *maintenant* que tu t'en rends compte ?! aboya Hailey.

— Mais je t'aime, continua Jonathan sans hésiter. Quand Lamar t'a trouvée...

Hailey posa les mains sur les hanches.

— Et comment a-t-il fait exactement ?

Jonathan s'arrêta, paraissant sincèrement surpris.

— Il ne me pose pas de questions sur mon travail, alors je fais de même.

Hailey plissa les yeux.

— Eh bien, peut-être que tu devrais.

Tim renifla l'air, se servant de ses sens d'ours aiguisés. Jonathan savait-il que son chef de la sécurité était un métamorphe ? L'air autour de lui avait une très légère odeur de métamorphe, mais rien d'assez frais pour l'alarmer.

— Qu'est-ce que c'est censé vouloir dire ? lui demanda Jonathan.

— Lamar me fait flipper, répliqua Hailey.

— Il fait flipper beaucoup de monde. C'est assez pratique parfois, dit-il en souriant.

Tim prit un air renfrogné. Jonathan trouverait-il cela amusant d'apprendre que son chef de la sécurité pouvait se transformer en loup ?

— Quoi qu'il en soit, ce qui compte c'est que nous soyons à nouveau ensemble, poursuivit Jonathan en tendant sa main aux ongles manucurés. Je veux que tu sois à moi, bébé.

— Je ne suis pas un bébé, et je ne suis pas à toi. Je ne l'ai jamais été et je ne le serai jamais.

Tim eut envie de lever le poing en l'air d'un air victorieux. Hailey était une dure à cuire, cependant elle devait avoir atteint sa limite. Plus vite elle en aurait fini, mieux ce serait.

Le regard de Jonathan se durcit, néanmoins un instant plus tard, sa voix redevint mielleuse.

— Hailey, chérie. Je te promets de me faire pardonner.

Lorsqu'il se mit à fouiller dans sa veste, Tim faillit le plaquer contre le comptoir du salon de thé. Mais Jonathan le vit arriver et leva les mains en l'air.

— Waouh ! Tranquille. Je prends juste ça.

Tim garda les bras tendus, prêt à bondir alors qu'il sortait doucement un écrin carré. Ses yeux de prédateur se tournèrent à nouveau vers Hailey pendant qu'il l'ouvrait, révélant un collier de perles énormes et brillantes.

— Tu te souviens d'elles, princesse ? Elles sont pour toi. Un symbole de mon amour.

Un symbole de ma richesse, aurait-il pu tout aussi bien dire.

Hailey ne bougea pas. Sa mère plaqua les mains sur sa poitrine et se mit à rayonner, comme si elle lui montrait comment ça se passait quand les riches faisaient la cour.

— Oh, Jonathan ! Elles sont magnifiques, dit cette dernière.

Il sourit.

— Des perles roses. De la meilleure qualité. Tu sais ce que représente cette couleur ?

Hailey le regarda comme si elle n'en avait rien à faire.

— La gloire, la fortune, le succès, dit-il, répondant à sa propre question.

— Évidemment, marmonna Hailey.

Elle porta les doigts à son cou, puis les écarta. Tim se rappela l'unique perle qu'elle portait habituellement. Elle aussi était rose. L'avait-elle laissée chez lui ?

Jonathan se pencha vers elle et lança un regard appuyé à Tim.

— Je préférerais qu'on parle en privé, chérie.

Tu m'étonnes, connard. Tim accentua son regard noir et Jonathan posa le sien sur la porte.

— Je préfère ne pas parler du tout, rétorqua Hailey. La réponse est non. Ce sera toujours non.

La mère de Hailey arrêta de renifler et d'éternuer assez longtemps pour ajouter son grain de sel.

— Écoute au moins ce que Jonathan a à te dire. Tu lui dois bien ça.

— Je lui dois bien ça ?! s'exclama Hailey en devenant toute rouge. Qu'est-ce que je lui dois, exactement ?

— Plus que tu le crois, répliqua-t-elle en haussant les épaules, soudain gênée.

Jonathan sourit d'une façon qui poussa Tim à le dévisager. Pourquoi paraissait-il si satisfait ?

— Qu'est-ce que ça veut dire ? demanda Hailey en les regardant tous les deux.

Tim fit de même alors qu'un sentiment de malaise lui nouait l'estomac. Ces deux-là avaient manifestement passé un accord ; quelque chose qui allait au-delà de ce piège qui avait attiré Hailey vers ce mariage à Waikiki.

— C'est juste le plus gros contrat de ta vie, expliqua sa mère d'un air plus vindicatif qu'aucun parent n'aurait dû l'être.

Hailey plissa les yeux.

— De quoi tu parles ? La campagne *Boundless* ? J'ai seulement obtenu ce contrat parce que le mannequin s'est désisté à la dernière minute.

Jonathan continua de sourire, tout comme sa mère, et Hailey prit progressivement conscience de quelque chose.

Quoi ?! avait envie de hurler Tim. *Que s'est-il passé ?*

La mère de Hailey se mit à rire.

— Désisté ? Tu crois vraiment que Joelle Parks aurait abandonné la campagne *Boundless* ?

Hailey fronça les sourcils.

— Elle a bien été obligée quand cette affaire de drogue a été rendue publique. Aucune agence de publicité n'aurait voulu travailler avec elle après ça. Mais...

La voix de Hailey se brisa et elle blêmit

— Non. Non, vous n'avez pas fait ça, dit-elle en regardant Jonathan puis sa mère. Dites-moi que vous n'avez rien à voir là-dedans.

— Nous n'avons rien à voir là-dedans, répondit-il avec un sourire satisfait ne cessait de s'agrandir.

Hailey recula, couvrant sa bouche d'une main tremblante.

— Oh, mon Dieu. C'était vous, c'est ça ? Vous avez su pour son problème d'addiction et vous avez rendu l'affaire publique ?

La mère de Hailey éclata de rire.

— Rendu l'affaire publique ? Chérie, c'est nous qui l'avons créée de toutes pièces.

Tim resta bouche bée. La mère de Hailey s'était arrangée pour que de la drogue soit retrouvée chez cette jeune femme innocente afin d'éliminer la concurrence et de permettre à sa fille de remporter le contrat ? Elle était folle ou quoi ?

Mais tout ça n'était pas seulement son œuvre à elle. Jonathan avait aussi joué un rôle dans cette affaire. Et en les voyant échanger ces regards suffisants, c'était plutôt clair.

Hailey semblait sur le point de se boucher les oreilles.

— Vous avez détruit la carrière de Joelle pour…

Elle plaqua la main sur sa bouche et sa mère compléta sa phrase.

— Pour toi, Hailey. Voilà. Maintenant, tu sais ce pour quoi tu dois être reconnaissante.

— Maman, comment as-tu pu ?! cria Hailey.

— J'ai fait ce que j'avais à faire. Ce contrat était le nôtre.

Hailey gesticula d'un air désespéré.

— Le nôtre ?

Jonathan agita la main d'un air désinvolte.

— De l'eau a coulé sous les ponts depuis.

Tim eut envie de le frapper.

— De l'eau a coulé sous les ponts ?! s'exclama Hailey. Tu lui as gâché la vie !

Jonathan haussa les épaules.

— Ce sont les affaires. Les stars vont et viennent. Tu as eu ta chance, et c'est tout ce qui compte. Maintenant, tout le monde connaît ton nom.

Tim serra le poing. Il allait vraiment finir par le frapper.

— Mais en quoi est-ce important ?! dit Hailey en pleurant et criant à moitié.

— Parce que c'est ce qui te rend parfaite, répliqua Jonathan. Tu ne vois pas ?

Tout ce que Tim voyait, c'était Jonathan volant à travers la baie vitrée du salon de thé. S'il devait écouter une seconde de plus le discours de ce malade, il allait finir par craquer.

— Voir quoi ?!

— Nous sommes parfaits ensemble. Mon argent et mes contacts. Ton visage et ta célébrité. Nous serons au Sénat en un rien de temps ! se vanta Jonathan.

— *Nous* serons au Sénat ? protesta Hailey.

Il haussa les épaules.

— Je serai au Sénat. Tu verras. Donne-moi un an ou deux après notre mariage et ensuite je pourrais me présenter pour devenir sénateur du Montana.

Hailey secoua la tête d'un air désespéré, encore et encore.

— C'était ça ton plan ? s'exclama-t-elle en se tournant vers sa mère. Et toi, tu étais dans le coup ?

— Bébé, réfléchis, reprit Jonathan de cette voix prétentieuse. Tu seras Mme Jonathan Owen-Clarke, femme de sénateur. Peut-être même Première dame, un jour. Et avec mon frère sénateur de Californie, nous serons les nouveaux Kennedy. Tout le monde t'adorera.

Tout le monde m'adorera, lisait-on surtout dans ses yeux.

— Tu n'auras plus jamais à travailler, continua-t-il.

Hailey écarquilla les yeux.

— Mais pourquoi est-ce que je voudrais ça ?

— Tu as dit que tu souhaitais arrêter le mannequinat, souligna sa mère.

Tim prit un air renfrogné. Apparemment, elle l'avait écoutée, même si elle ne l'admettait pas vraiment.

— Je veux arrêter le mannequinat, mais pas de travailler. Pourquoi voudrais-je une chose pareille ? J'ai envie de gagner ma vie, répliqua Hailey. De l'argent honnête. Je veux avoir le contrôle de ma propre vie. Vous ne comprenez donc pas ?

Tim le comprenait très bien, lui. Jonathan avait envie de contrôler Hailey aussi étroitement que sa mère l'avait fait, cependant Hailey ne se laissait pas faire.

Tim s'avança un peu. C'était le combat de Hailey, et il était seulement là pour la soutenir. Mais putain, il comptait bien exprimer son soutien de façon claire.

Jonathan ricana à son intention, puis reprit son sourire en regardant Hailey. Un sourire qu'il avait dû pratiquer devant le miroir en imaginant son illustre carrière politique.

— Je te jure que je m'occuperai de toi.

— Je n'ai pas besoin que l'on s'occupe de moi, lâcha-t-elle.

Quelques secondes plus tard, son expression changea alors qu'elle étudiait Jonathan de près.

— Ou bien, tu parles de « t'occuper de moi » comme lorsque Lamar s'occupe de tes affaires ? murmura-t-elle.

Les yeux de Jonathan brillèrent brièvement, et Tim sentit ses poils se hérisser. Oui, Jonathan était parfaitement conscient des tactiques musclées auxquelles avait recours son chef de la sécurité. Mais l'homme d'affaires continua à parler, d'un ton aussi doux que possible.

— Bébé, tout ce que je veux, c'est prendre soin de toi.

La mère de Hailey fut prise d'une autre crise d'éternuements et se tamponna le nez.

— Ils autorisent la présence d'animaux ou quoi ici ?

Ou quoi, oui, marmonna son ours.

Il avait très envie de sortir les crocs et de faire peur à Jonathan et à la mère de Hailey. Mais Hailey aussi risquait d'être terrifiée. Pire encore, il la dégoûterait.

Il serra le poing, assez fort pour que ses ongles s'enfoncent dans ses paumes. Le fait de dormir à côté d'elle lui avait donné un aperçu du paradis, cependant l'enfer n'était pas loin, surtout si elle découvrait qu'il était un métamorphe.

Une jeune serveuse arriva depuis l'arrière-salle.

— Quelqu'un désire-t-il du thé ?

Jonathan tapa du poing sur la table, si fort que l'argenterie sauta.

— J'ai l'air de vouloir un putain de thé ?

La pauvre fille fila et une seconde plus tard, Jonathan reprit son sourire hypocrite.

— Hailey...

Tim n'aurait pas cru que le visage de cette dernière puisse se crisper davantage, pourtant ce fut le cas, et il sut pourquoi. Il fut un temps, elle avait été à la place de cette serveuse. Cette fille qui n'était rien, du moins aux yeux des hommes comme Jonathan. Ce qui voulait dire que ce crétin venait de se tirer une balle dans le pied.

Hailey regarda Tim et hocha très discrètement la tête. Il acquiesça en retour.

Oui, lui aussi en avait assez.

— Je t'ai dit tout ce que j'avais à te dire. Au revoir, Jonathan.

Elle se dirigea vers la porte, puis pivota vers eux.

— Je veux plutôt dire, adieu.

— Tu vas le regretter, grogna Jonathan, s'avançant vers elle.

Tim aurait jeté ce connard par la fenêtre la plus proche si Hailey ne l'avait pas d'abord repoussé elle-même.

— De t'avoir rencontré ? Oui. Mais c'est toi qui vas bientôt regretter pas mal de choses. J'obtiendrai une ordonnance restrictive si toi ou l'un de tes tarés d'agents de sécurité vous vous approchez de moi. Je raconterai à la presse les moindres détails de ton plan de mariage tordu. Je suis certaine que ça fera bien sur ton dossier quand tu te présenteras aux élections.

Jonathan ouvrit la bouche avec horreur, néanmoins Hailey se détourna de lui et regarda sa mère avec un mélange de tristesse et de dégoût.

— Je t'appellerai, maman.

— Tu m'appelleras ? dit cette dernière en écarquillant les yeux d'indignation.

Hailey acquiesça fermement.

— Un jour oui. Quand je serai prête à te reparler sans crier. Au revoir.

Elle partit alors, laissant sa mère et Jonathan la regarder comme s'ils n'avaient jamais su qu'elle avait cette force en elle.

Tim la suivit immédiatement. Il n'était absolument pas surpris. Hailey était bien plus qu'une jolie fille. Elle avait du cran et bien plus de cœur que ces deux escrocs réunis. Car oui, c'étaient des escrocs.

La porte du salon de thé se referma derrière eux, faisant vibrer la paroi de verre. Évidemment, la mère de Hailey l'ouvrit en grand quelques secondes plus tard et cria :

— Tu vas m'écouter, maintenant…

Mais Hailey ne l'écouta pas, tout comme Tim. Hunter et Connor les attendaient dehors, prêts à escorter la mère de Hailey et Jonathan jusqu'à l'hélicoptère.

— Hailey ! hurla Jonathan.

— Mademoiselle Crewe ? tenta l'avocat corpulent alors qu'elle passait devant lui.

— Quel cirque, marmonna Connor.

Tim se précipita pour rattraper Hailey, cependant elle ne s'arrêta pas avant d'atteindre la moto au bout du domaine. Une fois arrivée, elle ferma les yeux, soufflant et haletant comme si elle venait de faire exploser une maison. Une grosse maison de briques laide qu'elle n'avait probablement jamais pensé pouvoir démolir un jour.

— Ce cirque, c'est ma vie, murmura-t-elle.

Tim lui prit la main et lui embrassa doucement les doigts.

— Plus maintenant.

Il lui tendit son casque et fit un signe de tête vers la moto.

— Je t'emmène faire un tour ?

Son sourire était faible et fatigué, toutefois c'était quand même un sourire.

— Oui, s'il te plaît.

Chapitre 14

S'il n'y avait pas eu la carrure rassurante de Tim devant elle ou le vrombissement puissant du moteur de la moto qu'il conduisait, Hailey aurait pu fondre en larmes. Au lieu de ça, elle enfouit sa tête entre ses épaules, laissant le paysage devenir flou sur les côtés. Le casque étouffait les bruits, lui offrant un cocon dans lequel elle pouvait se cacher. Et au lieu de s'effondrer, elle fulminait.

Sa propre mère, complice d'un crime. Et Jonathan... quel bâtard arrogant. Avait-il vraiment cru qu'elle allait adhérer à son plan ?

Apparemment, car il avait pris une teinte rouge qu'elle ne lui avait jamais connue auparavant et avait quitté le salon de thé en trombe, la suivant. Dommage que les amis de Tim l'aient arrêté. Elle avait manqué l'occasion parfaite de lui donner un bon coup de pied dans les parties.

Elle enfonça les doigts dans la veste en cuir de Tim, balançant la tête d'un côté à l'autre. Connor avait raison. Sa vie était devenue un cirque.

Tim lâcha le guidon, suffisamment longtemps pour couvrir sa main droite de la sienne, et ses paroles résonnèrent dans son esprit.

Non, plus maintenant.

Elle sourit, même si ce ne fut que brièvement. En vérité, ce cirque avait encore au moins un obstacle qu'elle devrait franchir, quand la presse la retrouverait ; la méchante presse hollywoodienne indiscrète, pas la gentille dame du *Maui Times*. Mais après ça, peut-être y aurait-il une lumière au bout du tunnel.

— Tu veux que j'aille plus vite ? cria Tim par-dessus son épaule.

Elle rit. Était-ce une thérapie spécifique aux hommes pour ce genre de situation ? Eh bien, elle était prête à tout essayer.

— Oui, s'il te plaît.

Il accéléra si fort que le pneu avant faillit s'arracher et elle cria. Mais dans le bon sens du terme. Elle s'accrocha alors à son dos, aussi fermement qu'un bébé babouin.

Elle ne pouvait pas voir Tim sourire, néanmoins elle le sentait et fit de même.

— Merci, murmura-t-elle.

Trop doucement pour qu'il l'entende par-dessus le vent, mais merde. Peut-être le sentait-il tout comme elle ressentait certaines choses chez lui.

— Dommage, soupira-t-elle quand il se gara enfin devant la grange de la plantation.

Il se tourna pour la regarder par-dessus son épaule.

— Dommage ?

— J'appréciais bien cette balade. Je me sentais libre, avoua-t-elle.

Il sourit et laissa entrevoir son côté bad boy.

— Tu veux y retourner ?

Elle en avait envie, mais elle secoua la tête.

— Il est temps d'affronter la réalité, j'imagine.

Il lui prit la main.

— Tu l'as déjà fait et tu as été incroyable.

Elle ricana. C'était lui qui était incroyable. Elle, elle avait des relations dysfonctionnelles et sa vie n'était que chaos.

Elle observa la propriété. Quel chanceux, ce Tim. Qu'il était intelligent, à faire profil bas dans ce coin tranquille de Maui. Trouverait-elle un jour le moyen de faire de même ?

Elle glissa de la moto, relâchant ses épaules à contrecœur. Il était temps d'élaborer quelques plans et d'aller de l'avant.

— Hé, l'appela-t-il alors qu'elle s'éloignait. Tu vas où ?

Elle s'arrêta, regarda autour d'elle et eut un rire amer.

— Bonne question. Je n'en ai aucune idée. Mais tu as déjà fait tellement de choses pour moi. Il est temps que j'arrête de m'imposer et que j'aille de l'avant, tu ne crois pas ?

Son cœur battit un peu plus vite et elle attendit qu'il émette cette protestation qu'elle rêvait d'entendre. Quelque chose comme : « *Non, s'il te plaît, Hailey, ne pars pas. Reste un peu plus longtemps pour qu'on puisse voir comment ça évolue entre nous.* »

Leur alchimie était indéniable et elle donnerait n'importe quoi pour avoir l'occasion d'apprendre à connaître Tim plus intimement... Idéalement quand sa vie chaotique se serait calmée. Elle était certaine que c'était ce qu'il voulait aussi, cependant il y avait toujours quelque chose qui venait tout freiner.

Les yeux de Tim brillaient tellement qu'elle aurait juré qu'ils luisaient, et il ouvrit la bouche pour répondre. Elle se pencha, raide comme un piquet, se répétant qu'elle ne devait pas trop espérer. Mais soudain, Tim se figea et se durcit à nouveau. Quand il parla, ce fut pour dire d'un ton bourru.

— J'imagine.

Hailey déglutit avec difficulté, néanmoins le sentiment de déception qui pesait sur sa poitrine était toujours aussi fort. D'accord, il ne voulait pas d'elle. Ou si, mais il n'était pas encore prêt. Avait-il été blessé par une femme sans cœur par le passé ? Était-il rebuté par toutes ces vérités la concernant ?

Elle était sur le point de se forcer à lever le menton et à s'éloigner quand il lui prit la main et eut un sourire qui disait qu'il aurait aimé que tout soit différent.

— Viens. C'est l'heure du café.

Il attendit, lui laissant l'occasion de résister, toutefois elle n'avait plus aucune résistance en elle... et encore moins pour lui.

— Oui, un café c'est une bonne idée.

Ils marchèrent côte à côte jusqu'à sa maison, puis il la conduisit à l'arrière. Il y avait là un petit appentis qu'il avait transformé en patio, avec une chaise, une table branlante, et une vue magnifique sur les collines de la plantation, le tout menant à une vue sur une portion de l'océan, visible entre les pentes.

Il agita la main d'un air désolé.

— Un jour, ce sera une jolie terrasse avec des portes coulissantes qui donneront sur le salon. Mais pour le moment, je dois faire le tour.

Elle le suivit, mais il secoua la tête.

— Non, assieds-toi. Détends-toi. Prends le temps de réfléchir et j'arrive.

Quelques minutes plus tard, il revint, portant une seconde chaise qui était différente de la première, mais qui se fondait bien avec le reste. Tout comme la table, qui ressemblait à un morceau de clôture recyclé posé latéralement sur un cadre solide. Manifestement, Tim avait un penchant pour la récup de bois.

— Encore une seconde... murmura-t-il en disparaissant à nouveau.

Hailey se tenait au bord du patio, triturant les feuilles d'un caféier qui poussait près d'une poutre maintenant le toit. Elle se pencha, humant son doux parfum. De petites perles vertes commençaient à se former parmi les minuscules fleurs blanches. Un jour, Tim pourrait cueillir des grains de café directement sur son patio.

Si seulement elle pouvait rester et observer ces bourgeons pousser.

Un pinson s'envola au-dessus des buissons, dévoilant un ventre et un bec rose. Hailey l'observa, essayant de se détendre en ne pensant à rien.

Quand Tim revint avec deux tasses fumantes et un gâteau au café, elle leva les sourcils d'un air surpris et il haussa simplement les épaules.

— Ma mère en faisait quand j'étais petit. Quand elle avait assez de tout, notamment de nous, dit-il avec un demi-sourire en posant les tasses et les assiettes sur la table. Connor et moi étions un peu difficiles, au cas où tu ne l'aurais pas compris. Donc elle nous ordonnait d'aller dehors et de lui laisser dix minutes de tranquillité. Et elle restait assise là en tenant une tasse de café dans ses mains. On se cachait pour l'observer et aucun de nous ne comprenait ce qu'elle faisait. Elle ne buvait pas le café... elle le tenait simplement de ses deux mains et observait la vapeur tourbillonner dans les airs. Et elle touchait à peine au gâteau.

Il rit.

— On trouvait ça complètement fou. Mais parfois, je me surprends à faire la même chose. Chaque fois qu'on perdait un gars en mission...

Son regard s'attrista et son visage devint plus sombre.

Hailey sentit sa gorge s'assécher. Elle avait été tellement préoccupée par ses propres problèmes qu'elle avait oublié de prendre du recul. Elle baissa les yeux, observant les mains calleuses de Tim, tout comme son visage. Quelles terribles expériences avait-il dû endurer ? Quels souvenirs faisaient encore irruption dans ses rêves ?

Tim se racla la gorge.

— Enfin bref, maintenant c'est à mon tour de le faire. Je sors le café et le gâteau, tout comme elle. Il n'est pas aussi bon que ton café, bien sûr, dit-il en feignant un sourire, essayant de détendre l'atmosphère.

Hailey sourit, cachant sa tristesse intérieure. Ils avaient tous les deux besoin de débuter un nouveau chapitre de leurs vies. Dommage qu'il n'était pas prévu qu'ils essaient de le faire ensemble.

Elle tint sa tasse des deux mains et but une gorgée.

— Il est très bon, dit-elle.

Elle la reposa et prit un morceau de gâteau au café.

— Mais il est hors de question que je ne fasse qu'admirer ce gâteau.

Il s'esclaffa et prit lui aussi un morceau, la regardant. La défiant, presque.

Elle prit une grosse bouchée et faillit gémir en le goûtant.

— Tu vois ? marmonna-t-elle à travers les miettes. Tu me corromps.

Il secoua la tête.

— Non. Je t'aide juste à retrouver ta liberté.

Disons plutôt qu'elle « *découvrait ce qu'était la liberté* », cependant elle n'allait pas gâcher le moment avec ces détails.

Une minute s'écoula paisiblement et elle aurait aimé que celle-ci dure une heure. La vie paraissait tellement plus claire depuis un endroit comme ici. Une maison modeste dans un environnement paisible avec une vue magnifique. Elle tourna la tête vers Tim, regrettant déjà l'avenir qu'elle ne partagerait jamais avec lui. Sa bouche se remplit d'un goût amer... pas à cause du café, mais du souvenir de Jonathan.

— Ça va? murmura-t-il, à l'écoute, comme toujours, de ses moindres changements d'humeur.

Il se dépêchait toujours d'arranger les choses s'il le pouvait. Elle fit une grimace.

— Je me demandais juste ce que j'ai pu trouver à Jonathan.

Quelques secondes silencieuses s'écoulèrent avant que Tim ne prenne la parole.

— La liberté?

Elle soupira.

— De toute évidence, je me faisais des illusions. Mais, oui, dit-elle en fermant les yeux, se souvenant. Je crois que j'y ai vu un moyen de revenir à une vie plus calme, plus simple. Il a un ranch dans le Montana. Presque mille hectares de paix et de tranquillité. Ce n'est pas vraiment un ranch authentique, mais quand même. C'était facile de m'y imaginer.

— Pourquoi ne pas acheter ton propre ranch? demanda doucement Tim.

Elle fronça les sourcils.

— Et vivre au milieu de nulle part toute seule? répliqua-t-elle en secouant la tête. J'aime l'idée de m'installer dans un endroit calme, à l'écart, avec quelqu'un de spécial.

Quelqu'un comme toi, faillit-elle dire.

— Mais pas seule. Et puis, un ranch c'est beaucoup de travail, ajouta-t-elle en souriant faiblement. J'ai un petit terrain dans le nord du Montana. Mes arrière-grands-parents ont vécu là-bas pendant des années. Dans une petite cabane.

Elle éclata de rire en réalisant soudain quelque chose.

— Ma mère désirait toujours plus et mieux, mais au fond, moi, tout ce que je veux, c'est un petit coin confortable. Comme la cabane de mes arrière-grands-parents.

— Comme la maison de Pu'u Pu'eo, renchérit Tim avec un sourire.

Elle acquiesça et désigna les alentours.

— Comme cette maison.

Il croisa son regard et elle y vit tout un avenir heureux s'y dérouler. Un avenir qu'elle rêvait de partager avec lui, mais bon... Il lui avait déjà clairement fait comprendre que la réponse était non. Et si elle ne respectait pas ça, elle ne valait pas mieux que Jonathan.

— Enfin bref, dit-elle rapidement. C'est peut-être par là que je vais commencer. Par cette cabane dans le Montana. Je pourrais la rénover et lui rendre enfin justice.

Elle fronça soudain les sourcils.

— Qu'est-ce que ça dit de moi si l'idée me plaît en partie parce que ma mère détestait cet endroit ?

Tim secoua la tête.

— Ça veut dire que tu as supporté assez de choses comme ça. Il n'y a rien de mal à ça.

Elle prit une autre bouchée de son gâteau au café, le faisant doucement tourner dans sa bouche avec sa langue. Effectivement, elle en avait assez. Assez des régimes stricts et des emplois du temps surchargés. Assez que ce soit les autres qui dirigent sa vie.

Un sentier menait au cœur de la propriété et voir Dell marcher jusqu'à la maison principale lui rappela ce qu'elle avait vu ce matin.

— Ça, dit Hailey sans réfléchir. C'est ça que je veux.

Tim parut sceptique.

— Tu veux Dell ?

Elle lui donna un petit coup sur le pied.

— Mais non, je ne veux pas Dell.

C'est toi que je veux.

— Je voudrais pouvoir faire abstraction de tout. Me concentrer sur moi, continua-t-elle.

Tim ricana.

— C'est vrai que Dell est bon pour ça.

Il posa les coudes sur la table et son menton dans ses mains.

— Que veux-tu d'autre ?

Elle ricana.

— Par où commencer ?

Puis elle se rattrapa.

— Non, ce n'est pas juste. J'ai déjà tellement de choses. Je ne devrais pas être gourmande, tu sais.

Mais Tim insista.

— Non, sérieusement. Va au bout de tes envies. Qu'est-ce que tu veux ?

Elle remua son café et lécha la cuillère, regardant le liquide tourbillonner.

— La paix, j'imagine. Le calme. Du temps pour méditer.

Tim l'encouragea à continuer.

Elle réfléchit.

— Je veux être normale. Rencontrer des gens normaux. Faire des choses normales.

Il pencha la tête sur le côté.

— Comme quoi ?

C'était marrant comme l'air frais et le fait d'être en bonne compagnie l'aidait à réfléchir.

— Sortir manger dehors. Quelque chose de simple, comme ce qu'on a fait sur la plage. Avant que Lamar n'arrive.

Elle fronça les sourcils, puis chassa les mauvais moments de ce souvenir.

— J'irais me balader en ville, juste parce que j'en aurais envie. J'irais faire du shopping. Peut-être même regarder les étoiles.

— Les étoiles, hein ?

Elle soupira.

— Oui. C'est un peu ringard hein ?

Il secoua la tête.

— Non. Pas du tout.

Se léchant un doigt, elle récupéra les dernières miettes de son assiette et la brandit.

— Tu vois ? Je suis gourmande.

— Si tout le monde percevait la gourmandise comme tu le fais, dit-il en riant, la planète s'en porterait mieux. Tu veux une autre part ?

Effectivement, cependant elle avait déjà trop mangé et était sur le point de refuser quand Tim annonça :

— Encore un jour.

Elle cligna des yeux.

— Quoi ?

— Reste. S'il te plaît. Juste un jour de plus. Ça te laissera le temps de t'organiser et ça me laissera le temps de... euh...

Il eut un regard sournois alors qu'il se taisait.

— De quoi ?

Il secoua la tête et se leva rapidement.

— Je ne te le dirai pas. Pas encore.

Elle le regarda. Mais qu'est-ce qu'il manigançait ?

— Tu me fais confiance ? murmura-t-il.

Elle ricana.

— Tu as vraiment besoin de me poser la question ?

Il sourit.

— OK. Tu restes un jour de plus, et tu réfléchis à ce que tu feras ensuite. En attendant, moi j'ai quelques plans à élaborer, dit-il en regardant sa montre. Deux heures, peut-être trois. Ça te va ?

Elle le fixa du regard.

— Et ensuite quoi ?

Il lui adressa un sourire mystérieux.

— Laisse-moi faire.

Chapitre 15

— Je ne suis pas sûr que ce soit une super idée, mec, dit Dell en se grattant l'oreille.

Tim grimaça. Il savait parfaitement que prévoir une journée à l'extérieur pour Hailey n'était pas une bonne idée, mais quand même...

— Elle le mérite, putain.

Elle le méritait vraiment. Un peu de normalité retravaillée, car elle avait raté toutes ces petites choses simples pendant si longtemps. Des choses qu'il pouvait comprendre après en avoir rêvé suite à des heures de service dans des coins poussiéreux du globe.

— Je ne dis pas qu'elle ne le mérite pas, répondit Dell dont la voix lente finit par devenir traînante et inquiète. Mais ça va être terriblement dur pour toi de la laisser partir après.

Tim rit d'un air moqueur, cependant son ami continua.

— J'ai vu comment tu la regardais.

Il fronça les sourcils.

— Quoi?

— La façon dont tu la regardes. Et pas seulement parce qu'elle est magnifique.

— Ce n'est pas ça, putain, grogna-t-il.

Hailey était tellement plus qu'une jolie fille. Elle était comme... comme ces animaux en cage qu'il avait toujours eu envie de libérer.

Dell leva la main pour se défendre.

— C'est justement ça qui fait peur, mec. C'est exactement comme ça que Connor regardait Jenna quand il essayait de lui résister. Dois-je te rappeler qu'il a échoué?

Échoué ? protesta l'ours de Tim. *Au contraire, il a réussi. Finalement, il a gagné son âme sœur.*

Toutefois c'était différent et Tim le savait, car Hailey n'accepterait jamais son côté métamorphe.

Certes, ça ferait un mal de chien de la laisser partir. Il avait néanmoins envie de lui offrir ce dernier cadeau. Il avait redoublé d'efforts pour dompter les pulsions de son grizzly intérieur qui voulait la revendiquer, mais désormais, il avait le dessus. Du moins, il l'espérait.

Dell se pencha plus près.

— Il vaut mieux arrêter les frais pendant que tu as encore un peu d'avance, mec. Laisse-la partir.

À l'intérieur, l'ours de Tim rugissait et rageait, cependant il resta parfaitement immobile.

— Fais-le ! aboya-t-il avant de se ressaisir. S'il te plaît. J'ai besoin de le faire, et pour ça j'ai besoin de ton aide.

Dell soupira et passa une main sur son menton poilu. Il s'était rasé ce matin, pourtant un chaume blond épais avait déjà poussé. D'ici ce soir, il aurait déjà une bonne barbe. C'était typique d'un métamorphe lion.

— OK, je le ferai, mais je n'ai que jusqu'à dix-huit heures. Pareil pour Chase. Il faut qu'on travaille ce soir.

Tim hocha la tête sèchement.

— Merci.

Dell soupira.

— Je ne suis pas certain que tu me remercieras plus tard, lâcha-t-il avant de taper Tim dans le dos. L'amour ça fait mal, mon pote. Ne l'oublie pas.

Tim aurait bien ricané si les paroles de Dell n'avaient pas été empreintes de douleur.

Quoi qu'il soit arrivé à Dell, ça s'était produit bien avant qu'ils ne se rencontrent, et son camarade n'en avait jamais parlé. Tim supposait que cette image de Casanova lui permettait de protéger son cœur. Le lion ne fréquentait pas autant de femmes que sa réputation le laissait présumer, néanmoins même lorsqu'il sortait avec quelqu'un, il refusait d'ouvrir son cœur.

— Dell ! Dell ! cria Joey en courant, le saluant et souriant.

— Salut, Joey ! répondit-il, son visage s'illuminant immédiatement.

— Tu veux jouer à chat ?

— À chat ? Oh que oui. C'est moi le chat.

Il rugit et courut vers Joey qui couina et s'enfuit alors que Dell enchaînait les sauts exagérés l'un après l'autre, faisant exprès de rater le petit garçon chaque fois.

Tim les regarda partir. Refuser de grandir faisait partie des mécanismes de défense de son ami. Pour lui, l'irresponsabilité était presque un art. Malgré tout il tiendrait sa promesse. Tim le savait. Ce qui voulait dire que Hailey aurait une double sécurité pour la première partie du programme qu'il avait prévu.

Tout se mettait donc en place. Hunter lui avait assuré que la mère de Hailey et Jonathan avaient quitté Maui, et il avait déjà vu Connor, qui avait enquêté sur les deux. Pour la mère, ça avait été vite réglé, en revanche, pour Jonathan…

— Je te le dis, ces gens n'annoncent rien de bon, lui avait lancé Connor. J'aurais dû m'en douter avec le double nom de famille.

— Te douter de quoi ?

Connor avait froncé le nez.

— Vieille fortune. Argent du pétrole. De purs snobs.

Oui, on pouvait dire que Connor avait toujours une dent contre ce genre de choses, même avec Jenna qui l'aidait à cicatriser de ses anciennes blessures.

— Le père est un acteur majeur dans le domaine, comme tu t'en doutais. L'aîné se présente au Sénat et tout indique qu'il va gagner. Le troisième fils est en cure de désintoxication, même s'ils ne l'appellent pas comme ça, avait dit Connor qui s'était arrêté assez longtemps pour secouer la tête. Il y a une sœur qui est fiancée à un autre baron du pétrole, et d'après les rumeurs, ils cherchent à étendre leur empire.

— Alors, pourquoi se présenter pour des fonctions publiques ? avait demandé Tim.

— Réfléchis. Il ne reste plus beaucoup de zones de pétrole à découvrir. Le but c'est d'avoir accès à des terres protégées. Et avec quelques fils au Sénat…

Tim avait lentement acquiescé.

— Ils pourront faire passer de nouvelles lois pour faciliter le forage.

L'idée même que des terres vierges soient ouvertes aux compagnies pétrolières le rendait malade. Le dernier refuge de tant d'ours et autres mammifères en liberté serait détruit.

— Ces salauds sont assez rusés pour y arriver, avait ajouté Connor. Ils ont des contacts aux bons endroits, sans parler de leur capacité à mentir sans sourciller, même s'ils jurent sur la tombe de leur mère.

Les griffes d'ours de Tim pointèrent vers la surface quand il imagina Jonathan entraîner Hailey dans ce monde. Cependant il avait éprouvé assez de colère pour aujourd'hui. Jonathan était parti, tout comme Lamar qui était surveillé par les contacts de Kai sur le continent. Hailey serait en sécurité et il pourrait se concentrer sur ce dont elle avait le plus besoin.

La liberté, même si c'était juste un avant-goût.

La liberté, murmura son ours alors qu'il traversait la propriété.

— N'oublie pas ça, avait lancé Connor en tendant soudain une enveloppe adressée à Hailey qui provenait d'un cabinet d'avocats et qui avait été envoyée à l'hôtel Kapa'akea.

Tim avait senti quelques pièces d'identité et cartes de crédit à l'intérieur et son camarade avait souri.

— Ce sont de bonnes nouvelles. Maintenant, elle peut rentrer chez elle.

Tim avait failli grogner, néanmoins Connor avait pris un air plus doux et ajouta :

— C'est mieux pour vous deux, tu sais.

Oui, il savait. Mais il essayait de faire semblant pour une fois.

Connor s'était figé, l'étudiant de près. De *très* près.

— Ou pas, avait-il conclu. C'est sérieux ce que tu ressens pour elle ?

Tim avait pincé les lèvres. S'il laissait transparaître quelques sentiments, le reste risquait de suivre et ça n'allait pas le faire.

Un faible sourire avait étiré les lèvres de Connor.

— J'imagine que oui.

Tim avait froncé les sourcils. Non. Il ne pouvait pas.

Si, avait insisté son ours. *C'est le destin.*

Connor s'était penché vers lui pour lui parler doucement.

— Parfois, il faut se battre pour ce que l'on veut, tu sais ? Si tu le veux vraiment, bien sûr.

Tim avait fixé le sol. Il n'avait jamais hésité à se battre pour une cause juste, même si les chances étaient minces. Mais les chances que Hailey l'accepte comme il était, un métamorphe, un homme qui pouvait se transformer en bête sauvage, étaient quasiment impossibles après ce qu'avait fait Lamar.

— Et si c'était une bataille perdue d'avance ? avait marmonné en raclant le sol du pied.

Connor avait penché la tête des deux côtés, avant de reculer.

— C'est toi qui décides, mon pote. Tout ce que je dis, c'est que le cœur ne ment jamais.

Tim ferma les yeux. Ce n'était pas que son cœur mente qui l'inquiétait. C'était surtout le fait qu'il soit un métamorphe.

— Faut que j'y aille, avait-il murmuré en s'éloignant.

Cela ne servait à rien de se torturer. Il allait passer la soirée avec Hailey, une seule soirée dans laquelle compresser toute une existence. Et putain, il ferait tout pour que ça se déroule bien.

Il fila donc, se concentrant sur la mise en place du reste de son plan. Il se força ensuite à faire durer sa douche habituelle de cinq minutes à quinze minutes et sortit son rasoir droit qu'il gardait pour les occasions spéciales. Ce qui voulait dire qu'il l'utilisait pour la première fois depuis des années, car rien n'avait jamais été aussi important que cette soirée.

Joey se promenait vers l'arrière de la grange, là où se trouvaient les douches des hommes, et s'arrêta en voyant la lame de rasoir.

— Waouh ! Je peux la toucher ?

Tim sourit. Cynthia risquait de piquer une crise s'il laissait son fils s'approcher de ce rasoir. Ce fut donc très tentant d'accepter. Sa mère avait besoin de se détendre... beaucoup même. Mais il ne comptait pas s'attirer les foudres de la dragonne lors d'une soirée aussi importante que celle-ci.

Il lui tendit le pot de mousse à raser.

— Désolé, gamin. Pas de rasoir. Mais tu veux bien mélanger ça ?

Jamais personne dans l'histoire de l'humanité n'avait fouetté de la mousse à raser avec autant de sérieux que Joey. Une fois qu'il eut terminé, Tim retourna un seau pour en faire un siège et laissa Joey le regarder alors qu'il déplaçait la lame le long de son cou et de son menton. Au loin, un oiseau chanta et un camion passa en grondant sur la route. À part ça, la plantation était assez calme pour qu'on puisse entendre le raclement sourd de la lame.

— Qu'est-ce que tu en penses ? demanda-t-il à Joey après avoir terminé un côté.

Joey pointa son visage du doigt.

— Tu as oublié un endroit.

Tim tamponna un peu de mousse sur le nez de Joey et se regarda plus attentivement dans le miroir.

— Tu es doué pour ça, petit.

Joey hocha la tête avec enthousiasme.

— Papa se rasait comme ça aussi.

Tim contracta les mâchoires. Merde. Pas étonnant que le gamin soit si fasciné. Mais putain. Qu'était-il censé répondre à ça ? Il ne savait rien du père de Joey, à part qu'il était mort récemment, dans un combat de dragons.

— Ah ouais ? se força-t-il à demander.

Il aurait pu écrire tout un livre sur les pères bons à rien comme le sien. Mais perdre un père dévoué…

— Oui, sourit Joey, ce qui était bon signe. Mais il avait les cheveux roux.

Tim s'arrêta assez longtemps pour ébouriffer ceux de Joey.

— Comme les tiens, hein ?

Le gamin eut un grand sourire.

— J'imagine que ça veut dire que toi aussi un jour tu seras un dragon majestueux.

— Un jour peut-être, répondit le petit en hochant la tête avec sérieux.

Tim ravala cette boule qui se formait dans sa gorge et se mit à raser l'autre côté.

— Donc j'imagine que je peux t'apprendre comment faire pour te raser comme ça un jour.

Joey bondit pratiquement de joie.

— C'est vrai ?

— Bien sûr.

Tim enleva la mousse de son visage et se tourna pour que Joey vérifie ses deux profils tour à tour.

— De quoi j'ai l'air ?

— Tu es mieux, affirma Joey sans hésiter.

Tim eut un petit rire.

— Mieux ? Mais alors de quoi j'ai l'air la plupart du temps ?

Le garçon haussa les épaules.

— Tu as l'air d'un ours. Un ours très fort.

Tim passa la main sur son menton et se regarda dans le miroir. Il imagina que cela voulait dire qu'il avait l'air menaçant. Eh bien « *mieux* » lui convenait, surtout ce soir. Il prit le pot et passa la brosse sur chacune des joues de Joey, le faisant rire.

— Tiens.

Tim souleva Joey pour qu'il puisse se regarder dans le miroir.

— Maintenant tu peux t'entraîner.

Il prit l'index de Joey et le promena le long de chaque joue comme une lame.

— Oups. J'ai raté un endroit.

Il recouvrit ensuite la tête du petit garçon avec une serviette et la frotta.

— C'est tout bon ?

Joey sortit de sous la serviette, rayonnant. Ses cheveux étaient en pagaille, mais qu'importe. Ce qui comptait, c'était qu'une conversation qui aurait pu mal finir s'était terminée sur une bonne note.

— C'est tout bon, répondit Joey.

— Bon, il faut que j'y aille. Qu'est-ce que tu fais ce soir ?

Le garçon sauta du seau.

— Maman et moi on va regarder *Jurassic Park*.

— Ça ne fait pas trop peur ?

Joey secoua la tête puis regarda autour de lui et chuchota :

— Je mets la main devant les yeux quand ça fait trop peur.

Tim s'esclaffa et lui tapota le dos.

— Moi aussi je fais ça parfois. Passe une bonne soirée.

Le gamin s'en alla alors en courant, laissant Tim enfiler son meilleur jean et son unique polo. Il retourna chez lui, perdu dans ses pensées, réfléchissant aux mères et aux pères. Aux familles qui restaient soudées contre vents et marées. À la résilience et à la joie que pouvaient procurer les choses simples.

Il ralentit, reniflant l'air.

Les choses simples, murmura son ours, lui indiquant de se diriger vers le côté droit du sentier.

Il cueillit une fleur blanche de frangipanier parfaite et la fit tourner entre ses doigts sur le chemin du retour. Plus il s'approchait de chez lui, plus son pouls s'accélérait. Et quand son odorat le guida jusqu'à l'arrière, là où Hailey était assise sur son patio improvisé, il s'arrêta. Elle tenait une tasse de café dans les mains, les yeux fermés et la tête renversée en arrière. Ses cheveux brillaient sous le soleil de l'après-midi et une feuille de papier était posée sur la table devant elle, recouverte de notes, de cercles et de ratures. Il supposait que c'était son plan pour l'avenir. Il y avait même un dessin d'une maison dans le coin. Sa cabane dans le Montana, peut-être ?

Il eut soudain très envie de prendre ce bout de papier, de le froisser et de le jeter, comme si ça allait empêcher la jeune femme de partir. Mais il se contrôla et se remit à faire semblant, une habitude qui lui offrait plus d'avantages que tout ce qu'il avait pu apprécier avant. Hailey avait raison. Ça faisait du bien de prétendre de temps en temps.

Il se racla la gorge et la regarda ouvrir les yeux. La couleur bleu ciel de ceux-ci s'intensifia lorsqu'elle le vit.

— Salut. Oh, waouh.

Elle haussa les sourcils et s'efforça de se reprendre.

— Je veux dire, tu es beau. C'est pour une occasion spéciale ?

Il sourit et lui tendit la main.

— Oui.

Dès l'instant où Hailey glissa la main dans la sienne, il se réchauffa de la tête aux pieds et lutta pour ne pas la prendre dans ses bras. Quand il coinça la fleur derrière son oreille, elle sourit et son ours se réjouit de la confiance qu'elle lui accordait.

— Et cette occasion c'est... ? demanda-t-elle.

— Tu es d'accord pour une surprise ?

Elle rit.

— Tant que ça n'inclut pas un mariage ou la visite de quelqu'un que je ne veux pas voir.

Il secoua immédiatement la tête.

— Pas de mariage. Pas de visite. Juste moi.

Il n'avait pas prévu de prononcer ces deux derniers mots d'une voix si rauque, néanmoins ce fut le cas, et cette sensation d'énergie et de crépitement imprégna à nouveau l'air. Ce murmure des profondeurs des montagnes qui lui disait qu'Hailey était la bonne.

Elle se mordit la lèvre inférieure et se pencha plus près, baissant les yeux vers sa bouche. Quand elle prit la parole, sa voix fut rauque elle aussi.

— Ça m'a l'air d'être une bonne surprise.

Il hocha la tête.

— Je te le promets.

Ce qui était un peu effrayant, car comment pouvait-il être certain qu'elle aimerait ce qu'il avait prévu ?

Elle l'observa de haut en bas, prenant son temps.

— Est-ce qu'il y a un code vestimentaire pour cette surprise ?

Il secoua la tête.

— Non. Tu es parfaite telle que tu es.

Oui, il le pensait dans tous les sens du terme. Et oui, le fait de la voir rougir fit bouillonner son sang dans ses veines.

Il prit une grande inspiration, car c'était le moment.

— OK. Tu es prête à goûter à la liberté ?

Le sourire de Hailey s'élargit et ses yeux se mirent à briller.

— Oh que oui.

Chapitre 16

Tim guida Hailey jusqu'à la grange et la contourna, faisant semblant d'être aussi cool à l'intérieur comme à l'extérieur.

— Alors, tu choisis. Tu préfères le confort élégant de la Toyota... dit-il en désignant le vieux pick-up déglingué qu'il partageait avec les autres mecs. Ou la... C'est quoi le mot déjà ? L'exaltation que procure la moto ?

Hailey n'hésita pas.

— Si on parle de liberté, alors je choisis le deux-roues.

Il sentit une montée d'adrénaline en lui. Il ne pouvait être plus d'accord, et en plus avec la moto, Hailey resterait bien proche de lui.

— Parfait.

Il prit deux vestes accrochées à un porte-manteau.

La Harley était l'une des rares folies de Connor et quand Jenna et lui ne partaient pas pour une petite virée, les autres avaient le droit de l'utiliser.

— Je parie que Joey adore ce truc, dit Hailey.

Il ricana.

— Cynthia déteste ça, mais elle a déjà laissé Dell l'emmener faire un tour. Ils roulaient à moins de dix kilomètres à l'heure... à peine assez pour tenir en équilibre. Mais Cynthia était blanche comme un linge. Joey était ravi, par contre.

— Le petit veinard, commenta Hailey avec un clin d'œil.

Eh bien, oui et non, mais ce n'était pas le moment d'entrer dans les détails. Tim lui tendit sa veste en cuir et prit celle de Connor pour lui. Il était hors de question qu'il laisse l'odeur d'un autre homme envelopper Hailey toute la soirée, même si c'était celle de son frère qui était en couple et heureux.

La satisfaction qu'il éprouva en la voyant remonter non-chalamment la fermeture éclair donna tout un tas d'idées dangereuses à son ours.

Garde-la. Dis-lui. Fais-la nôtre, grogna ce dernier.

Il l'ignora, s'occupant de plier des pulls supplémentaires et une couverture dans une sacoche.

— Waouh. On reste à Maui quand même hein ? plaisanta-t-elle.

Il sourit.

— Oui. Mais il fait froid là où nous allons. Du moins, c'est ce que j'ai entendu dire.

— Tu n'y es jamais allé ?

Il secoua la tête, ce qui sembla la rendre encore plus heureuse.

— Cool. Donc c'est une surprise pour nous deux, réalisa Hailey.

Rire n'avait jamais été plus facile que lorsqu'il était avec elle.

— On peut dire ça.

Quand il lui tendit le casque, elle hésita à enlever la fleur derrière son oreille, puis la plaça finalement sur une étagère au mur.

Il enfila un casque, passa une jambe par-dessus le siège et démarra le véhicule. Il se lança ensuite dans sa meilleure imitation de James Dean et fit signe à Hailey de monter à l'arrière.

— Allez, monte.

— Oui, monsieur.

Hailey rit et se glissa souplement sur le siège, comme s'ils faisaient des virées moto tous les jours. Le trajet pour aller retrouver sa mère avait été très professionnel, mais là...

C'était un vrai plaisir de rouler sur l'autoroute avec elle, même si les limitations de vitesse le maintenaient à soixante-dix. Toutes ces odeurs qui affluaient à la fois vers son nez d'ours, des odeurs qu'il pouvait distinguer et apprécier puisqu'ils n'allaient pas vers une autre confrontation, pour changer. Celle terreuse des montagnes mélangée au doux parfum du gardénia. Celle épicée du gingembre et celle, plus terne, des hautes herbes qui poussaient sur les flancs des montagnes. Le mouvement était également agréable, comme quand on montait à cheval. Il se penchait en avant à chaque virage et Hailey faisait de même, tous les deux bougeant en parfaite harmonie. Même sur les routes droites, elle gardait les mains fermement accrochées à sa taille.

Il aurait pu hurler de joie... et ce n'était que la première partie de leur soirée.

Hailey se crispa quand ils dépassèrent l'embranchement qui menait à l'hôtel Kapa'akea, cependant lorsqu'ils ralentirent pour traverser Lahaina, elle tourna la tête de gauche à droite. C'était presque dommage de s'arrêter, néanmoins ils auraient encore l'occasion de faire de la route, donc il entra dans un parking et éteignit le moteur.

— On est arrivés ? demanda-t-elle Hailey en se penchant par-dessus son épaule.

Tim résista à la tentation de se retourner pour l'embrasser.

— C'est juste notre premier arrêt.

Il désigna la ville historique.

C'était un jour de semaine et non de croisière, c'est pourquoi les rues étaient plus calmes que d'habitude. Mais cela aurait quand même été un enfer de se garer s'ils n'étaient pas venus à moto, et c'était une bonne chose qu'il ait dit à Hailey de prendre sa casquette. Avec celle-ci baissée et ses cheveux ébouriffés par le casque, il était peu probable que quelqu'un la reconnaisse.

Elle gloussa, promenant ses mains le long du bord de la casquette.

— Elle s'avère être plus pratique que je ne l'avais pensé.

Il rit. C'était la casquette rose qu'il lui avait achetée ce jour fatidique à Waikiki.

C'est le destin, murmura son ours. *Tu le sais.*

Oui, effectivement, mais parfois, certaines choses n'étaient pas faites pour durer.

— Ça va ? lui demanda Hailey en lui touchant le bras.

Il feignit un sourire et désigna la rue.

— Oui. C'est par là.

Alors qu'ils marchaient, il analysa les rues, vérifiant qu'il n'y avait pas de problème... et que son équipe de secours était bien là. Au bout d'un pâté de maisons, il aperçut Dell qui les suivait de l'autre côté de la rue. Chase apparut devant eux, à quelques pas, ralentissant dès que Hailey faisait de même pour examiner les T-shirts ou les sculptures en bois d'une boutique.

— C'est génial ! s'exclama-t-elle en regardant autour d'elle.

Il lui prit la main. C'était génial effectivement, et pas seulement pour l'ambiance de vieux port ancestral de pêche à la baleine avec ses enseignes de magasin qui se balançaient et ses longs balcons couverts.

— Oh !

Elle s'arrêta, remarquant Chase pour la première fois.

— Regarde. Allons lui dire bonjour.

Bonjour et au revoir, faillit grommeler Tim, reconnaissant pour le soutien de son frère, mais assez gourmand pour vouloir garder Hailey pour lui tout seul.

Chase les salua, faisant très bien semblant d'être là par hasard. Un petit miracle en soi, car il ne maîtrisait pas encore toutes les nuances du comportement humain, pas même des années après avoir quitté la nature.

Dell se rapprocha tout joyeux et innocent, comme s'il l'accompagnait.

Tout va bien ? grogna Tim dans l'esprit de son ami.

Dell acquiesça.

Oui. Pas un seul ennemi métamorphe à des kilomètres à la ronde, et je veux dire de Maui, pas juste Lahaina. Tu peux profiter de ton rencard.

Ce n'est pas un rencard, protesta Tim. C'était simplement une soirée avec Hailey, putain.

Dell haussa un sourcil.

Tu es sûr de ça ?

Tim se renfrogna. Mais bon, c'était vrai que ça ressemblait à un rencard. Hailey restait près de lui, le réchauffant. Sa main était si bien dans la sienne. Le soleil descendait doucement vers l'horizon et la mélodie d'un musicien de rue retentissait dans la rue.

— Salut, Chase. Oh, Dell. Tu es là aussi, dit Hailey.

Chase lança son sourire timide habituel pendant que Dell se précipitait pour faire la bise à Hailey, ignorant le grognement d'avertissement de Tim.

— Hé ! Ça fait plaisir de te voir. Tu te plais en ville ?

— Oh que oui, dit-elle en hochant la tête et en se pressant contre Tim.

Il regarda Dell et eut un rictus.

Tu vois ? La mienne.

Dell lui rendit son sourire.

C'est bien trop évident, mon pote. Souviens-toi de ne pas trop tomber amoureux.

Comme s'il avait besoin d'un rappel.

— Vous allez au travail ? demanda Tim comme s'il ne savait pas.

— Oui. Juste là. Au *Lucky Devil*, dit Dell en pointant du doigt le bar pour le montrer à Hailey.

— On fait d'abord un arrêt, ajouta Chase, paraissant plus insistant que d'habitude.

Dell leva les yeux au ciel.

— Oui, bien sûr. Parce qu'on a vraiment besoin de boire un verre avant d'aller travailler au bar.

Mais il s'avéra que ce n'était pas ce genre de boisson là, comme le découvrit Tim quand Chase les guida deux pâtés de maisons plus loin, jusqu'à un food truck qui se trouvait en bord de mer. Chase marcha plus rapidement et parut avoir de plus en plus d'espoir au fur et à mesure qu'il avançait.

Qu'est-ce qui se passe ? demanda Tim à Dell.

Dell sourit.

Tu verras par toi-même.

— Ce sont les meilleurs smoothies de la ville, annonça Chase en guise d'explication.

Tim le regarda.

— Des smoothies ?

Chase était un métamorphe loup, donc un carnivore dans l'âme. Un type qui salivait devant les steaks et les burgers et qui évitait tout le reste.

— J'adore les smoothies ! s'exclama Hailey en lisant le menu.

Deux touristes s'éloignèrent du food truck et Chase s'avança, aussi jovial qu'un enfant qui allait au cirque pour la première fois.

— Salut.

Il n'avait jamais été un beau parleur, cependant il n'en avait pas besoin, pas quand son langage corporel faisait tout le reste. Il était aussi excité qu'un golden retriever. Tim voyait presque son loup intérieur remuer la queue.

— Salut, souffla la brunette dans le camion de smoothies.

Pendant une longue minute, il ne se passa pas grand-chose, à part ces deux-là qui se dévisageaient.

— Salut, murmura à nouveau Chase.

Regarde, gloussa Dell dans l'esprit de Tim. *Un loup amoureux.*

Tim cligna des yeux plusieurs fois. Chase était amoureux de la fille du camion de smoothies ?

— Je te fais la même chose que d'habitude ? murmura-t-elle.

Sa voix aurait été plus adaptée pour lui dire quelque chose comme « *Tu veux sortir avec moi ce soir ?* », cependant elle n'aurait jamais osé lui demander directement. La fille semblait aussi timide et discrète que lui. Un style de joli rat de bibliothèque avec deux tresses simples.

Chase hocha la tête avec enthousiasme.

— Oui, s'il te plaît.

— Fais-en quatre, dit Dell avant de regarder Hailey. Ça te va ?

— Ça me va, dit-elle d'un ton jovial.

La fille aux smoothies cligna plusieurs fois des yeux, remarquant enfin les autres.

— Oh. D'accord. Quatre.

— On va attendre là-bas, annonça Dell d'une voix forte en faisant signe à Tim et Hailey de se diriger vers le parc.

— Ça dure depuis combien de temps ? chuchota Tim.

Dell soupira.

— Plusieurs semaines maintenant. Elle est nouvelle en ville.

Tu penses que ça va durer ou on va le retrouver avec une humeur de chien dans une semaine ? demanda directement Tim à Dell par télépathie.

Dell pouffa.

Tu as fait exprès pour le jeu de mots ?

Hailey sourit, regardant derrière elle. Chase n'avait pas bougé, observant les moindres faits et gestes de la fille.

— Ils sont mignons.

Dell leva les yeux au ciel.

— Pff. Mignons. C'est écœurant.

Tim jeta un regard désolé à Hailey.

— Dell n'est pas vraiment du genre romantique.

— Bien sûr que si je le suis ! protesta Dell. Les dîners aux chandelles au bord de l'eau. Les slows. Le champagne... tout ça, quoi. C'est juste que je ne fais pas durer les choses au-delà de leur date de péremption.

Hailey gloussa, se blottissant contre Tim, le faisant se tenir plus droit, plus fier.

— J'imagine que ça fonctionne pour certaines personnes.

Seulement, pas pour moi, semblait-elle vouloir dire

Moi non plus, faillit ajouter Tim.

— Beurk. Regardez-les, marmonna Dell.

La fille aux smoothies avait donné les deux premiers gobelets à Chase, mais ils restaient encore immobiles, se regardant dans les yeux, tenant la tasse, comme si ce contact visuel illuminait leur journée.

— Je vais aller payer, sinon on ne va jamais bouger d'ici.

Il s'en alla, laissant Tim et Hailey tous seuls.

— Ils sont mignons, insista Hailey. Mais ça, c'est un peu triste par contre.

Elle désigna un homme allongé sur un morceau de carton dans le parc.

Tim éclata de rire.

— Ce n'est pas un sans-abri. Il fait juste une sieste. C'est un truc que font les locaux.

Il n'était pas à Maui depuis longtemps, mais il le savait.

— Tu vois ?

À ce moment même, une femme portant un *muumuu* fluide marcha jusqu'à lui. Elle posa un autre morceau de carton sur l'herbe et s'installa dessus, observant l'océan.

— C'est comme une serviette de plage ? demanda Hailey.

Il acquiesça. Et avant même qu'il n'ait le temps de répondre, elle s'avança vers une poubelle.

— Qu'est-ce que tu fais ? lui demanda-t-il au loin.

— Je goûte à la liberté, dit-elle en riant, prenant le morceau de carton posé à côté.

Il avait probablement été laissé dans ce but, supposa Tim. Elle le traîna jusqu'à la digue, s'assit et tapota l'espace vide à côté d'elle.

— Viens.

Il eut un énorme sourire, assez pour lui faire mal aux joues ; il n'avait plus l'habitude après ces semaines de tension.

— Ma mère serait choquée, murmura-t-elle joyeusement. Je pourrais même essayer le surf.

Il rit et se rapprocha un peu plus jusqu'à ce qu'ils soient côte à côte.

— Il va falloir attendre. Demain, le drapeau est rouge, d'après Jenna. En d'autres mots, les vagues seront trop dangereuses.

Elle agita la main avec désinvolture.

— Je monterai à cheval, alors. Ou peut-être que je ferai du skate.

Il éclata de rire et elle fit de même. Même ses yeux étaient rieurs lorsqu'ils croisèrent les siens, et il sentit son corps se réchauffer.

Il tourna la tête vers l'océan et Hailey fit de même. Une autre minute silencieuse s'écoula avant que l'un d'entre eux ne prenne la parole.

— Alors, parle-moi de tes frères, murmura-t-elle.

— Connor et moi avons grandi à la frontière entre l'Utah et l'Idaho. Chase est notre demi-frère du côté de mon père.

Il décida de ne pas entrer dans les détails concernant son bon à rien de père, un métamorphe myriade qui pouvait se transformer en ce qu'il voulait. Ce qui expliquait pourquoi Tim était un métamorphe ours, comme sa mère, Connor un dragon, et Chase un loup né d'une mère entièrement louve. Tim ignorait où se trouvait leur père aujourd'hui.

— Nous nous sommes engagés dans l'armée juste après que j'ai terminé le lycée et y sommes retournés plusieurs fois. Tous ensemble. Ensuite, nous sommes venus ici.

Il observa l'océan qui scintillait. Maui. Sa nouvelle maison ?

Hailey laissa passer une seconde avant de lui demander à voix basse :

— C'est dur ?

Il la regarda.

— Qu'est-ce qui est dur ?

Elle émit un geste vague.

— Le retour à la normale. Le fait de rentrer à la maison.

Les palmiers le long du bord de mer projetaient de grandes ombres et Tim regarda au loin. Honnêtement, il n'avait pas vraiment réfléchi à la question. Venir à Maui avait un peu été comme de prendre un nouveau poste dans l'armée. Même si c'était une branche beaucoup plus souple effectivement. Il vivait avec ses frères et Dell qui avaient été le noyau de son ancienne unité, même si son cœur se serrait toujours quand il songeait à leur vieil ami qu'ils avaient perdu les derniers jours de leur service.

Il chassa cette pensée qui l'entraînait vers un chemin sombre et glissant, et se concentra sur le présent. Avec son poste à la sécurité, sans parler de Cynthia qui les dirigeait de façon assez stricte, ça ne lui changeait pas beaucoup de l'armée, en réalité.

— Ce n'est pas si difficile, murmura-t-il.

Son ours ricana.

D'accord, il avait effectivement bien réussi à refouler ses émotions pendant longtemps. Tellement longtemps qu'il avait fini par oublier ce que cela faisait de les ressentir. Et de toute façon, il était plus logique de se tenir à l'écart. La logique fonctionnait bien. Avec la logique, il parvenait à faire son travail sans tous les doutes et les peines de cœur que pouvait entraîner une trop grande implication. Certes, il avait enfilé cette armure intérieure depuis trop longtemps… mais il n'y avait rien de mal à ça, non ?

Mais ça fait du bien, chuchota son ours. *Ça fait du bien de ressentir.*

Il fronça les sourcils, arrachant quelques brins d'herbe. C'était bien de ressentir, tant que les émotions étaient agréables. Mais généralement, les émotions *désagréables* suivaient celles qui étaient *agréables*, et il valait mieux les éviter.

Quelque chose de doux et chaud effleura son épaule, et la tension qui s'était logée dans ses muscles, se dissipa. Il leva les yeux et vit que Hailey le touchait.

Rien ne se produisit durant la minute qui suivit. Enfin, rien qui ne soit visible de l'extérieur. Mais à l'intérieur, il sentit qu'il devenait tout chaud et mou. Son souffle ralentit et son pouls se stabilisa. Le son des vagues remplit ses oreilles et son cœur se gonfla dans sa poitrine.

Compagne, soupira son ours. *C'est ma compagne.*

Il prit une grande inspiration, refusant d'y croire. Mais qui d'autre qu'une compagne prédestinée pouvait apaiser son ours comme ça ?

Hailey retira lentement sa main, regardant ses doigts d'un air étonné, comme s'ils la picotaient ou quelque chose comme ça. En tout cas, pour lui, c'était le cas.

— Tiens donc, qui sont ceux qui sont tous mignons maintenant ? les taquina Dell en apportant leurs smoothies.

Tim se retourna et grogna :

— Tu n'es pas censé aller au travail toi ?

Dell s'esclaffa.

— Touché, mon nounours… Enfin, mon pote.

Il rit pour se rattraper et s'en alla, entraînant avec lui un Chase réticent.

— Passez une bonne soirée.

— À bientôt ? dit la fille aux smoothies, s'adressant à Chase.

— Oui, à bientôt, répondit ce dernier, aussi sérieux qu'un chevalier faisant une promesse un genou à terre.

Un jour, Tim allait devoir s'intéresser un peu plus à cette femme et comprendre si pour Chase, c'était vraiment du sérieux. Cependant il n'arrivait même pas à préserver son propre cœur pour le moment, alors encore moins celui de son frère.

— Salut, dit Hailey.

Elle prit ensuite une longue gorgée de son smoothie et claqua la langue.

— Waouh. C'est super bon. Et tu sais quoi ? chuchota-t-elle près de l'oreille de Tim.

Il se pencha vers elle, déterminé à apprécier chaque seconde qu'il avait avec elle.

— Je passe déjà une bonne soirée, murmura-t-elle.

Il sourit.

— C'est ce qui est prévu oui. Et ce n'est pas encore fini.

Hailey parut aussi excitée que Joey quand il lui avait proposé de se raser.

— Ah bon ?

Il but son smoothie, secouant la tête.

— Non.

Il se mit à compter sur ses doigts, comme s'il établissait une liste.

— Donc, être normal et faire des choses normales : c'est fait. Rencontrer des personnes normales... dit-il en fronçant les sourcils. Je ne suis pas certain que Dell et Chase soient vraiment normaux...

Hailey lui donna un coup de coude.

— Ils sont super gentils.

— OK. Gentils, admit Tim en réfléchissant encore. On a aussi fait du lèche-vitrine, il nous reste donc le dîner et les étoiles, c'est ça ?

Les yeux de Hailey se mirent à briller.

Tim savait qu'il aurait simplement dû hocher la tête et faire quelque chose de trivial, comme taper son gobelet contre le sien pour trinquer ou lancer un « oui » d'un air jovial et en rester là. Néanmoins la Terre grondait sous ses pieds et son cœur battait fort. Les lèvres de Hailey n'étaient qu'à quelques centimètres des siennes et son odeur l'appelait.

— Le dîner... murmura-t-il en se penchant, même si la nourriture était actuellement la dernière chose à laquelle il pensait.

Hailey s'inclina également et baissa les yeux vers ses lèvres.

— Les étoiles, chuchota-t-elle.

Un chuchotement qui se fondit dans le silence lorsque ses lèvres se posèrent sur les siennes dans un doux baiser.

Chapitre 17

Hailey ferma les yeux, faisant abstraction de tout le reste à part la douce caresse du baiser de Tim. Un baiser qui ressemblait beaucoup au coucher de soleil qui se formait à l'horizon : plein de lumière et de promesses, comme si le meilleur était encore à venir.

Les lèvres de Tim bougèrent dans un murmure silencieux et elle prit son visage entre ses mains pour rester proche de lui. Elle lui caressa la peau du bout du pouce. Elle n'aurait pas pu dire qu'il était aussi doux qu'un bébé, même après avoir rasé sa barbe, néanmoins c'était ce qu'elle ressentait. Une peau douce, une caresse tendre et son odeur de cuir et de pin.

Elle n'en avait rien à faire du dîner et les étoiles filaient déjà dans sa tête. Elle aurait pu passer le reste de sa soirée à l'embrasser sur ce morceau de carton dans ce parc qui donnait sur l'océan. Toutefois Tim s'écarta doucement et s'arrêta à quelques centimètres de ses lèvres. Il avait les yeux fermés, la mâchoire soudain crispée.

— Hé ! protesta-t-elle. Ça me plaisait, moi.

Il lui lança un faible sourire.

— Moi aussi.

Alors pourquoi s'était-il arrêté ? Elle continua à lui caresser la joue, le gardant près d'elle. Elle se sentait avide, car tout chez lui lui donnait envie de plus. En même temps, c'était lui qui lui avait dit « *d'aller au bout de ses envies* », non ?

Elle se lécha les lèvres, inclina sa casquette en arrière et se pencha à nouveau. Leurs épaules se heurtèrent alors qu'ils s'embrassaient une seconde fois et cette fois-ci, elle tint bon, sentant ce combat qui faisait rage en lui. Ce tiraillement qui le poussait à la serrer contre lui, avant de se crisper et de se relaxer à nouveau.

Oui, eut-elle envie de lui dire. *Voilà. Détends-toi. Aie confiance. Quoi que tu fasses, s'il te plaît, ne te ferme pas.*

Elle pencha la tête, se rapprochant, ignorant le monde extérieur. Son cœur battait la chamade et son sang bouillonnait.

L'amour. C'était de l'amour, non ? Pas de la confusion. Pas de la colère ou de la peur. Juste le sentiment que c'était normal, comme quand on rentrait à la maison.

Quand elle ouvrit la bouche, il fit de même et leurs lèvres dansèrent de façon lente et sensuelle. La poitrine de Tim se gonflait et se creusait, tout comme la sienne, jusqu'à ce qu'il recule. Elle garda les yeux fermés, savourant la sensation de son pouce qui lui caressait les lèvres.

— Magnifique, chuchota-t-il.

Lorsqu'elle le regarda, ses yeux étaient fermés et elle sourit. Elle avait déjà entendu ce mot des milliers de fois dans sa vie, quand des photographes le murmuraient derrière leurs objectifs, quand des publicitaires jubilaient devant des créations ou quand des coiffeurs se penchaient pour admirer leur travail. Mais Tim parlait de cet instant, et non d'elle.

— Magnifique, répéta-t-elle à son tour, plaquant son front contre le sien.

Puis, elle sourit et tapota le morceau de carton entre eux.

— Même ça.

Il ricana et elle sentit l'air se déplacer.

— Plutôt chic, hein ?

Elle ouvrit les yeux et le regarda.

— C'est parfait.

Comme toi.

Il prit une grande inspiration et ouvrit les siens puis désigna les alentours en tenant son gobelet de smoothie.

— Aux morceaux de carton, aux parcs et aux couchers de soleil.

— Aux smoothies, ajouta-t-elle. Et aux baisers.

Il la regarda, chagriné.

— Ça m'a pris par surprise. Désolé.

— Je ne le suis pas.

Elle faillit dire autre chose, avant que le moment ne passe. Quelque chose comme : « *Je veux dire que je ne suis pas du tout désolée. Est-ce que je peux à nouveau t'embrasser ? »*

Cependant Tim reprit la parole avant elle, se levant et lui tendant la main.

— Allez, viens.

— Et le coucher de soleil ?

Il sourit.

— Ça sera encore mieux là où nous allons.

Sa curiosité fut piquée et elle se leva. Ils laissèrent le morceau de carton à côté de la poubelle et revinrent sur leurs pas, faisant un arrêt en chemin.

— Le *Lucky Devil* ? demanda-t-elle en ralentissant.

Chase était devant la porte, vérifiant les pièces d'identité, toutefois quand il vit Tim, il lui tendit un sachet de plats à emporter.

— Amusez-vous bien.

— J'imagine qu'on ne mange pas là, alors ? demanda Hailey alors que Tim l'entraînait plus loin.

Il brandit le sachet.

— Non. J'ai pris à emporter. J'espère que ça te va.

Tout lui allait, surtout ce qui pouvait prolonger cette merveilleuse soirée. Elle le regarda donc faire alors qu'il rangeait le sachet dans les sacoches de la moto. Une fois qu'il eut terminé, elle monta derrière lui, et une minute plus tard, ils traversaient la ville. Ils dépassèrent plusieurs magasins et restaurants, ainsi qu'un arbre énorme avec décoré de guirlandes lumineuses.

— Où allons-nous exactement ?

Il montra la route.

— Là-haut.

Elle regarda par-dessus son épaule et tressaillit.

— Tout là-haut ?

Il hocha la tête.

— Oui.

Il parlait avec désinvolture, néanmoins il pointait Haleakala du doigt, le volcan de trois mille mètres qui formait la majeure partie de Maui. Ils avaient fait le tour d'un bout de la base la première fois qu'ils s'étaient rendus à Pu'u Pu'eo, cependant le sommet avait toujours été caché par une couronne de nuages. Désormais, elle pouvait voir tout en haut.

— Waouh, murmura-t-elle en le serrant plus fort dans ses bras.

Pas seulement pour la vue, mais pour Tim. Il n'avait pas fait que l'écouter un peu plus tôt, il avait aussi tout planifié… et c'était quelque chose.

À sa droite, la mer et le ciel ne formaient plus qu'un seul mur bleu teinté de rouge alors que le soleil descendait progressivement. À sa gauche, les montagnes de l'ouest de Maui se dressaient tels des pics déchiquetés, encerclés de nuages.

— Merci, murmura-t-elle.

Elle ne s'attendait pas à ce qu'il l'entende, mais il la surprit en lui répondant.

— Tu me remercieras plus tard si l'on y arrive. J'ai peut-être été trop optimiste.

Elle sourit. De toute évidence, s'embrasser dans le parc n'avait pas fait partie de son plan. Mais tant pis. Même s'ils rataient le coucher de soleil du haut du volcan, le trajet en valait quand même la peine.

Tim fit gronder le moteur, dépassant les limites de vitesse. Peu de temps après, il tourna à droite, prenant une route qui commençait à monter sérieusement, d'abord en ligne droite, puis dans une série de virages serrés.

— Un sabre d'argent ! cria Tim par-dessus son épaule alors qu'ils dépassaient une grande plante hérissée au bord du chemin.

Elle avait lu un livre à leur sujet parmi les bouquins poussiéreux de Pu'u Pu'eo. Une plante qui fleurissait une fois par siècle, d'après ce qu'elle avait retenu. Un peu comme le véritable amour : quelque chose que l'on avait la chance de vivre qu'une seule fois dans sa vie, avant qu'il ne disparaisse.

Elle resserra son étreinte autour de la taille de Tim et ferma les yeux.

Il finit par se garer le long d'un virage sur la route… et juste à temps aussi.

Ils enlevèrent tous les deux leurs casques et regardèrent vers l'ouest.

— Waouh, souffla Hailey, lui serrant la main.

Ils n'étaient pas tout à fait en haut du volcan, malgré tout la vue s'étendait sur des kilomètres, des centaines de kilomètres même, surplombant plusieurs autres îles et ce qui semblait être la moitié du Pacifique. Trois voitures s'étaient arrêtées au même point de vue et les gens prenaient des photos. Mais même un objectif grand-angle ne pouvait rendre justice à ce panorama, alors Hailey grava ce moment dans sa tête. Ce rouge riche et incroyable. La chaleur de la main de Tim. Les tremblements dans ses jambes après tout ce temps passé sur une moto vrombissante.

— Magnifique, murmura-t-elle.

Il lui toucha la joue.

— Tu as les yeux fermés.

Elle haussa les épaules.

— C'est tellement beau qu'il ne suffit pas de voir pour apprécier.

Il se tut et quand elle le regarda, elle vit qu'il avait fermé les yeux à son tour. Puis il les ouvrit, la regarda et ouvrit la bouche, soudain très sérieux.

— Hailey, il faut vraiment que je te dise...

Elle se pencha, espérant qu'il lui ouvre enfin son cœur et son âme. Soudain une voiture en klaxonna une autre et ils tournèrent tous les deux la tête. Quand elle pivota à nouveau vers lui, Tim se grattait l'oreille et regardait ses pieds. Il leva finalement les yeux, pinçant les lèvres, et prit la parole.

— Tu veux un pull ?

Elle secoua la tête. Non, elle ne voulait pas de pull. Elle voulait qu'il trouve les mots qu'il avait eus sur le bout de la langue quelques secondes plus tôt. Néanmoins il donna un coup de pied dans le sol et le moment passa.

— Ça va, chuchota-t-elle, remontant sur la moto derrière lui.

L'air était de plus en plus frais alors qu'ils montaient, malgré tout le crépuscule s'étirait lentement. Le ciel semblait sans fin, tout comme les dernières couleurs du coucher de soleil. La nuit finit par gagner, répandant une couverture sombre au-dessus de l'île, et Hailey écouta le vrombissement de la moto, s'accrochant à la chaleur de Tim. Quand il se gara et éteignit le moteur tout en haut, le silence fut saisissant.

Elle enleva son casque et resta immobile un moment, s'imprégnant de tout ça. Frissonnant légèrement. Il faisait froid, cependant c'était quand même incroyable. Le vent murmurait au-dessus du paysage lunaire qui s'étendait autour d'eux et les grillons chantaient.

— Waouh, souffla-t-elle, observant le cratère, la vue et le ciel.

— Attends, dit Tim en ouvrant les sacoches.

Hailey serra les bras autour de sa taille, observant ses moindres faits et gestes. Cet homme lui avait promis un dîner et les étoiles et il était sincère. En cinq minutes à peine, ils se retrouvèrent blottis l'un contre l'autre sur une table de pique-nique avec une couverture sur leurs épaules. Tim craqua une allumette, allumant une minuscule lanterne à bougies, et la plaça devant eux. La faible lumière vacillait au-dessus du repas qu'il déballait et elle faisait briller le bordeaux d'une minuscule bouteille de vin.

— Ce n'est pas avec un vrai bouchon, dit-il en haussant les épaules d'un air désolé.

Elle éclata d'un rire qui traversa la nuit. Comme si quelque chose de ce genre allait gâcher sa soirée.

— C'est le meilleur dîner de ma vie, dit-elle alors qu'il leur servait du vin dans deux gobelets en carton.

— Tu n'as encore rien goûté.

— Peu importe. Je le sais.

Le dîner s'avéra délicieux ; des croquettes de poisson encore chaudes avec une salade de pommes de terre et une baguette, qui allait très bien avec le vin.

— J'imagine qu'on est censés boire du blanc avec ça, hein ? dit Tim en regardant son gobelet.

Elle lui donna un petit coup de coude.

— Quand on fait un dîner pique-nique du haut d'un volcan, on applique des règles spéciales, tu ne savais pas ? dit-elle en prenant une autre bouchée. C'est parfait. Oh ! Regarde !

Elle pointa une étoile filante dans le ciel.

— Fais un vœu.

Mais Tim, à sa grande surprise, secoua la tête.

— Le mien s'est déjà réalisé.

Ses mots la réchauffèrent et lui firent également peur. Ses vœux à elle concernaient l'avenir, alors que lui semblait se contenter de ce qu'il avait déjà. Il leva la tête vers le ciel et pointa quelque chose du doigt.

— La Voie lactée…

Elle posa la tête sur son épaule et suivit son index à travers cette voie lumineuse dans le ciel.

— La Grande Casserole, murmura-t-elle en la trouvant près de l'horizon.

— La Grande Ourse, la corrigea-t-il.

— C'est la même chose, non ?

Il secoua la tête.

— Ça ressemble plus à un ours.

— Ah bon ?

Il lui montra.

— Tu vois cette étoile ? C'est le dos de l'ours et là, c'est sa queue.

Elle inclina la tête sur le côté.

— Tu es sûr ?

Il acquiesça fermement, la faisant rire.

— Qu'est-ce qui fait que tu es un tel expert en ours ?

Il se gratta le menton d'une main, plus longtemps qu'elle ne l'aurait cru.

— J'imagine que j'en ai vu assez pour m'y connaître.

Elle rit.

— Pour le peu d'ours que j'ai vus, je courais trop vite pour avoir le temps de les observer.

Bizarrement, Tim ne riait pas. Il ne pouffait même pas et elle se demanda ce qui n'allait pas.

— Ils ne sont peut-être pas si dangereux, répondit-il après être resté pensif.

Elle gloussa.

— Je n'ai pas envie de m'approcher assez près un jour pour le découvrir par moi-même.

Elle se blottit contre lui sous la couverture. Pourquoi était-il si tendu tout à coup ?

— Tu as assez chaud ?

Il hocha rapidement la tête.

Elle désigna la gauche du ciel, essayant de relancer la conversation.

— Mon grand-père avait pour habitude de me montrer les étoiles. Mais ça fait longtemps. Je suis certaine que c'est Draco là-bas.

Il acquiesça.

— Draco. Le Dragon.

Elle gloussa.

— J'aime bien celle-ci.

— Pourquoi ?

— Parce que c'est une créature fictive. Pas de quoi s'inquiéter, plaisanta-t-elle avant de froncer les sourcils. Mais bon, auparavant je croyais aussi que les loups-garous n'existaient pas.

— Les métamorphes loups, corrigea-t-il doucement.

Visiblement, cet homme était à cheval sur la terminologie, néanmoins elle décida de ne pas s'attarder dessus. Lamar n'était plus là et elle était déterminée à apprécier sa première nuit de liberté depuis longtemps.

Ils contemplèrent les étoiles en silence et Hailey se perdit dans ses pensées. Il s'était passé tellement de choses ces derniers jours, assez pour que ça paraisse encore plus lointain. Elle avait l'impression de connaître Tim, peut-être pas depuis des années, mais au moins depuis des mois. En tout cas, il était arrivé assez de choses ces dernières vingt-quatre heures pour que son cerveau tourne à plein régime.

Elle tendit son gobelet pour le remplir, puis le retira.

— Oups. Je monopolise la bouteille.

Il secoua la tête et lui servit le reste.

— C'est moi qui conduis.

Elle le regarda. C'était du Tim dans toute sa splendeur. Il la faisait passer en premier. Il la gardait en sécurité, comme il l'avait fait depuis le début. Pourrait-elle un jour lui rendre la pareille ?

Elle se blottit plus près, fermant les yeux. Être au sommet du monde avait le don de faire beaucoup réfléchir. D'avoir des pensées confuses, comme le fait de réaliser à quel point Tim était contradictoire. Cet homme était comme le volcan sous ses pieds : calme, mais puissant. Mystérieux. Tout à fait fiable et pourtant imprévisible à la fois.

Elle soupira. Peut-être devait-elle prendre plus de recul. Tim était un homme. Elle était une femme. Le futur était un grand mystère et tout ce dont elle était sûre, c'était qu'ils avaient cette nuit pour eux. Alors, pourquoi ne pas en faire bon usage ?

Elle se pencha plus près, désirant le toucher. Inspirant, car il sentait très bon. Une minute plus tard, elle avait enfoui son nez contre lui et ronronnait mentalement. Ou bien à voix haute, car un son parvint jusqu'à ses oreilles.

Ses yeux s'étaient fermés et lorsqu'elle les rouvrit, elle réalisa que c'était Tim qui ronronnait de plaisir tout en frottant sa joue contre la sienne. La marquant, presque, de la même façon qu'un animal marquait son territoire.

— Hmm.

Elle se pencha vers lui. La couverture glissa de ses épaules, toutefois elle ne ressentit pas le froid.

— Hailey, murmura-t-il avant de plaquer sa bouche contre la sienne.

Au début, son baiser fut doux et tendre, mais il devint vite plus rapide et intense. Assez intense pour accélérer son pouls. Il remonta les mains le long de sa taille et elle gémit en l'embrassant. Elle enroula ses bras autour de son cou, écrasant ses seins contre sa poitrine. Puis, elle s'écarta en tressaillant.

— Tourne-toi, dit-elle, surprise par sa propre hâte.

Tim la regarda avec des yeux aussi brillants que les étoiles.

Il n'y avait pas beaucoup de place pour les jambes à cette table de pique-nique et elle devait y remédier immédiatement. Elle se leva et pivota de l'autre côté du banc.

— Comme ça.

Tim se tourna, toujours assis, les yeux rivés dans les siens.

Rapidement, avant qu'elle ne perde son sang-froid, Hailey remit la couverture sur ses épaules puis le chevaucha, se rapprochant bien de lui.

Il écarquilla les yeux, mais la tint fermement en place.

— Hailey...

Elle l'embrassa avec force, profondément. Une boule de feu traversa ses veines et elle gémit. Tim était effectivement un volcan, elle sentait la lave en fusion qui bouillonnait en lui. La passion frémissante, prête à exploser.

Elle avait commencé par s'asseoir plus près de ses genoux que de son aine, cependant il l'attira encore, et même à travers leurs couches de jean, elle pouvait sentir à quel point il était dur. À quel point il avait envie d'elle. Leurs langues s'entremêlèrent, s'affrontant en duel, et leurs poitrines se heurtèrent.

— Hailey, dit-il d'une voix rauque en s'écartant.

Elle secoua la tête. Il était hors de question qu'elle le laisse actionner le frein d'urgence.

— J'ai envie de tout ça. J'ai envie de toi, dit-elle en le regardant droit dans les yeux. Et toi aussi tu en as envie.

Il déglutit et acquiesça.

— Alors, qu'est-ce qui te retient ? lui demanda-t-elle avant de poursuivre, sans lui laisser le temps de répondre. Ce n'est pas pour toujours, Tim. Donc, pour le moment, pour ce soir, tout le reste peut attendre.

Elle haletait désormais, sa poitrine se soulevant de haut en bas.

— Ça va être difficile à surmonter, tu sais, chuchota-t-elle dans son oreille tout en se frottant contre ses hanches. Ce sera une torture si on n'assouvit pas notre désir maintenant.

Il ferma les yeux et se balança sous son corps.

— Ici ?

Elle gloussa. C'était ça la liberté, et ça lui plaisait.

— Pourquoi pas ? On a notre couverture. Une très bonne table de pique-nique. Personne ne peut nous voir à part les étoiles.

Il saisit ses mains avant qu'elle ne parvienne à les glisser sous la ceinture de son jean.

— Je ne peux même pas te dire à quel point j'en ai envie.

— Alors, qu'est-ce qui nous en empêche ?

Son regard s'assombrit et elle perçut à nouveau cette bataille intérieure. Mais quand elle ondula des hanches, le feu dans ses yeux s'embrasa et il dit d'une voix grave et rocailleuse, avant de plaquer sa bouche contre la sienne :

— Rien.

Elle gémit, triomphante, mais tout aussi éperdue. Sa vie avait été remplie de murs invisibles avant qu'elle ne rencontre Tim. Mais là, sous les étoiles, elle se sentait totalement libre et sauvage. Un peu imprudente, pourtant elle n'avait jamais été aussi sûre de sa vie. Elle avait enfin son homme et rien ne les arrêterait.

Rien.

Chapitre 18

Tim ferma les yeux, savourant cette douce bouffée de chaleur. Le fait de lutter contre sa bête intérieure avait été une véritable torture, mais désormais, c'était très agréable de perdre le contrôle. Terriblement agréable, comme un barrage qui se rompait ; tout ce qu'il pouvait faire, c'était de suivre le courant.

— Oui... gémit Hailey et son ours se pavana.

Montre-lui, grogna sa bête. *Montre-lui à quel point on peut lui faire du bien.*

Il enroula la couverture plus étroitement autour de leurs épaules et glissa les mains vers ses fesses, l'attirant plus près. Hailey geignit et passa sa langue sur les dents de Tim. Il la laissa prendre les devants, la pourchassant avec sa propre langue, la serrant contre lui. Cependant le désir en lui s'accentua, au point que le simple fait de la tenir contre lui ne suffise plus. Il fallait qu'il la touche. La goûte. La possède.

Bougeant lentement, et agonisant lentement aussi, il jaugea sa réaction en promenant ses mains sur ses côtes... sur son ventre... sur ses seins...

Hailey gémit, retirant son pull autour de son jean.

— Oui. S'il te plaît...

Elle l'embrassa à nouveau, avec intensité, et il l'explora comme s'il était aveugle, remontant les mains jusqu'à ce qu'il trouve le fermoir de son soutien-gorge. Il le relâcha une seconde plus tard, laissant sa chair douce se répandre dans ses mains. Il dessina des cercles avec ses pouces, gémissant presque face à la sensation. Ses seins étaient petits et délicats et ses tétons étaient déjà durs et tendus. Il les caressa du bout des pouces, là où sa peau était plus rugueuse, la faisant gémir et renverser les épaules en arrière.

— Trop bon... marmonna Hailey.

Ses mains s'entremêlèrent aux siennes, et quelques instants plus tard, elle l'aida à remonter son haut. Pas entièrement, car l'air de la montagne était frais malgré ce brasier qui se formait entre eux, toutefois suffisamment pour dévoiler la coupe de son sein dressé. Il aspira le mamelon rose dans sa bouche et elle cria d'une voix aiguë.

— Oui...

Il ne put s'empêcher de soupirer de joie en retroussant les lèvres. Hailey s'étira un peu plus et se cambra.

Il la dévorait. Se gavait d'elle. Il la lécha jusqu'à être certain qu'elle dise stop. Mais Hailey geignit de plaisir, le suppliant de lui donner plus.

Donne à la dame ce qu'elle veut, lui ordonna son ours.

Il la mordilla et suça jusqu'à ce que son ours intérieur rugisse, puis accentua ses mouvements, car Hailey devenait folle, tout comme lui. Dangereusement.

Passant d'un côté à l'autre, il frotta son menton contre sa chair sensible. Son ours était suffisamment proche de la surface pour que sa peau rasée soit désormais couverte d'une barbe, néanmoins Hailey ne semblait pas s'en soucier. Au contraire, elle empoigna sa tête plus fort et gémit.

— Recommence. S'il te plaît, recommence.

Oh que oui. Il s'exécuterait autant qu'elle le voudrait.

La lumière des étoiles était assez forte pour qu'il puisse avoir un aperçu. Ses tétons brillaient comme des bijoux après qu'il les eut sucés, et il faillit se frapper le torse comme un homme des cavernes. Mais il n'était pas là pour regarder et il n'allait certainement pas laisser Hailey avoir froid, alors il ouvrit grand la bouche et se remit au travail.

Ah, ricana son ours. *Au travail.*

Il remarqua à nouveau qu'il manquait quelque chose. Son collier. À vrai dire, il ne se souvenait pas l'avoir vu de la journée. Il n'allait toutefois pas s'arrêter pour lui poser la question. Pas quand Hailey frémissait sous ses caresses et poussait des petits cris de plaisir. Il fit le tour de son téton, le pinça, puis le caressa avec sa langue.

— Encore, murmura-t-elle désespérément. Encore.

Il n'aurait pas dû être possible pour un homme qui se trouvait à trois mille mètres du niveau de la mer d'avoir l'impression de voler encore plus haut, pourtant c'était ce que lui faisait ressentir Hailey. Son esprit devenait encore plus confus jusqu'à ce qu'il ne perçoive plus que le besoin de la satisfaire. Son jean devint douloureusement serré et ses caresses de plus en plus brutes.

Les cris de Hailey étaient empreints d'étonnement et elle avait le souffle coupé chaque fois qu'il changeait de rythme. Il n'était pas son premier amant, cependant ses cris étaient ceux d'un plaisir nouveau.

Alors, donne-lui plus, gronda son ours.

Elle devait être sur la même longueur d'onde, car elle se redressa, tâtonnant le fermoir de son propre jean.

— Merde.

Elle laissa tomber et se jeta sur le sien comme si elle était possédée.

Tim écarquilla les yeux quand il comprit ce qu'elle voulait en s'agenouillant devant lui comme ça.

— Aide-moi, dit-elle, le regard brillant. Aide-moi à enlever ça.

Il la contempla.

— Tu es sûre ?

Elle rit.

— Je n'en ai pas l'air ?

Elle avait l'air plus que sûre et il entendit presque le diable glousser quand elle se lécha les lèvres.

Il se leva juste assez pour ouvrir son jean... et faillit soupirer de soulagement. Il jeta son caleçon sur le côté, libérant son sexe dur et dressé. Hailey écarquilla les yeux et resta bouche bée, mais une fraction de seconde plus tard, elle se léchait déjà les lèvres.

— Oh oui, murmura-t-elle en se penchant vers lui.

Mais ce « *oh oui* », n'était pas suffisant pour décrire ces flammes qui le traversèrent de toutes parts dès qu'elle embrassa son gland, et il ne décrivait certainement pas les vagues de plaisir qui le secouèrent, littéralement, dès qu'elle se mit à le sucer. Tim ne trouva néanmoins pas de meilleur descriptif, alors il se tut. Ce qui était difficile, car putain, qu'est-ce que cette sensation lente et glissante était agréable ! La pression de ses lèvres, en plus de celle de sa langue.

Il passa les doigts dans ses cheveux, laissant tomber sa tête en arrière dans un petit gémissement. Il avait les yeux ouverts, pourtant les étoiles étaient floues et tournaient comme de petites comètes alors qu'il oscillait sur place. Il déglutit, s'interdisant de tirer sur ses cheveux ou de l'attirer plus près, mais c'était difficile. Très difficile, notamment quand Hailey reprit son souffle en faisant claquer ses lèvres. Puis, elle se pencha à nouveau sur lui, agrippant fermement ses cuisses.

Elle descendit, jusqu'à la base, le prenant profondément. Quand elle se retira, elle le fit très doucement, ses lèvres aspirant le gland une fois à l'extrémité. Elle poussa ensuite de tout son corps, l'engloutissant à nouveau.

Le souffle de Tim devint erratique et tous les muscles de son corps se contractèrent. Il allait exploser à tout moment.

— Hailey, dit-il dans un râle, tirant doucement sur ses cheveux.

Elle marmonna quelque chose, ne ralentissant pas pour autant.

Avec un effort suprême, il se redressa et retint son souffle.

— Ça ne te plaît pas, lui demanda-t-elle d'un air surpris.

Il l'avait décoiffée, lui donnant un air sauvage qui faillit faire craquer son ours.

— Si, j'adore. Mais j'aimerais que tu sois impliquée aussi.

Elle sourit, prête à se pencher à nouveau sur lui.

— Oh, mais je suis impliquée, crois-moi.

Il secoua la tête et la mit debout, enroulant ses doigts autour des boucles de la ceinture de son jean.

— Non, mais je veux dire complètement. Tous les deux en même temps.

Ses yeux scintillèrent.

— Complètement. Ça me plaît, ça. Mais j'espère que ce n'est que partie remise.

Elle toucha le bout de son sexe, le faisant tressauter.

C'était incroyable de voir à quel point cette fille sympa pouvait parfois non seulement se transformer en *mannequin*, mais aussi en une véritable *bête de sexe*.

— Ça marche, gronda-t-il.

Elle se pencha, capturant sa bouche à travers un baiser peu délicat. Elle passa ensuite sa langue sur la sienne à plusieurs reprises, répandant un goût incroyable qui était à la fois le sien et celui de Tim.

Il gémit.

— C'est clairement partie remise.

Elle se redressa, souriant et promenant ses mains le long de sa fermeture éclair. Dès l'instant où elle baissa son pantalon, ses jambes eurent la chair de poule. Il jeta la couverture sur ses épaules, la gardant au chaud pendant qu'elle enlevait ses chaussures et son jean. Mais quand elle arriva au niveau de sa culotte, elle s'arrêta et leva les mains.

— Je suis à toi.

Son ours grogna et il lutta pour ne pas sortir ses griffes et déchirer le sous-vêtement d'un coup sec.

Tout à moi, gronda sa bête.

Ses doigts tremblaient lorsqu'il saisit sa culotte sur les côtés et la baissa doucement. Tout en bas, car il ne voulait pas rater un seul centimètre de ses jambes parfaites et longues. Après l'avoir aidé à l'enlever, il remonta ses mains jusqu'en haut.

— Viens plus près, dit-il d'une voix rauque et cassée.

Hailey s'approcha, en le chevauchant. Il glissa les mains autour de sa taille jusqu'à ses fesses, l'embrassant en même temps.

— Sympa, murmura-t-elle en fermant les yeux.

Encore un de ces mots qui ne décrivait pas correctement ce qu'il ressentait vraiment. Ses fesses étaient rondes et fermes, et avec ses jambes écartées, elle l'invitait à l'explorer.

— Oui, haleta-t-elle, gardant sa bouche près de la sienne pendant qu'il la touchait.

Elle était mouillée, chaude à l'intérieur, et ondula légèrement des hanches lorsqu'il glissa ses doigts entre ses replis.

— Oh... dit-elle d'une voix plus aiguë.

Il trouva une entrée et en fit le tour plusieurs fois avec ses doigts alors qu'une autre vague de chaleur le traversait. Hailey bascula la tête en arrière et pivota les hanches dans la direction opposée, gémissant plus fort. Gardant une main ferme sur sa magnifique fesse gauche, il maintint la pression avec sa main droite, glissant un doigt, puis deux. Plongeant plus profondément, tournant plus fort.

À moi, grogna son ours.

— Oui, gémit-elle, le défiant de continuer juste pour le plaisir de la voir s'abandonner totalement.

Mais lui aussi s'abandonnait, son ours était dangereusement près de la surface. Son sexe était douloureux et ses lèvres mourraient d'envie d'aspirer à nouveau son téton.

— Je n'ai pas de préservatif, parvint-il à annoncer, même si cela risquait de le tuer si elle disait non. Je n'en ai pas souvent besoin.

Il lui fit cet aveu pour qu'elle réalise à quel point il avait attendu longtemps de trouver quelqu'un comme elle.

Pas quelqu'un comme elle, grogna son ours. *Mais elle, exactement. Hailey. Personne d'autre ne lui ressemble.*

— Je fais des injections contraceptives, murmura-t-elle. Et mon agent grincheux me fait tester régulièrement. Comme si je couchais à droite et à gauche.

Elle ricana.

— Ça ne risquait pas, avec ma mère qui montait la garde tout le temps.

Enfin une raison d'apprécier cette femme. Puis, il secoua la tête. Il n'avait pas envie de penser à sa mère. Ce qu'il voulait, c'était Hailey. Tout entière. Elle le regarda à travers des yeux médusés. Avait-elle lu dans ses pensées ?

Peut-être, car une seconde plus tard, elle le chevaucha et se baissa sur lui.

— Oups, ronronna-t-elle en le ratant dès la première tentative.

Elle se redressa et essaya à nouveau, tressaillant lorsqu'ils se connectèrent.

Tim s'accrocha à ses hanches, la laissant le prendre, un centimètre chaud et dur à la fois. Elle ouvrit la bouche en un cri silencieux en poussant plus fort, cherchant à aller jusqu'au bout.

— Mon Dieu, oui.

Elle laissa retomber sa tête en arrière en agrippant ses épaules, commençant à se balancer.

« *Oui* », ça, c'était le mot juste, car il ne s'était jamais senti si lié ou prêt. Au bord de l'effondrement total. Il ondula des hanches et grogna en sentant à quel point elle se contractait autour de lui.

— Encore, murmura Hailey.

Il ferma les yeux, calant un rythme qu'elle suivit, répondant à chacun de ses coups de reins par une flexion de ses muscles internes.

Mords-la. Marque-la. Prends-la, grogna son ours.

— Touche-moi, gémit-elle.

Et il lui fut encore plus difficile de résister.

Non, je ne la marquerai pas, dit-il en sermonnant son ours. *Pas de marque d'union. Je la touche juste, comme elle le souhaite.*

Elle veut que tu la mordes. Elle nous veut, insista sa bête, essayant de reprendre à nouveau le pouvoir.

Avec un effort suprême, il terrassa l'animal. *Pas de marque. Pas ce soir.*

Il ne sut pas pourquoi il précisa ce dernier point, cependant cela apaisa son ours rebelle.

Pas ce soir. Mais bientôt, grommela celui-ci.

— S'il te plaît, gémit Hailey en se cambrant sur lui. Touche-moi.

Il étendit les mains sur son ventre et remonta vers le haut. Son pull était retombé et il le repoussa. Pendant un moment, il se délecta de cette vue sur ses seins qui se balançaient de façon séduisante devant lui. Il se pencha ensuite et prit le gauche, le serrant dans sa bouche.

Dès l'instant où ses lèvres se refermèrent autour de son téton, Hailey frissonna et gémit.

— Oui...

Il passa la langue sur cette protubérance tendue et parfaite, la rendant frénétique. Léchant, mordant et la pénétrant avec force en même temps. Le désir l'envahit comme une tempête et il ne parvint plus à penser. Il la pénétra plus fort, enflammant son sexe. Et Hailey aussi s'enflamma, d'après ce qu'il entendait. Il chercha son clitoris de sa main libre par pur instinct, et quand il le pinça, Hailey tressaillit.

— Oui ! cria-t-elle.

Elle se cramponna à lui et il eut l'impression de voir une lumière blanche et aveuglante. Le feu jaillit dans ses veines et il la pénétra puissamment. Soudain, dans un gémissement brutal, il se libéra profondément en elle.

Compagne ! cria son ours. *Elle est à moi.*

Hailey marmonna et frissonna pendant qu'il s'accrochait, déterminé à la remplir aussi longtemps qu'il le pourrait. Même alors que ses muscles se relâchèrent un à un, il la tenait fermement.

— Hailey...

Elle tressaillit et gémit dans un soubresaut, puis se laissa retomber. Son menton pesait lourdement sur son épaule et sa joue réchauffa la sienne.

— C'est si bon, murmura-t-elle une longue minute plus tard en dessinant des cercles paresseux et désordonnés sur son dos.

Doucement, ses sens sortirent de leur torpeur suite à cette extase et il entendit les grillons chanter. Quelque part au loin, une voiture démarra. Heureusement qu'il avait choisi une table éloignée des autres. Il enroula les bras autour de Hailey, la gardant près de lui, au chaud et en sécurité. La caressant avec sa joue, la marquant comme sienne.

Bientôt, on la marquera pour de vrai, murmura son ours.

Il serra les dents et se concentra sur elle alors qu'elle s'écartait suffisamment pour le regarder dans les yeux et lui sourire.

— Est-ce que je peux te dire que j'adore tes surprises ? Surtout celle-ci.

Sa remarque chassa le nuage sombre dans son esprit et il sourit.

— C'était aussi une surprise pour moi.

Elle pencha la tête sur le côté, l'étudiant.

— Tu veux dire que tu n'avais pas l'intention de me séduire ici ? dit-elle en désignant le paysage autour d'elle.

Les derniers nuages se dissipaient, offrant un panorama sur les éclairages des plantations au loin. La mer et le ciel, d'une couleur indigo, s'étendaient aussi loin qu'il pouvait voir, et tout un océan d'étoiles clignotait au-dessus d'eux.

Il eut un petit rire.

— Je n'avais pas prévu plus que de pouvoir regarder le coucher de soleil d'ici.

Elle gloussa.

— Vous avez obtenu bien plus, monsieur.

Elle resserra la couverture autour de ses épaules et prit son visage dans ses mains.

— Merci. C'est la meilleure soirée au monde. La plus spéciale que j'ai vécu.

C'était drôle, il avait été sur le point de dire la même chose.

— Pour moi aussi.

Elle regarda autour d'elle.

— J'imagine qu'après l'avoir fait en haut d'un volcan, ce sera difficile de faire mieux, non ?

Il secoua la tête et parla avec son cœur.

— Ce n'est pas l'endroit Hailey. Ce ne sont pas les étoiles. C'est toi.

Elle le regarda, bouche bée.

C'est toi, Hailey, eut-il envie de dire. *Je t'aime. J'ai besoin de toi.*

Mais il ne pouvait pas lui dire ça sans lui parler de son côté métamorphe, et il n'avait pas le courage de voir sa joie se transformer en peur vis-à-vis de son ours. Il enfouit donc son visage dans ses cheveux et renifla, se remémorant chaque aspect de son amour sincère.

Faisant comme s'il pourrait la garder auprès de lui pour toujours.

Pour toujours, gronda son ours, ignorant les jours sombres imminents qui finiraient indubitablement par arriver.

Chapitre 19

Hailey s'accrocha à Tim tout au long de la descente, embrassant ses épaules de temps en temps. La moto vibrait sous ses jambes et elle rougit en repensant à ce qu'ils avaient fait. Venait-elle vraiment de se taper l'homme le plus parfait au monde sur un banc de pique-nique ?

La chaleur persistante entre ses jambes lui assura que oui, elle l'avait bien fait. Et en plus, elle s'était agenouillée pour le goûter.

Ses joues chauffèrent et elle fut contente que personne ne puisse la voir devenir écarlate. Tim lui avait donné un avant-goût de la liberté, ça, c'était sûr. Et, waouh. Il avait peut-être créé un monstre, car elle en voulait déjà plus ! Plus d'arrêts smoothies et de balades en ville. Plus d'observations d'étoiles et de discussions. Plus de trajets de nuit... et plus de sexe sur les tables de pique-nique. À genoux, sur lui, et peut-être même allongés sur la table la prochaine fois.

Elle enfouit son visage dans sa veste et se pencha au virage suivant. OK, c'était peut-être trop demandé. Mais ça ne l'empêcherait pas de vouloir découvrir de nouveaux plaisirs une fois qu'ils seraient arrivés chez lui.

Sans même s'en rendre compte, elle laissa retomber ses mains sur les jambes de Tim jusqu'à ce qu'elles frôlent son entrejambe et qu'il fasse une embardée.

— Désolée, dit-elle par-dessus le bruit du moteur en se forçant à replacer ses mains en territoire neutre, autour de sa taille. Mais c'est ta faute.

— Ma faute ? rétorqua-t-il, ne paraissant pas du tout contrarié.

— Oui.

Elle lui pinça les biceps, aussi loin que ses mains pouvaient les atteindre, du moins, avant de promener ces dernières le long de ses abdominaux.

— Complètement de ta faute, continua-t-elle. Surtout ça.

Elle posa une main sur son cœur.

Il couvrit sa main de la sienne et elle ressentit un profond sentiment de paix. Une paix qui se prolongea, même quand il dut la relâcher pour le virage suivant. Elle passa une bonne partie du trajet retour à regarder le paysage qui défilait par-dessus son épaule. Un quartier de lune se dressa haut dans le ciel le temps qu'ils atteignent la vallée centrale de Maui, faisant scintiller l'océan d'une lumière argentée. Elle ferma alors les yeux et laissa ses pensées s'égarer, et avant même qu'elle ne s'en rende compte, la chaussée laissa place aux graviers.

— Koakea, murmura Tim alors qu'ils roulaient sur le terrain de la plantation.

Elle leva les yeux. Y aurait-il encore quelques personnes debout ? Est-ce que ce que Tim et elle Tim avaient fait paraîtrait évident ? Elle fit une grimace. Ça ne regardait personne, alors pourquoi s'en soucier ?

Mais Tim était proche de sa famille et de ses amis... extrêmement proche, même. Alors oui, elle s'en souciait. D'autant plus qu'ils étaient de bonnes personnes qui l'avaient aidée maintes et maintes fois. Cela lui ferait mal de faire face à leur désapprobation, si c'était ce qui l'attendait.

Heureusement, tout était calme, tout le monde étant au lit ou sorti, et elle put rester près de Tim autant qu'elle le désirait. Collée à lui, donc, puisqu'elle ne pouvait pas le lâcher, déjà avide de plus.

Tellement avide qu'elle l'attira vers elle pour l'embrasser devant sa porte. Un long baiser affamé qui, elle l'espérait, était plus le début de quelque chose qu'une fin.

— Tu as d'autres souhaits sur ta liste ? lui demanda-t-il en lui caressant la joue.

Elle sourit. Voilà, la partie était remise, mais...

— Et si je réalisais plutôt l'un de *tes* souhaits ? dit-elle.

Les lèvres de Tim tressautèrent et ses yeux brillèrent. Brillèrent *vraiment*, comme elle avait cru l'avoir imaginé plus tôt.

Cependant c'était peut-être son esprit obsédé par le sexe qui voyait des choses.

Il remit les cheveux de Hailey derrière son oreille.

— Je n'ai pas envie d'être trop gourmand...

Elle sourit et l'attira plus près.

— Mais ?

Il s'approcha, embrassant son oreille et caressant son cou avec son nez.

— Ça ne me dérangerait pas de continuer à faire ça.

Elle rit. Cet homme la caressait avec son nez comme personne. C'était quelque chose qu'elle n'avait jamais expérimenté avant. Cela dit, avant de le rencontrer, elle n'avait croisé que de types froids et distants dans son milieu. Les rares hommes avec qui elle avait couché avaient tous été pareils : après le sexe, ils ne cherchaient pas à faire de câlins ou à discuter sur l'oreiller. Mais Tim...

Elle l'attira vers la porte.

— Tes désirs sont des ordres.

Il ricana.

— Hé, ça, c'est *ma* réplique !

— Eh bien, désormais elle est à moi.

Elle sourit, le tirant par le bras. Ç'aurait été tellement bien de pouvoir dire quelque chose de similaire. *Eh bien, désormais tu es à moi.* Mais tant pis. Elle pouvait toujours espérer.

Elle s'arrêta devant la porte, laissant ses yeux s'ajuster à l'obscurité. L'appartement qu'elle louait lui paraissait toujours vide et solitaire quand elle rentrait. Mais même si la maison de Tim était aussi sombre et silencieuse, elle était chaleureuse et accueillante à la fois.

— J'allume ? demanda-t-elle en posant la main sur l'interrupteur.

— Certainement, murmura-t-il. Mais pas celle-ci. Attends.

Il passa à côté d'elle et alluma deux petites lampes de chevet qui diffusaient une lumière basse et chaude, laissant assez de pénombres pour garder une ambiance tamisée, tout en projetant assez de lumière pour...

Hailey rougit, car sa première pensée fut qu'ils pourraient se voir nus. C'était une chose de grimper sur un homme comme on grimpait à un arbre, au sommet d'une montagne déserte, car l'obscurité avait le don de masquer notre inhibition ainsi que tout le reste. Toutefois, être allongée et visible en le laissant explorer chaque centimètre de sa chair exposée, ça, c'était différent. Il n'y avait pas de draps sous lesquels se cacher, mais une lueur éclatante pour illuminer toutes ses imperfections.

Ses joues la brûlèrent. Pourquoi l'idée que Tim la regarde l'excitait-elle autant ? Elle n'avait jamais posé nue et ne l'avait jamais voulu. Pourtant cette envie de tout lui montrer était irrésistible.

Tim tendit la main vers elle, et elle se glissa dans ses bras. Confortablement, naturellement, comme si elle était née pour occuper cet espace. Il recoiffa ses cheveux de ses deux mains et frotta sa joue contre la sienne. Doucement au début, puis plus fort, tout en la reniflant.

— Quoi ? demanda-t-il alors qu'elle gloussait.

— Ça me chatouille.

Son souffle souleva ses cheveux et réchauffa sa peau.

— Mais j'aime bien, ajouta-t-elle précipitamment, pressant sa joue contre la sienne.

— Moi aussi, chuchota-t-il de cette voix basse qu'elle aimait tant.

Elle pencha la tête en arrière, le laissant descendre le long de son cou. Il frotta chaque centimètre de sa nuque avec son menton et ses joues. Quand il le faisait dans un sens, le mouvement était doux malgré sa barbe. Néanmoins, dans l'autre, c'était plus rêche et piquant, le contraste faisant bouillonner son sang dans ses veines.

— Ça fonctionne partout ? lui demanda-t-elle, rassemblant assez de courage pour libérer ces pensées qui fusaient dans son esprit.

— Comment ça ?

Il s'arrêta au niveau de son cou et elle le prit par les épaules, même si au bout du deuxième essai seulement, car elles étaient si larges que ses mains avaient tendance à glisser. Elle le repoussa doucement.

— Je veux dire, si je fais ça...

Elle se baissa, retirant sa chemise et son pull d'un seul coup avant de les laisser tomber par terre. Elle défit ensuite son soutien-gorge et le jeta également, ainsi que son jean.

— Tu sais, pour t'offrir plus d'espace.

Tim émit un son rauque et avide, comme un grognement.

— Ça me va.

Elle l'arrêta juste avant qu'il ne retourne se frotter contre sa clavicule et tira sur son haut.

— Je crois que moi aussi j'ai besoin de plus d'espace pour essayer à mon tour.

Ses yeux brillèrent, reflétant la lumière des étoiles qu'ils avaient observées, et il enleva sa chemise, puis son pantalon et son caleçon.

Pendant un instant, ils se regardèrent comme deux enfants, nus pour la première fois. Ses yeux noisette balayèrent chaque centimètre de son corps. Elle, en revanche, avait les siens qui partaient dans tous les sens, car son torse était une œuvre d'art. Ses abdominaux étaient tellement définis qu'ils semblaient avoir été photoshoppés. Et en dessous...

Elle déglutit. Oui, il était bien bâti. Bien bâti et prêt à dégainer.

Elle leva ensuite les yeux vers son visage et le regarda un moment.

Les yeux de Tim l'avaient conquise dès le début ; ils étaient si honnêtes et authentiques. Beaucoup d'hommes avaient de beaux corps, mais combien avaient un regard comme lui ?

Sans dire un mot, Tim se rapprocha et reprit ses caresses. Le long de sa mâchoire, puis de son cou jusqu'à sa clavicule. Pendant qu'elle promenait ses mains sur son corps, sans trop savoir par où commencer. Il lui faisait de longues caresses précises, comme un peintre désireux de recouvrir chaque centimètre de sa toile. Faisant quelques pas lents et à peine perceptibles, il la fit reculer vers le lit et quand son mollet heurta la plus basse marche de la mezzanine, ils s'écartèrent l'un de l'autre.

— Après toi, murmura-t-il en lui embrassant la main.

Hailey était partagée entre le fait de rester près de lui et de s'allonger en travers du lit, cependant lorsqu'elle aperçut une autre lampe de chevet, la décision fut plus facile à prendre. Elle dut ramper sur la moitié du lit pour l'allumer et quand elle s'exécuta, elle roula sur le côté avant de se coucher sur le dos, se soumettant à son regard. Tim s'approcha du bord du lit et elle le scruta fixement, levant les yeux de plus en plus haut, étant donné sa taille. Ils s'observèrent.

Elle lui tendit la main.

— Tu viens ?

Elle bougea un genou et il tourna les yeux vers celui-ci, le suivant du regard.

— J'arrive, gronda-t-il en s'approchant.

Hailey resta parfaitement immobile, l'anticipation la picotant de toutes parts. Ses tétons étaient déjà tendus et son corps à nouveau endolori.

Tim se mit lentement à quatre pattes et se rapprocha d'elle, l'encerclant sans établir de contact. Avec tout ce qu'elle lui offrait librement : ses jambes écartées, ses seins nus... Il ne s'arrêta pourtant qu'une fois qu'ils furent face à face.

— Hailey, murmura-t-il, d'une voix rauque et pleine de désir.

Elle sentit son cœur gonfler dans sa poitrine.

Elle attendit, car il semblait vouloir lui dire plus. Comme une sorte de grande révélation ou des mots doux. Quelque chose qu'il avait manifestement envie de lui dire depuis longtemps. Mais une branche griffa le toit et Tim ferma les yeux. Ses épaules s'affaissèrent légèrement et il parut soudain infiniment triste.

Elle lui caressa doucement la mâchoire.

— Quoi que tu aies l'intention de me dire, tout va bien.

Il secoua la tête d'une façon qui aurait pu à la fois signifier une chose et son contraire.

— Tim ? chuchota-t-elle.

Il baissa la tête, enfouissant son visage contre ce qui semblait être son endroit préféré – le coin le plus haut de son cou, près de son oreille. Il la caressa ensuite du bout du nez une nouvelle fois.

Elle le tint un moment. Allait-il vraiment bien ? Devait-elle attendre que ça passe ou le pousser à dire ce qu'il avait sur le cœur ?

Le temps qu'elle réfléchisse à tout ça, Tim avait déjà pris les devants, la caressant plus intensément, et elle ne put s'empêcher de se cambrer contre lui.

Peut-être était-il en train de communiquer ce qu'il souhaitait dire par le langage du corps plutôt que par les mots. Peut-être que si elle l'écoutait vraiment, elle finirait par comprendre ce message caché.

Un instant plus tard, elle faillit glousser, prise d'un plaisir coupable. Vu la façon dont son corps se réchauffait, elle n'arrivait pas à penser de façon claire, et encore moins à comprendre les secrets de cet homme mystérieux. Néanmoins plus il l'embrassait, moins cela semblait avoir de l'importance.

Elle pencha la tête en arrière et enroula une jambe autour de la sienne, se rapprochant toujours plus. Gloussant et gémissant, car c'était déjà très agréable. Et quand Tim passa sa grande main sur sa poitrine, elle se cambra dans un cri silencieux, désirant plus. Heureusement, Tim comprenait très bien son langage corporel. En l'espace de deux battements de cœur, il se pencha et suça ses seins, comme elle espérait qu'il le fasse.

— Oui… souffla-t-elle en ondulant sous son corps.

— Regarde, chuchota-t-il en attirant son regard.

Elle retint son souffle. Avait-elle bien entendu ?

— Regarde ?

Il acquiesça et se redressa, plaçant un deuxième oreiller vers elle.

— S'il te plaît, regarde, murmura-t-il.

Hailey positionna l'oreiller derrière sa tête et parvint à hocher rapidement la tête. Et, waouh. Rien que le fait de regarder Tim se lécher les lèvres à quelques centimètres de son téton la fit presque gémir. Quand il l'aspira, elle gémit pour de vrai, ayant l'impression d'avoir l'esprit obscène en l'observant faire tout en étant terriblement excitée. Il fit bouger ses lèvres, aspirant et relâchant son mamelon, et ce qu'elle voyait mélangé à la sensation faillit la faire jouir. Puis il descendit le long de son corps, lui écarta les jambes et...

— Regarde.

D'après le ton de sa voix, elle n'était pas la seule à avoir du mal à garder le contrôle.

Il plongea alors entre ses jambes et exerça une pression avec sa langue.

Elle se cambra immédiatement sur le matelas, criant fort. Tellement fort qu'elle fut contente que personne ne vive non loin. Aucun homme ne lui avait jamais fait ça auparavant, et même si elle adorait le regarder faire, ses yeux n'arrêtaient pas de se fermer à cause de cette surcharge sensorielle. Ses coups de langue rapides. Ses doigts qui la pénétraient doucement. Le frottement rugueux de son menton. Chaque fois qu'il bougeait la langue et faisait lentement glisser ses doigts, elle s'agrippait un peu plus aux draps. Tim savait exactement quelle combinaison utiliser et quand, la repoussant vers ses limites avant de la laisser redescendre, pour la faire à nouveau crier d'extase.

Le fait de coucher ensemble de façon imprévue au sommet d'une montagne avait été incroyable, mais ça, c'était totalement différent. Là, elle était complètement possédée. Et s'il s'était agi de quelqu'un d'autre, elle se serait enfuie en courant. Mais avec Tim... c'était effrayant de voir à quel point cela lui paraissait juste. À quel point elle avait envie d'être à lui.

Il s'arrêta brusquement, la laissant haletante. Avant même qu'elle n'ait le temps d'ouvrir les yeux de surprise, il remonta le long de son corps et l'embrassa avec force. D'un coup de langue rapide, il répandit le goût du sexe autour de sa bouche et s'écarta enfin, baissant le regard vers elle. Ses yeux brillèrent et elle aurait pu jurer entendre sa voix dans sa tête.

Tu es à moi.

— Oui, murmura-t-elle, tendant les bras vers lui.

Une veine sur le côté de son front se mit à battre et son torse se gonflait alors qu'il se positionnait. Elle enroula les jambes autour de sa taille, retenant son souffle.

Mienne, crut-elle l'entendre chuchoter alors qu'il la pénétrait.

Elle cria et quand il se retira pour revenir, elle cria à nouveau. Cette douce brûlure, cet étirement douloureux, ce sentiment d'être remplie lui firent osciller la tête de gauche à droite. Tim la pénétra de plus en plus vite, perdant puis retrouvant son rythme tandis qu'il luttait pour garder le contrôle. Elle imagina deux Tim, l'un plus coquin que l'autre, menant un combat intérieur. L'un insistant pour qu'il prenne son temps, pendant que l'autre hurlait pour être libéré. Lequel voulait-elle ?

La réponse était facile.

— Tim, chuchota-t-elle en croisant son regard.

Il s'arrêta, restant profondément en elle, frémissant de désir.

— Tout ce que tu veux, je le veux aussi, dit-elle. S'il te plaît.

Ce n'était pas facile de trouver les bons mots, car ce n'était pas vraiment son style de crier : « *Baise-moi aussi fort que dans tes fantasmes les plus fous !* » Elle le visualisait pourtant bien, imaginant une scène torride dans son esprit. Les détails étaient flous, cependant dans sa vision, les mouvements de Tim étaient vifs et brusques. Sa voix était basse et rauque comme celle d'un animal et ses yeux étaient fous.

C'est ça que je veux, dit-elle à travers son regard.

— S'il te plaît, murmura-t-elle. Tout ce que tu veux.

Durant les secondes qui suivirent, elle retint son souffle, craignant qu'il ne dise quelque chose de doux et de soumis comme : « *Moi aussi je veux tout ce que tu veux* ». Mais ses yeux changèrent de couleur, tirant plus sur le vert que le brun, et son visage se durcit.

— Tout.

C'était l'un de ces fameux moments où il fallait *faire attention* à ce que l'on souhaitait, car une seconde plus tard, il se redressa sur ses genoux, soulevant ses hanches du matelas. Il se mit soudain à la pénétrer avec une expression sauvage sur le visage qui allait avec ses yeux brillants. L'angle intensifia la pression, repoussant les limites de la douleur et du plaisir. Le sang lui monta à la tête et elle s'accrocha aux draps.

— Trop bon, gémit-elle en boucle.

Les mains de Tim se refermèrent sur ses hanches, la maintenant en place. La sueur brillait sur son visage et sa poitrine. Il la pénétra plus vite, la remplissant d'émotions indescriptibles et d'un sentiment de puissance.

Tu vois ce que tu me fais, ma belle ? disaient ses yeux fous. *Tu vois comme tu me fais du bien ?*

Elle contracta ses muscles internes, le faisant gémir. Le son rauque de sa voix la poussa vers l'extase.

Maintenant ! eut-elle envie de crier. *Maintenant !*

Tim émit un rugissement discordant alors qu'il explosait en elle et qu'une vague de chaleur la traversa de toutes parts.

Hailey bascula la tête en arrière et ouvrit la bouche pour hurler, mais aucun son n'en sortit. Pas même un halètement, car elle retenait sa respiration malgré les frissons qui secouaient son corps. Tim ferma les yeux, se concentrant sur l'instant présent. Chaque veine à la surface de son corps ressortit et chacun de ses muscles se contracta.

— Oui... murmura-t-elle en reprenant enfin son souffle.

Elle fut soudain parcourue d'une secousse, se tordant à nouveau.

Quand il la reposa sur le matelas, ce fut comme de flotter sur un nuage. Et quand il se pencha sur elle, elle eut l'impression de rentrer à la maison.

— Hailey, haleta-t-il dans les draps à côté de sa tête.

Elle agrippa ses épaules, souhaitant que la sensation ne s'arrête jamais. La chaleur. L'émotion. La passion. Il devait bien y avoir un moyen de s'accrocher à toute cette joie, non ?

Mais il n'était plus minuit et l'aube approchait, alors quand Tim roula sur le côté et la serra contre lui, elle s'endormit paisiblement, l'air béat.

Chapitre 20

Hailey se réveilla à l'aube, souriant dans le vide. Chacun de ses membres était détendu et satisfait, comme si elle avait effectué une semaine de yoga la veille... et la nuit précédente.

Elle sourit. Elle était à Maui, donc les termes « détendue » et « satisfaite » étaient appropriés, et cet homme qui ressemblait à un ours complètement endormi à côté d'elle lui offrait toute la chaleur et la protection dont elle avait besoin.

Ils étaient allongés en cuillère, son dos collé au torse de Tim, et tout ce qu'elle voyait étaient ses bras épais enroulés autour d'elle. Pendant une longue minute silencieuse, elle profita de cette vue, se remémorant tout ce qui s'était passé cette nuit. Elle rougit et elle déposa un baiser léger sur son bras, comme pour lui dire *merci*.

Elle sortit doucement du lit, essayant de ne pas déranger Tim. Dieu sait que le pauvre homme avait besoin de sommeil. Il s'était levé à dans la nuit, cependant elle s'était immédiatement rendormie. Désormais, c'était l'inverse et elle ne pouvait pas rester allongée une minute de plus, pas avec toutes ces pensées qui fusaient dans sa tête.

Se levant doucement, elle marcha à tâtons jusqu'à la porte. Elle avait besoin de prendre l'air pour faire le vide dans sa tête et réfléchir à ce qu'elle allait dire à Tim quand il se réveillerait. S'il ne voulait pas passer une journée de plus avec elle, elle monterait dans le premier avion pour Maui et ne l'embêterait plus jamais. Mais s'il disait oui...

Sa poitrine se gonfla d'un espoir qu'elle osait à peine entrevoir.

Elle prit une grande inspiration, essayant d'organiser ses pensées. Premièrement, elle irait marcher un peu. Ensuite, elle reviendrait et attendrait que Tim se réveille pour lui préparer une tasse de café. Et une fois qu'il serait vraiment réveillé...

Que ferait-elle ?

Elle se força à ne pas réfléchir à la suite, seulement à la meilleure façon d'exprimer ce qu'elle ressentait.

Je t'aime, Tim. C'est fou, mais je t'aime. Et j'aimerais vraiment nous donner l'occasion de...

Elle s'arrêta. Est-ce que ça allait l'effrayer ? Peut-être devait-elle être un peu plus subtile.

Écoute, Tim. Hier soir c'était génial, tout comme ces derniers jours...

Elle fronça les sourcils, car le fait d'avoir dû affronter sa mère, Jonathan et un loup-garou effrayant avait plutôt été l'enfer. Seuls les moments avec Tim avaient été super.

Plus je passe du temps avec toi, plus j'ai l'impression qu'il y a quelque chose de spécial entre nous. Toi aussi tu le ressens ?

Elle ouvrit la porte d'entrée et s'arrêta pour regarder derrière elle. Un rayon de lumière rose s'étirait sur le sol de la cabane, illuminant les petites particules dans l'air et faisant briller les armoires. Au-delà du point qu'atteignait la lumière de l'aube, Tim dormait, l'air plus paisible que jamais.

Hailey faillit soupirer en regardant autour d'elle. Peut-être que son séjour à Maui ne devait pas forcément être temporaire. Peut-être n'était-elle pas obligée de faire semblant de mener une vie tranquille avec un homme bien.

Elle sortit, fermant la porte derrière elle. Et, mon Dieu... Toute la plantation brillait, teintée des couleurs de l'aube. Le vert foncé du caféier abandonné prenait une couleur dorée et la longue portion d'herbe qui menait à l'océan était d'un jaune-orange assez chaud. Les oiseaux chantaient et le bruit des vagues retentissait au loin.

La plage était l'endroit idéal pour débuter sa balade, alors elle s'y rendit, respirant profondément. L'air, aussi propre et frais que la couleur du ciel et qui n'avait rien à voir avec celle Los Angeles, la fit réfléchir encore plus. La structure longue et basse derrière la maison de Tim semblait être un séchoir à café abandonné. Ça pourrait être un projet amusant ; rafraîchir quelques hectares de café pour leur redonner un coup de fouet.

Elle pourrait récolter ses propres grains... Préparer le meilleur café qui soit à Tim... Le regarder respirer les arômes.

Elle continua à marcher, suivant le murmure d'un ruisseau. Rêver, c'était une chose. Mais trouver quoi dire à Tim en était une autre, tout comme le fait de se préparer à être rejetée. C'était l'un de ces jours qui pourraient changer sa vie et elle le savait, car il pourrait se terminer de différentes façons.

En tout cas, quoi qu'il advienne, elle n'oublierait jamais son séjour à Maui, ça, c'était sûr. La pente formait un pli rocheux marqué alors qu'elle approchait de la plage, créant un creux où le ruisseau coulait plus fort. Quelque chose bougea sur la parcelle de sable devant elle et elle s'arrêta pour regarder.

Salut, Dell ! eut-elle envie de crier quand elle le reconnut. Mais il faisait son yoga et cela lui paraissait mal venu de perturber sa tranquillité. Elle faillit faire demi-tour pour continuer sa balade, cependant il était en train de faire un poirier sur une seule main, formant un diamant avec ses jambes. C'était incroyable, ce mélange de force pure et d'équilibre délicat. Il ne vacilla pas le moins du monde et elle essaya de comprendre comment il faisait. Et *pourquoi*, parce que Dell semblait plus du genre à jouer au football qu'à faire du yoga le matin. Avait-il vécu un traumatisme par le passé duquel il essayait de se libérer ?

Il se relâcha et posa une deuxième main avant de faire la planche. S'appuyant sur les genoux, il retira son T-shirt et fit la position du chien tête en bas ; Hailey réalisa alors qu'elle ferait bien de trouver elle aussi un coin tranquille pour faire son yoga. Il garda la pose un long moment, lui rappelant plus un *chat* qu'un *chien* bizarrement. Et pour finir...

Hailey fronça les sourcils. Il s'étirait bien trop, comme s'il s'était fait mal au dos. Néanmoins Dell continua de pousser sur ses bras alors que ses genoux se repliaient vers l'arrière d'une façon qui n'aurait pas dû être possible. Il enfonça les doigts dans le sol comme un chat qui pétrissait une couverture et ses omoplates ressortirent dans son dos.

Il y avait un problème. Il devait *forcément* y avoir un problème, car les corps humains ne pouvaient pas se contorsionner de la sorte. Était-il en train de faire une crise ?

Hailey avança de deux pas puis se figea.

Des poils jaillirent du dos de Dell, à l'inverse de ce qu'elle avait vu Lamar faire durant cette terrible soirée sur la plage. Les poils blonds sur le menton de Dell s'étendirent tout autour son cou. Sa colonne vertébrale émergea et chaque articulation se tordit dans tous les sens.

Elle ouvrit la bouche pour crier, mais aucun son n'en sortit. Dell, l'humain, avait disparu, et un lion avait pris sa place. Un vrai lion adulte avec une longue queue touffue et une crinière épaisse. La bête griffa le sol, creusant de profonds sillons dans le sable, puis secoua sa crinière de façon majestueuse.

Hailey recula d'un pas, respirant à peine.

Oh mon Dieu. Dell était un métamorphe. Un métamorphe lion qui semblait sur le point de partir chasser. Et comme Maui ne regorgeait pas vraiment de gazelles…

Elle se retourna et courut, espérant qu'il ne l'entendrait pas par-dessus le bruit des vagues. Le vent était dans son dos ce qui voulait dire que la bête ne sentirait pas son odeur… avec un peu de chance. Elle fonça, craignant pour sa vie, directement vers la maison de Tim, prévoyant déjà d'ouvrir la porte en grand et de hurler.

Ce n'était pas possible. Pas un autre métamorphe. Pas ici, où Tim lui avait juré qu'elle serait en sécurité.

Un mainate, cet oiseau noir avec un masque jaune autour des yeux, picorait un creux dans le sol à côté de la pompe à eau, près de la maison de Tim. L'animal s'envola plus loin et Hailey s'arrêta net, se demandant pourquoi ce détail lui paraissait important.

Puis elle comprit. Ce n'était pas un creux dans le sol. C'était la trace d'un animal, parmi les nombreuses dans la terre meuble autour de la pompe. Des empreintes de pas, plus grosses que son pied, indiquant un coussinet triangulaire et cinq orteils ronds.

Des empreintes d'ours.

Ses genoux se mirent à trembler. Des lions et des ours ? Elle eut envie de hurler pour alerter Tim, mais si elle le faisait, les bêtes l'entendraient et…

Le sang quitta son visage lorsqu'elle comprit.

Tim s'était levé à un moment donné dans la nuit et elle était tellement endormie qu'elle l'avait à peine remarqué. Maintenant, en revanche...

Je reviens, lui avait-il murmuré en l'embrassant sur l'épaule. *Je vais juste vérifier quelque chose.*

Elle observa les traces de pas, puis la maison.

Des loups. Des lions. Des ours...

Un cri étranglé lui échappa.

Des métamorphes.

Tous les métamorphes ne sont pas méchants, avait-il dit une fois. *Mais c'est très secret et nous devons faire en sorte que ça le reste.*

Ses genoux tremblèrent à nouveau et elle se sentit faible. Assez secret pour qu'il ne lui en parle pas ?

Elle pivota, observant toute la propriété, imaginant les amis de Tim. Connor, Jenna et Chase. Cynthia et le petit Joey. Était-ce vraiment possible ? Mais ils avaient été si gentils avec elle... Était-ce une ruse ?

Il y a de gentils métamorphes qui ne feraient de mal à personne, avait dit Tim.

Mais mon Dieu. Comment pouvait-elle en être si sûre ?

Tremblant toujours, elle s'éloigna de la maison sur la pointe des pieds. Elle avait donc passé la nuit dans les bras d'un métamorphe ours ?

Elle eut la chair de poule en imaginant ces bras se transformer en patte d'ours, l'emprisonnant. Ce magnifique sourire se changea en grimace, révélant des dents horriblement longues.

Elle se mit à courir en direction de la grange. Les clés du pick-up de Tim étaient accrochées à un clou et elle les saisit, puis s'arrêta net.

La fleur. La fleur de frangipanier blanche et pure qu'il lui avait offerte était là où elle l'avait laissée. Elle l'observa, serrant les clés assez fort pour qu'elles lui entaillent la paume de la main. Mais que faisait-elle putain ?

Cours ! lui cria une voix dans sa tête. *Enfuis-toi !*

Cependant le fait de *s'enfuir* n'allait pas avec *Tim.* Son corps entier trembla, rejetant cette idée. D'un autre côté... des lions. Des ours. Des loups. Son esprit perturbé ne savait plus quoi penser. Alors, elle se glissa sur le siège conducteur, horrifiée par son comportement. Comment pouvait-elle voler la voiture de Tim ? Mais en même temps, comment pouvait-elle rester ?

Lorsqu'elle tourna la clé, le moteur s'alluma et elle fila. Trop, car elle souleva des graviers sur son passage. Puis, elle s'engagea sur la route principale et fonça, regardant le rétroviseur autant que la route.

OK, donc... un plan. Elle avait désespérément besoin d'un plan. Qui devait être d'aller à l'aéroport et de s'envoler. Il n'y avait pas d'autre alternative. Elle pourrait laisser les clés dans la voiture. Une fois qu'elle serait en chemin et en sécurité, elle pourrait trouver un moyen d'envoyer un message à Tim pour qu'il puisse récupérer son véhicule.

Ses mains serrèrent le volant plus fort. Pouvait-elle vraiment lui faire ça ?

Soudain, elle crispa la mâchoire avec détermination. Comment avait-il pu ne pas lui parler de ça ? Il avait vu Lamar se transformer et pourtant il ne lui avait rien dit le concernant.

Ça faisait bien de lui un menteur, non ?

Elle se força à réfléchir à nouveau à un plan. S'il n'y avait pas de vol, elle irait à l'héliport voisin, réserverait un vol pour Oahu et prendrait ensuite l'avion là-bas. Mais mon Dieu. Où pouvait-elle aller ? C'était déjà assez dur comme ça d'avoir Jonathan et un type comme Lamar à ses trousses. Et si Tim se mettait lui aussi à la poursuivre ?

Ne sois pas ridicule, insista une petite voix dans sa tête. *Tim ne te ferait jamais de mal.*

C'était ce qu'elle pensait, pourtant il lui avait menti tout le long. De quels autres mensonges était-il capable ?

Elle continua à conduire, serrant le volant si fort qu'elle avait mal aux phalanges. Trop choquée pour pleurer, trop effrayée pour faire autre chose qu'appuyer sur l'accélérateur.

— Merde.

Elle frappa l'espace vide au niveau de sa poitrine. La perle de son arrière-grand-mère. Elle ne pouvait pas quitter Maui sans.

Elle tendit le bras dans la voiture, fouillant la boîte à gant pour trouver une carte.

Puis, elle abandonna et chercha dans sa mémoire. La maison de Pu'u Pu'eo n'était pas très loin de l'aéroport, non ? Et à cette heure-ci, le trafic était faible.

Elle se pencha, encourageant le pick-up comme un vieux cheval. Toutes les quelques secondes, elle jetait un coup d'œil en arrière puis se concentrait à nouveau sur la route. Elle dut vraiment prendre sur elle pour ne pas sortir en direction de l'aéroport au lieu d'emprunter le chemin familier qui suivait la côte nord de Maui. De longues lignes de vagues s'écrasaient sur les falaises, faisant écho aux émotions qui se bousculaient dans son esprit. Vingt minutes plus tard, elle s'engagea dans le virage menant à la propriété bien cachée et accéléra sur la route rocailleuse. Elle courut ensuite jusqu'à la maison de Pu'u Pu'eo...

Et s'arrêta net, observant le paysage paisible.

Une chouette hulula. Le vent murmura à travers les arbres. Quelque part au loin, on pouvait entendre le fracas d'une chute d'eau.

Elle se mordit la lèvre. Les six jours qu'elle avait passés ici avec Tim avaient été les plus calmes et les plus paisibles de sa vie. Comment cela pouvait-il se terminer ainsi ?

Ça n'a pas à se terminer ainsi, dit la petite voix dans sa tête.

Elle monta lentement les escaliers et ouvrit la porte non verrouillée, puis traversa la maison vide, effleurant les murs. Reniflant. Se demandant si le léger parfum de café et de fleurs était vraiment là, ou si c'était dans sa tête.

Tout ça, c'était agréable, dit à nouveau la petite voix. *Comme Tim. Honnête. Digne de confiance.*

Elle s'arrêta dans l'embrasure de la porte de la chambre que Tim avait utilisée, se rappelant comment il avait l'habitude de frotter son épaule contre le cadre.

Il t'a protégée quand tu n'avais nulle part où aller.

Une boule assez grosse pour qu'elle s'étouffe se forma dans sa gorge, et elle ne parvint pas à la ravaler.

Elle avança jusqu'à la chambre du fond et glissa la main sous le matelas. La perle lui réchauffa immédiatement la main, et elle finit par s'asseoir sur le matelas.

S'il te plaît, aide-moi, eut-elle envie de supplier. *Dis-moi ce que je dois faire.* Une minute silencieuse s'écoula et elle ricana. Qu'est-ce qu'une perle allait bien pouvoir faire ? Elle devait cesser d'attendre de l'aide et trouver assez de force en elle pour pouvoir décider de son propre destin.

La maison était douloureusement silencieuse, néanmoins ses souvenirs étaient si vifs que c'en était presque surréaliste. Hailey tangua sur le matelas, observant le crochet sur lequel elle avait attaché sa casquette rose *Aloha* chaque soir. Celle que Tim lui avait achetée. Bizarrement, le fait de la laisser derrière elle lui faisait aussi mal que l'idée de laisser la perle. Mais la casquette était chez Tim...

Un éclair de douleur la traversa. Était-elle vraiment prête à le quitter ?

Elle enfila son collier, marcha à nouveau dans la maison et s'arrêta au milieu du jardin, écoutant la chouette qui hululait tristement dans les arbres.

Hou. Hou.

Elle leva les yeux. L'oiseau aurait tout aussi bien pu dire : *Pourquoi ?* Pourquoi fuyait-elle Tim qui n'avait jamais rien fait d'autre que de la protéger ?

Le couloir n'était pas peint. Le pavillon n'était qu'une image dans son esprit. La cuisine était dépourvue de chaleur et de rires. Il y avait encore tellement de choses qu'ils n'avaient pas pu faire. Tellement de choses qu'elle ne lui avait pas dites.

Elle regarda autour d'elle, puis déglutit avec difficulté. Son grand-père lui avait toujours dit d'écouter son cœur, mais merde, quand même. Est-ce que ça s'appliquait aussi quand des ours étaient impliqués ?

Elle y réfléchit en reprenant la route, bien plus lentement que durant la précipitation avec laquelle elle était arrivée.

Imaginons que quelqu'un que tu connais bien, quelqu'un dont tu es proche même, s'avère être un métamorphe, et que tu ne l'as jamais su, lui avait dit Tim. *Une personne en qui tu as confiance. Avec qui tu as travaillé. Rigolé. Partagé des repas. Tout.*

Son cœur se serra. Avait-il essayé de lui dire ?

Quelqu'un qui a toujours été là et dont tu n'aurais jamais douté. Disons que tu découvres soudain que cette personne est...

— Un ours-garou, murmura-t-elle.

Tim avait *essayé* de lui expliquer. C'était elle qui n'avait pas écouté.

Ça n'aurait pas d'importance, parce que tu sais qui elle est vraiment et quelle personnalité elle a. Que c'est une bonne personne.

Une larme coula sur sa joue. Tim n'était pas juste une bonne personne. Il était incroyable.

Mais elle...

Elle se regarda dans le rétroviseur, trouvant trop de choses qui lui rappelaient sa mère. La forme de ses sourcils. Cette méfiance derrière ses lèvres pincées. L'éclat gourmand qui voulait toujours plus et qui brillait dans ses yeux.

Hailey cligna des yeux plusieurs fois. Était-ce vraiment elle ?

Elle était sur le point de se garer et de réfléchir, pour de bon, quand un véhicule la doubla par la gauche, beaucoup trop près. Plus que trop près, à vrai dire. Les voitures entrèrent soudain en collision dans un bruit sourd.

— Attention ! hurla-t-elle en reprenant le contrôle du véhicule.

Au lieu de la doubler franchement ou de se garer, le SUV resta sur la voie en sens inverse. Il la heurta à nouveau, percutant le pick-up de Tim une seconde fois.

Hailey cria, luttant contre le volant avec des bras raides et tendus. Ce conducteur était fou ou quoi ? Les pneus droits du pick-up de Tim frottèrent l'accotement étroit, soulevant des graviers.

— Stop ! hurla-t-elle en regardant sur sa gauche.

Mais le SUV ne s'arrêta pas. Il maintint la pression jusqu'à ce qu'elle n'ait d'autre choix que de faire une embardée sur un chemin gravillonné avec un panneau qui indiquait *Entrée interdite.* Mauvaise idée, car dès l'instant où elle quitta la route principale, un autre SUV déboula sur le côté. Jetant un regard paniqué autour d'elle, Hailey vit le visage du conducteur ; un visage tout droit sorti de ses pires cauchemars.

Lamar.

— Non...

Elle hurla puis eut le souffle coupé quand la première voiture heurta le pick-up de Tim par-derrière, la poussant vers l'avant. Le chemin de terre était à peine conçu pour un seul véhicule, et encore moins trois. Elle tournait le volant dans tous les sens, évitant les rochers et les arbres.

— Oh, mon Dieu...

La forêt s'épaississait devant elle et il n'y avait aucun moyen de la traverser. Elle freina brutalement, sauta de la voiture et courut. Derrière elle, elle entendit des freins grincer, des portières claquer, et enfin, des bruits des pas. Elle courut à travers les arbres et escalada une dune. Elle déboucha soudain sur une plage battue par des vagues si violentes qu'il était impossible de s'y jeter pour s'éloigner à la nage. Elle se retourna au moment où un groupe d'hommes atteignait la dune au-dessus d'elle.

— Tu vas faire quoi maintenant, ma chérie ? ricana Lamar. Tu ne sais plus par où t'enfuir ?

Hailey fit deux pas vers la droite, mais un autre homme apparut et lui barra la route.

— Je t'ai manqué, ma belle ? dit-il avec un sourire suffisant.

Elle pâlit.

— Jonathan.

Chapitre 21

Tim se réveilla tout en douceur, ses lèvres marquées d'un sourire avant même d'ouvrir les yeux. Son ours intérieur ronronnait paresseusement, célébrant encore les expériences de la nuit précédente. Il resserra ses bras pour enlacer Hailey plus fort, mais elle avait glissé hors de son étreinte. Il s'étira alors un peu plus loin et ouvrit les yeux.

Les rayons dorés de la lumière du matin filtraient à travers les fissures des murs de la cabane, éclairant tout sauf Hailey. La bouilloire sur la cuisinière brillait, ne demandant qu'à être utilisée. Le soleil miroitait sur la plaque de cuivre du moulin à café à l'ancienne, et les couleurs brunes et violettes du tapis tressé sur le sol étaient plus vives que jamais.

Mais pas de Hailey en vue.

Il ferma les yeux et remua le nez, faisant appel à son odorat d'ours. Toujours rien.

Ses yeux s'ouvrirent brusquement et son cœur s'emballa. Où était-elle ?

Il se leva rapidement et enfila le jean qu'il avait jeté la veille avec désinvolture. Il ne devait pas mettre longtemps à la retrouver. Ensuite, ils pourraient s'asseoir ensemble avec une tasse de café et il pourrait enfin tout lui dire. Il le devait, car il ne pouvait pas la laisser partir sans essayer de s'expliquer.

Dehors, l'atmosphère était calme, la plantation silencieuse.

— Hailey ? appela-t-il doucement.

Était-elle allée à la plage ? Il renifla à nouveau. Son parfum de chèvrefeuille flottait dans l'air, cependant il était mêlé à... de la... peur ?

Il se figea, se concentrant sur son odorat, séparant les milliers d'odeurs différentes dans l'air.

— Hailey, chuchota-t-il une nouvelle fois, tout en regardant autour de lui.

Il n'avait jamais ressenti une telle panique, et elle le submergea telle une vague, faisant qu'il lui était difficile de réfléchir.

Il y avait deux pistes d'odeurs qui correspondaient. L'une menait vers la plage et semblait calme. L'autre était teintée de peur et se dirigeait vers la colline. Il se força à marcher lentement, en observant le sol.

— Merde.

Il regarda sa propre empreinte de pas, celle d'un grizzly, claire comme le jour dans le sol mou autour de la pompe à eau. Il n'avait pas pensé à ça la nuit précédente quand il était sorti. Sa partie ours était tellement excitée par la proximité de Hailey qu'il avait dû se déplacer et marcher, satisfaisant l'envie de se frotter à chaque souche et poteau de clôture, marquant comme sien son territoire et tout ce qui s'y trouvait, elle y compris.

Non loin de l'énorme empreinte, il y avait des traces des tongs de Hailey. L'angle et l'impression montraient qu'elle était passée de la promenade à l'arrêt et à...

Il leva les yeux, mal à l'aise. Elle s'était mise à courir pour sauver sa vie.

— Hailey.

Il voulait l'appeler, néanmoins seul un murmure étouffé était sorti de sa bouche.

Quelques secondes plus tard, il courut vers la colline et la grange, où il s'arrêta en hurlant. Le pick-up n'était plus là. Elle n'était plus là.

Son instinct primal fut de courir après elle. Le second était d'abandonner tout espoir de la revoir. Si elle avait compris qu'il était un métamorphe, il n'y avait aucune chance qu'elle lui fasse à nouveau confiance.

Je t'avais dit de lui expliquer avant, cria sa partie ours.

Avant, cela voulait dire « *avant de coucher avec elle* », et son âme souffrait de savoir qu'il ne pourrait plus jamais se coucher ou se réveiller avec elle. Il fixa les portes ouvertes de la grange, prêt à se mettre à genoux et à crier. Ou mieux encore, à tomber et à mourir. Pourquoi vivre s'il ne pouvait pas avoir sa compagne à ses côtés ?

Il tenta de se voiler la face pour faire disparaître les émotions. La logique était meilleure, et faisait moins mal. Et pendant un court moment, il y arriva presque. Mais ensuite son ours se manifesta.

Je ne peux pas la laisser partir.

Toute la douleur revint, et il se retrouva à terre, à genoux.

Mais qu'allait-il faire ? Courir après elle et la forcer à rester ? Ça ne le rendrait pas meilleur que Jonathan.

Ce fut à ce moment qu'il réalisa que Jonathan était toujours là. Lamar aussi. Feraient-ils pression sur Hailey quand ils découvriraient qu'elle n'était plus sous la protection du clan Hoving ?

La colère monta en lui, l'emportant sur la douleur, et il sprinta vers la moto de Connor. Même s'il ne pouvait pas avoir Hailey, il devait la garder saine et sauve. Quelques secondes plus tard, il fonçait sur la route, allant deux fois plus vite que la limite autorisée, désespérant de la retrouver avant qu'elle ne soit plus sous la sécurité de Maui.

Il se dirigea vers l'aéroport, parce que ça lui semblait être l'endroit le plus logique pour elle. Et lui-même pensait également que c'était une bonne idée, jusqu'à la dernière bifurcation, où ses entrailles lui intimèrent autre chose.

Concentre-toi, putain, se dit-il. L'aéroport était plus logique.

Mais son sentiment profond prit finalement le dessus, et à la dernière seconde, il fit une embardée pour revenir sur la route principale. Il se retrouva sur la route 36, celle de Hana. Un kilomètre ou deux plus tard, il s'arrêta, prêt à rugir de frustration. Cela n'avait aucun sens. Pourquoi Hailey serait-elle allée par-là ? Là-bas, il n'y avait que la maison de Pu'u Pu'eo.

Ses entrailles se tordirent. Faire demi-tour vers l'aéroport était ce qu'il fallait faire, pourtant son instinct lui disait qu'il devait suivre la route côtière.

Logique, insistait son esprit. *C'est moins douloureux comme ça.*

Toutefois une petite voix le suppliait d'écouter. *Par là. Fais-moi confiance.*

Cette bataille intérieure, ce tiraillement, c'était quelque chose qu'il n'avait jamais connu auparavant. Pas même dans les moments les plus désespérés de sa carrière militaire ou dans les combats de métamorphes les plus meurtriers auxquels il avait participé. Pourquoi maintenant ?

Parce que c'est notre compagne, idiot ! Notre destin ! cria son ours.

S'il avait pu atteindre et frapper le destin, il l'aurait fait. Quel était l'intérêt de trouver sa compagne pour la perdre ?

Avec un juron, il s'élança à nouveau, fonçant sur l'autoroute côtière au lieu de retourner à l'aéroport. Ça le tuerait de découvrir que son intuition était fausse, mais putain ! Il se pencha à chaque virage, pilotant à une vitesse folle. Soudain son instinct se rappela à lui, et il relâcha l'accélérateur. Pu'u Pu'eo était à quelques kilomètres de là, mais il était toujours attiré vers la côte.

Il passa devant une route non balisée avec un panneau « Entrée interdite » sur sa gauche, et il tourna la tête. La route secondaire était à cinquante mètres derrière lui avant qu'il ne reconnaisse l'odeur portée par le vent.

Un loup métamorphe. Et pas Chase ni leur ami Boone.

— Lamar, grogna-t-il.

Jetant son pied gauche vers le bas, il entraîna la moto dans un virage à 180 degrés et repartit à toute vitesse dans la direction d'où il venait. Avec tous ses sens en alerte, il s'engagea sur la route secondaire. Sous le panneau se trouvait un panneau plus petit marqué d'un sinistre « Surf dangereux. Plage fermée. » Lamar était là, et Hailey aussi. Il pouvait le dire à l'odeur. Jonathan également.

Le cœur de Tim fit un bond dans sa gorge quand il découvrit son pick-up, porte ouverte, entouré de trois SUV. Le côté conducteur montrait plusieurs énormes bosses, et son pouls grimpa en flèche. Qu'est-ce que ces salauds avaient fait à Hailey ?

Il descendit d'un bond de sa moto, la laissa tomber et se mit à courir à travers les arbres. D'abord rapidement, puis plus lentement, les épaules voûtées pour rester caché. Le vent du large était en sa faveur, gardant son odeur loin des autres métamorphes, toutefois il lui apportait aussi l'odeur âcre de la peur de Hailey.

Il se faufila discrètement sur les derniers mètres et observa depuis le dernier arbre. Devant lui, les dunes s'affaissaient sur la plage. Lamar et Jonathan étaient là, encerclant Hailey.

Ces deux-là sont sur le point de mourir, grogna son ours.

Tim combattit l'envie de sprinter et de laisser son grizzly se déchaîner. Hailey le prendrait pour un monstre, et il y avait au moins quatre autres métamorphes à considérer : trois loups et un ours, si son flair était bon. Ils avaient dû atterrir à Maui en secret le matin même, car ils n'étaient clairement pas sur l'île la nuit dernière.

Attends. Réfléchis. Planifie tout ça, s'intima-t-il.

Hailey était indemne, pour l'instant. Il fallait qu'il arrête de ressentir les émotions qui l'envahissaient et qu'il réfléchisse.

À son grand étonnement, son ours frénétique, la bête qui se rebellait toujours lorsqu'il s'agissait de questions de cœur, réussit à se calmer et le laissa organiser son esprit.

Hailey. Quatre métamorphes plus un humain. En gros, le genre de situation de prise d'otages pour laquelle il s'était entraîné, et il avait l'élément de surprise.

Connor, appela-t-il à travers son esprit.

Son frère était à des kilomètres, de l'autre côté de l'île, cependant le profond grognement du dragon de Connor résonnait dans sa tête.

Qu'est-ce qui se passe, putain ? Pourquoi t'es-tu emballé comme ça ? Et où est ma moto, bordel ?

Tim ne prit pas la peine de répondre.

Lamar et quelques-uns de ses acolytes ont coincé Hailey ici. J'ai besoin de renfort. Rapidement.

Il ne pouvait pas nommer l'endroit, néanmoins son frère serait capable de le traquer aussi clairement que lui avait pu le faire avec Hailey.

Merde. Ne bouge pas, ordonna Connor. *On arrive.*

Tim grinça des dents et se rapprocha. Normalement, les ours étaient parmi les métamorphes les plus patients, cependant c'était Hailey qui était là, et son monde était sens dessus dessous.

— Non, tu ne m'as pas manqué, crétin, aboya Hailey à Jonathan.

Son visage était zébré de couleurs, montrant le blanc de la peur et le rouge de la colère. Tim se força à prendre en compte d'autres détails de la scène : la position de chaque homme, l'angle d'une tour de sauvetage abandonnée depuis longtemps, et la distance jusqu'à chaque extrémité de la plage déserte qui se terminait par des affleurements rocheux. Lamar était clairement l'alpha parmi les quatre métamorphes, et les autres étaient nerveux, à l'affût d'un signe de leur patron.

Jonathan ricana et toucha les cheveux de Hailey, toutefois elle rejeta fermement sa main.

— Je t'avais prévenue que tu regretterais de m'avoir quitté, dit-il avec une telle désinvolture.

Tous les muscles du corps de Tim se contractèrent.

— Et je t'ai rétorqué que mon seul regret était de t'avoir rencontré, répliqua-t-elle.

Soudain elle regarda autour d'elle, inquiète.

— Où est ma mère ? Qu'est-ce que tu lui as fait ?

Jonathan sourit.

— C'est si gentil de ta part de penser à cette vieille garce. Ne t'inquiète pas. Elle est en train de faire du shopping à Waikiki. Du moins, pour l'instant.

Sa voix prit un ton menaçant évident.

— Pour l'instant ? rétorqua Hailey, énervée avec les mains sur ses hanches.

Jonathan ricana comme le connard qu'il était et sourit.

— Dernière chance, bébé.

Hailey secoua la tête.

— Qu'est-ce qu'il y a de si difficile à comprendre quand je te dis non ? Je ne t'aime pas, Jonathan. Je ne t'aimerai jamais.

Il soupira.

— Je ne vois pas pourquoi tu en fais tout un plat.

L'ours de Tim grogna. L'amour représentait tout.

Avant de rencontrer Hailey, il ne l'avait pas encore compris. Mais elle avait ouvert la porte à une partie cachée de son âme et avait tout changé.

— Je te donnerai tout. Je prendrai soin de toi, poursuivit Jonathan. Comme une princesse.

Hailey se hérissa.

— Et si je ne veux pas être une princesse ?

Il continua comme s'il n'avait pas entendu.

— Tout ce que tu as à faire, c'est de suivre mon exemple.

Tim se renfrogna. Jonathan pensait-il vraiment que c'était tout ce qu'une femme pouvait désirer ?

— Non.

Hailey se retourna pour s'éloigner, mais l'un des autres s'avança et lui coupa la route. Elle fit volte-face vers Jonathan, furieuse.

— Tu ne peux pas me forcer à rester avec toi.

— Oh, mais si, je peux. Tu es la femme parfaite, et je te veux.

Il aurait aussi bien pu dire : « *C'est la Mercedes-Benz parfaite* » ou « *Je veux ce costume Armani* ». Comme si Hailey n'était qu'un accessoire de plus dont il avait besoin pour réaliser ses ambitions.

— Tu as le choix, Hailey. Deux options faciles. Première option, tu m'épouses et tu vivras heureuse pour toujours. J'irai loin, bébé, et je ferai de toi la Première dame la plus glamour depuis Jackie Kennedy.

Hailey marmonna.

— Pourquoi pas la Première dame la plus glamour de tous les temps, tant que tu y es ?

Tim cacha un grognement. Elle pouvait certainement être la plus glamour, il avait vu les pages des magazines. Mais ce n'était pas ce qu'elle était réellement. Pourquoi Jonathan ne pouvait-il pas comprendre ?

— Option 2, et laisse-moi te prévenir : tu dois vraiment considérer cela de mon point de vue. Ce qu'il y a de mieux après un candidat au Sénat avec des références parfaites et une belle femme, c'est un candidat au Sénat dont le grand amour est mort tragiquement, le laissant en deuil et seul, prêt à servir le public à la mémoire de sa fiancée.

Hailey le fusilla du regard, et le pouls de Tim explosa.

Connor, grogna-t-il.

On est en route, mec, répondit son frère.

En route, c'était bien, néanmoins la distance était telle que ses renforts n'arriveraient pas de sitôt. Tim ne rechignerait pas à s'attaquer à Lamar et aux autres métamorphes, toutefois cela augmentait les risques pour Hailey. Ses pieds tressaillaient, malgré tout il se forçait à observer et à attendre.

Elle lança un regard noir à Jonathan.

— Ton grand amour serait mort tragiquement ?

Il fit la grimace.

— Oui, je préfère la première option aussi. C'est à toi de choisir.

— Tu es taré.

Jonathan soupira.

— Deuxième option. Quel dommage !

Il fouilla dans la poche de son manteau, en sortit une liasse de papiers et fit claquer un stylo à bille.

— J'ai besoin que tu signes ceci, bien sûr.

Hailey en resta bouche bée, et Tim aussi. Jonathan s'attendait à ce que Hailey signe une sorte d'accord avant de l'assassiner ?

Hailey jeta les papiers.

— Qu'est-ce que c'est que ça ?

— Les instructions destinées à ton avocat pour qu'il remette tes biens à ton fiancé adoré sans plus attendre.

Le visage de Hailey blêmit de terreur.

— Quels biens ? Je loue mon appartement et…

Son expression changea, et elle murmura :

— Tu veux la maison de mes grands-parents ?

Jonathan acquiesça de la tête.

— Tu aurais vraiment dû signer ça avant.

Lamar se renfrogna.

— Ce vieil homme têtu aurait dû signer tant qu'il le pouvait. Voyons si tu es plus maligne, Melle Crusak, dit-elle en insistant sur son nom officiel.

L'esprit de Tim ne fit qu'un tour. Qu'est-ce que cela signifiait ? Pourquoi Hailey était-elle soudainement devenue si pâle ?

Tout à coup, il se souvint de ce qu'elle avait dit le jour où ils s'étaient précipités à Koakea après avoir croisé Lamar.

Mon grand-père a été déchiqueté à mort par des loups.

Des loups... ou des métamorphes ?

Le sourire mauvais de Lamar devint immense.

Hailey couvrit sa bouche et murmura :

— Tu as tué mon grand-père.

Elle se retourna, prête à s'enfuir, cependant Jonathan la rattrapa par le bras. Elle se détourna, le regardant fixement.

— Tu veux me tuer, mais tu veux que je signe cet acte avant, hein ?

Jonathan hocha la tête, très sérieux.

— C'est mieux ainsi.

— Et si je ne le fais pas ?

Il sourit, d'un large sourire narquois, comme si c'était la meilleure partie de son plan diabolique.

Hailey découvrit son expression avant Tim, et elle pâlit.

— Tu vas tuer ma mère si je ne le fais pas.

Jonathan secoua la tête.

— Oh, je ne la tuerai pas. Lamar s'en chargera.

Ce dernier acquiesça et dévoila ces canines proéminentes.

— Avec plaisir.

Toute coloration rouge du visage de Hailey s'évapora, et elle tangua sur ses pieds.

— Dans tous les cas, cette propriété sera à moi, se réjouit Jonathan.

L'un des agents de sécurité laissa transparaître un sourire d'un coin à l'autre, ce qui fit réfléchir Tim. Qu'est-ce qu'ils avaient prévu exactement ?

— Signe-moi la cession du terrain, et rien n'arrivera à ta mère, reprit Jonathan. Si tu ne le fais pas, tu mourras quand même, et la terre lui reviendra. Elle me la cédera, puis elle mourra aussi.

Jonathan désigna les vagues déferlant sur la plage.

— Il est facile de mettre en scène une noyade, surtout dans un endroit comme celui-ci. Et un autre accident ne serait pas difficile non plus. Peut-être une chute tragique…

Lamar secoua la tête.

— Quelque chose de lent et de douloureux.

Hailey le dévisagea.

— Tu es prêt à tuer pour un bout de terre perdu ?

Jonathan grogna.

— Ce bout de terre perdu se tient sur l'un des plus grands réservoirs de pétrole vierge des quarante-huit dernières années.

Ses lèvres se retroussèrent soudain en un sourire de loup.

— Ça ne m'aurait pas dérangé de me taper ton joli cul non plus. Oh, attends. Peut-être que je le pourrai encore. Tu as changé d'avis, bébé ? L'option 1 est toujours sur la table, tu sais.

— Plus vite, grogna Lamar.

— Lamar, ne sois pas trop gourmand, répliqua Jonathan.

L'homme de main rougit. Comme tout loup alpha, il détestait se voir donner des ordres.

Lorsque Jonathan se tourna vers Hailey, Lamar fit un signe de tête à ses hommes. Ils se déployèrent, prenant de nouvelles positions et entourant Jonathan.

Le cœur de Tim battait plus vite. Une grosse merde était sur le point d'éclater, et Hailey était au point mort. Il calcula lequel des hommes il devrait tuer en premier et lequel il devrait se contenter d'assommer quand il se dirigerait vers Hailey.

— Signe, c'est tout, lui aboya Lamar.

Le visage de Jonathan s'assombrit.

— Tu t'en tiens à ton travail, Lamar, et je m'en tiens au mien.

Hailey les regarda l'un puis l'autre, et recula doucement.

Oui. Comme ça, Tim voulait lui chuchoter. *Va vers le mec à ta gauche. Il a l'air le plus lent de la bande.*

Mais Hailey se rapprocha d'un autre à la place. Tim essuya une perle de sueur sur son front. Si seulement il pouvait lui parler mentalement, comme avec Connor ou Chase.

Si Hailey était sa compagne, ça devait être possible. Tim rassembla toute sa concentration et envoya une image vers son esprit.

L'autre côté. Va vers l'autre type.

Elle fit une pause, regardant autour d'elle avec confusion. Soudain, elle repéra la petite ouverture à sa gauche et s'y dirigea.

Oui ! C'est par là. Lentement. Continue, avait-il envie de crier.

— C'est moi qui ai organisé tout ça pour vous ! aboya Lamar.

— Tu m'as parlé de la terre, oui. Mais tu voulais carrément tuer Hailey. Mon plan était bien meilleur.

Tim se sentit mal. Jonathan parlait-il de son plan pour courtiser Hailey et faire d'elle le dernier accessoire dont il avait besoin pour une carrière politique parfaite ?

Jonathan éclata de rire, apparemment inconscient de la colère grandissante de son homme de main. Savait-il seulement que ce dernier était un métamorphe ? Tim en doutait.

— De plus, se moqua Jonathan, tu n'as pas de capital, pas de relations. Tu savais qu'il y avait du pétrole sous cette terre, mais tu ne pouvais rien y faire. C'est pourquoi tu avais besoin de moi. Ne l'oublie pas, Lamar.

— C'est vous qui avez besoin de moi, rétorqua-t-il.

Jonathan grimaça.

— Oui, j'ai besoin de toi. Je te paie aussi, Lamar. Comme je l'ai dit, ne sois pas trop gourmand. Ce n'est qu'une étape sur un long chemin. Un jour, je te rendrai encore plus riche, tu le sais.

Lamar n'avait pas l'air de vouloir attendre à cet instant, et Tim se baissa à genou, prêt à intervenir.

— C'est vous qui n'arrivez même pas à contrôler une femme stupide, gronda l'homme-loup.

Tim faillit grogner tout haut. Hailey était loin d'être stupide, et elle n'était pas née pour être contrôlée.

Jonathan ignora Lamar et se tourna à nouveau vers elle.

— Comme je l'ai dit, bébé. Dernière chance.

— Combien de temps penses-tu vraiment qu'elle va jouer le jeu ? lui lança Lamar. Il n'y a qu'un seul moyen de faire taire une femme.

— Oh, je suis sûr qu'elle finira par y voir clair.

Jonathan sourit, regardant Hailey de haut en bas.

— Et toi, dit-il en se tournant vers Lamar, ne perds pas la tête. J'ai tout sous contrôle.

Ça n'en avait pas l'air, pas du point de vue de Tim. Les agents de sécurité avaient tous fait un pas de plus, et comme tout bon bêta, leur allégeance allait à Lamar, pas à leur patron humain.

— Perdre la tête ?

Lamar devint rouge vif.

— Perdre la tête ?

L'air se mit à trembler autour de ses épaules, signalant un changement imminent. Tim prit une grande inspiration, prêt à aller au combat.

— Peut-être que c'est toi qui as besoin de savoir ce que c'est de perdre la tête, pour changer, lança Lamar.

— Euh, patron... murmura un de ses hommes, essayant de le calmer.

Les autres observaient nerveusement la scène. Quel qu'ait été leur plan, Lamar était sur le point de le réduire en miettes. Même Hailey fit signe à Jonathan de reculer avec de grands gestes.

Jonathan se contenta de rire.

— Perdre ? Je ne perds jamais.

Lamar serra le poing et Tim vit des griffes de loup sortir de sa main.

— Ce sera une première alors, grogna l'homme.

Jonathan grinça des dents et se tourna vers Hailey, faisant fi de Lamar. Une erreur fatale que Tim pouvait voir venir à un kilomètre. Il fonça, courant vers le groupe. Pas pour sauver les fesses de Jonathan, dont le destin était scellé de toute façon, mais pour sauver Hailey.

— Non ! hurla Hailey lorsque Lamar leva le bras.

Jonathan ne regarda même pas par-dessus son épaule.

— Ne fais pas attention à lui, Hailey. Il aboie, mais ne mord...

Le dernier mot se transforma en un souffle coupé lorsque Lamar posa ses griffes sur le cou de Jonathan et le déchira sauvagement sur un côté. Celui-ci s'effondra, se serrant la gorge en émettant d'horribles gargouillements.

— Jonathan ! cria Hailey.

Lamar poussa le plus proche de ses hommes.

— De toute façon, elle doit mourir. Et en plus, on y gagne. On aura la prime offerte par Moira en plus du champ de pétrole.

Moira ? Les yeux de Tim se plissèrent alors qu'il courait. Qu'est-ce que cette mégère avait à voir avec tout ça ?

— Espèce de monstre ! beugla Hailey sur Lamar.

Ces mots envahirent l'esprit de Tim alors qu'il filait le long de la dune. Il se déplaçait, mais pas à vitesse maximale, grimaçant à l'idée de ce à quoi Hailey allait assister. Elle aurait une vision d'horreur avec cet énorme grizzly, les mâchoires grandes ouvertes, prêtes à arracher les membres de Lamar et ses hommes. Pour elle, il serait un autre métamorphe meurtrier qu'elle ne pourrait jamais affronter. Une bête.

Je t'aime, Hailey, chuchota-t-il, souhaitant qu'elle puisse comprendre.

Il rassembla ensuite toute sa colère et montra les dents, prêt à éliminer les métamorphes qui osaient menacer sa compagne.

Chapitre 22

Hailey trébucha en arrière alors que l'enfer se déchaînait. Tout arriva en même temps, et son esprit ne put le comprendre qu'au ralenti.

Jonathan tomba dans une mare de son propre sang. Lamar s'avança avec une mine meurtrière, tendant des doigts qui se terminaient en griffes. Ses dents étaient devenues des crocs de plusieurs centimètres, et ses oreilles pointaient en triangles lupins. Derrière lui, quelque chose d'énorme, de brun et de furieux dévala les dunes.

Elle ouvrit la bouche pour crier, mais aucun son n'en sortit.

Un grizzly. Un grizzly sauvage...

Ses pensées se bloquèrent, tournant en boucle.

Un grizzly avec des yeux noisette implorant le pardon. Les traces qu'elle avait vues ce matin-là devant la maison. La détermination familière, celle du chevalier blanc, dans chaque pas précipité de l'ours en direction des hommes qui la menaçaient.

Elle s'efforça de relier les points jusqu'à ce que tous ces fils se rejoignent en un seul nœud serré.

— Tim, chuchota-t-elle, ses genoux cédant.

Lamar et ses hommes se retournèrent, un quart de seconde trop tard. Le grizzly jeta l'homme le plus proche sur le côté. Il écrasa le deuxième, déterminé à atteindre Lamar. Les autres se dispersèrent en braillant et le chef grogna.

Cours, Hailey ! Cours !

Elle aurait juré que Tim lui criait ces paroles dans sa tête. Les mots étaient faibles, mais marquaient l'urgence de la situation, prononcés dans les notes basses les plus basses qu'elle n'ait jamais entendues auparavant.

Des années plus tôt, son grand-père avait crié ces mêmes mots, et elle n'avait eu d'autre choix que de courir. Elle n'en avait pas vraiment maintenant non plus, mais le meurtrier de son grand-père, Lamar, se tenait devant elle : fuir semblait mal. Un point au centre de sa poitrine la brûlait, cependant elle l'écrasa, seulement pour sentir son collier bouger. Elle sauta alors sur le côté, entraînant Jonathan avec elle, juste à temps pour éviter la collision entre le grizzly et Lamar, qui avait retrouvé sa forme de loup. Ils tombèrent sur le flanc dans une rafale de grognements et de morsures vicieuses.

Les sons que Jonathan émettait la terrifiaient d'une manière différente, et elle s'accroupit sur lui, sans trop savoir quoi faire.

La perle autour de son cou la réchauffa, la réconfortant comme son grand-père aurait pu le faire avec un regard qui semblait dire : « Tu peux le faire ».

— Accroche-toi.

Elle retira sa chemise pour l'utiliser pour couvrir les entailles sur le cou de Jonathan. Il était trop tard, et elle le savait, malgré tout elle devait faire quelque chose.

Les yeux paniqués de Jonathan se posèrent sur elle avec un air surpris, et elle faillit souffler de colère. Oui, elle le méprisait. Mais, non, elle n'allait pas le regarder se vider de son sang.

— Tiens bon.

Elle le traîna sur un autre mètre.

La mare de sang qui se répandait autour de lui était assez horrible à voir, mais elle tourna la tête...

Tim avait toujours été gentil et doux avec elle. À ce moment précis, c'était un guerrier. Rapide, furieux, et impitoyable. Un animal sauvage.

Bien sûr, les animaux sauvages n'étaient pas censés agir de manière désintéressée. Pas pour défendre les humains, du moins. Pourtant il était là, mettant sa vie en jeu pour elle.

Le sang gicla et Hailey détourna le regard, essayant de réfléchir. Elle pouvait escalader les dunes, monter dans la voiture et s'y enfermer. Elle pourrait aller chercher de l'aide. Elle pourrait...

— Cours, chuchota Jonathan avec le regard écarquillé d'un homme qui aurait compris trop tard à quel point ses propres affaires étaient sales.

Soudain, son regard se durcit sur un point au-dessus de son épaule et son corps se raidit.

— Jonathan ! cria-t-elle en le secouant.

Ses yeux sans vie demeuraient fixes, sur le ciel, sans ciller.

Vas-y, Hailey. Cours ! cria Tim dans son esprit.

Elle se força à lever la tête et à regarder autour d'elle. Jonathan était mort. Les hommes de Lamar étaient lents à se regrouper, et si elle se dépêchait...

Elle obligea ses jambes à se mettre en marche, attrapa un morceau de bois flotté de la taille d'une chauve-souris et courut vers un espace entre deux des hommes de Lamar.

— Non, je ne crois pas non ! hurla l'un d'eux, en tendant le bras.

Elle balança le bout de bois, frappant son bras, et courut vers la gauche. Le deuxième homme l'avait déjà remarquée. Ou plutôt, un loup l'avait remarquée, car il y avait un chien gris et galeux à sa place. Il fit claquer ses mâchoires, la repoussant vers le premier homme. Hailey sprinta en avant, n'ayant plus l'intention de passer à travers eux, mais simplement d'atteindre la tour des sauveteurs. L'échelle était raide et étroite, avec juste assez de place pour une personne. Une position qu'elle avait à moitié la chance de défendre si elle tenait le coup assez longtemps.

Elle courut comme jamais auparavant et sauta sur une marche à mi-hauteur. Son pied glissa et elle cogna son tibia contre un barreau d'acier, néanmoins elle s'accrocha et se hissa juste à temps pour éviter les mâchoires tendues du loup. Dès qu'elle eut atteint le sommet, elle se retourna et donna des coups de bâton.

— Salope ! s'exclama l'homme, tombant en arrière avec le loup.

Tous deux l'avaient attrapée et furent projetés au sol. Le loup grogna, léchant la plaie rouge sur son museau. L'homme arracha sa veste et cambra le dos.

Hailey haleta alors qu'il se transformait en bête. Un ours comme Tim, mais pas du tout comme lui, en fait. La fourrure de Tim était de la même couleur brune que ses cheveux, et les pointes brillaient au soleil. Chacun de ses mouvements était rapide et calculé. Celui-là, en revanche, prit la forme d'un ours qui semblait avoir hiberné trop longtemps.

Sa fourrure était hirsute et négligée, ses yeux sauvages. Il s'avança de deux pas vers Hailey, et ses genoux tremblaient. S'il se mettait sur ses pattes arrière, il pourrait facilement atteindre la tour, et elle doutait que son bâton puisse faire grand-chose contre lui.

Mais le dernier des hommes de Lamar, le dernier à forme humaine, du moins, s'avança et hurla :

— Je m'occupe d'elle ! Tu aides Lamar à achever ce bâtard !

Achever Tim ? manqua de crier Hailey.

Lamar avait été rallié par un deuxième loup, et le duo combattait Tim, montrant une vitesse et une agilité qu'un ours ne pourrait jamais égaler. Pire encore, celui de couleur sombre était en train de les rejoindre d'un pas lourd, ce qui ferait du trois contre un.

En quelques secondes, le quatrième homme se transforma également en loup et garda Hailey piégée dans le poste de secours. Il faisait les cent pas, montrant les dents et restant hors de portée, le salaud. Elle ne pouvait qu'être spectatrice de ce combat. Tim tenait bon, donnant des coups puissants à chacun de ses ennemis, mais comment pourrait-il faire la situation à son avantage ?

Le grizzly foncé le chargea, et les loups se dispersèrent, laissant les deux géants s'affronter. Hailey recula devant les rugissements qui fendirent l'air. Elle n'avait aucune idée que les ours pouvaient retrousser leurs lèvres aussi loin et exposer autant de dents, putain. Leurs griffes de quinze centimètres s'attaquaient aux flancs de l'autre.

— Non, coassa-t-elle.

Elle n'avait jamais rien vu d'aussi brutal de toute sa vie.

Le point sur sa poitrine se réchauffa, et elle saisit la perle sans regarder en bas. Ses doigts jouèrent sur la surface familière et irrégulière. La perle s'était déjà réchauffée par le passé, juste assez pour qu'elle s'interroge avant de rejeter cette sensation comme étant le fruit de son imagination. Néanmoins elle n'avait jamais chauffé à ce point, brûlant presque sa peau.

Quand elle regarda le bijou, le rose rayonnait faiblement de l'intérieur. Elle se raccrocha à la rampe de la tour. La perle avait brillé sur elle lors de cette première nuit incertaine à Pu'u Pu'eo, comme elle l'avait fait à différents moments de sa vie... cependant elle n'avait jamais scintillé aussi fort auparavant.

Des images surgirent de nulle part et filèrent dans son esprit comme un diaporama qui commençait dans le présent avant de remonter très loin dans le passé. Les images devinrent floues, puis s'arrêtèrent, et Hailey discerna une femme qui lui ressemblait beaucoup, caressant la perle tout en regardant les prairies dorées de l'est du Montana.

— Mon arrière-grand-mère ? chuchota-t-elle.

Un homme s'approcha de la femme et la fit tourner lentement autour de lui, terminant par un long baiser et un « je t'aime » à mi-voix qui résonna dans l'esprit de Hailey. Un bébé pleurait au loin, et ils se retournèrent, se dépêchant de le couvrir d'amour.

Il y avait aussi des images tropicales, de littoraux luxuriants, de chutes d'eau et de vagues déferlantes, très semblables à la scène qui se déroulait devant elle. Hailey cligna des yeux et regarda autour d'elle. Maui ? Oahu ? Où que ce soit, ces images venaient d'un passé lointain, elle en était sûre. Des siècles en arrière. Une femme gloussait dans un ruisseau de montagne, invitant quelqu'un à s'approcher. Un homme vêtu d'une sorte d'habit indigène, avec le torse nu et bronzé ainsi qu'une couronne de feuilles. Cette image se mêla à la suivante, du même couple dans une scène si sensuelle que Hailey en rougit. Les palmiers s'oscillaient au-dessus des amants enlacés, et le ressac proche se brisait au rythme des va-et-vient de l'homme, noyant les sons de plaisir de sa compagne.

L'océan balança une autre vague déferlante, et Hailey cligna des yeux, ramenant son attention sur le présent. Les ours se battaient, les loups mordaient, et la sentinelle gardait toujours sa tour. Pourtant, tout était silencieux, à l'exception du bruit de la mer.

Elle fronça les sourcils. Quoi ? Que cela signifiait-il ?

Elle repassa les images en revue, puis fixa la perle. L'amour. Toutes les images qu'elle portait avaient à voir avec l'amour.

La beauté. Le contentement.

L'amour, murmurait tristement une faible voix de femme dans son esprit. *Regarde ce qu'il nous force à faire.*

Hailey songea à son arrière-grand-mère quittant son île natale. Elle pensa à son grand-père, souriant aux souvenirs de ses parents et de sa chère épouse, longtemps après qu'ils furent partis. Puis elle dirigea ses yeux vers Tim et déglutit.

Regarde ce que l'amour nous force à faire.

Elle observa longuement et attentivement. L'amour avait poussé un homme bon à aider une inconnue quand elle en avait eu le plus besoin. L'amour lui avait fait cacher son plus grand secret par peur de la perdre. L'amour l'avait poussé à se lancer tête baissée dans une bataille qu'il ne pouvait pas gagner.

— Tim, chuchota-t-elle en tenant la perle bien serrée.

Il se battait, parant les coups du grizzly, puis se retournant pour chasser le loup qui se faufilait par-derrière. Les autres n'avaient pas gagné un pouce, néanmoins elle pouvait voir Tim faiblir. Du sang recouvrait sa fourrure sur une épaule, et il boitait du côté droit. Une oreille était en lambeaux, et...

Le grizzly sombre se précipita en avant, poussant Tim vers les vagues tandis que les deux loups le harcelaient de toutes parts.

— Tim! cria-t-elle.

Le loup qui gardait la tour du sauveteur émit un gloussement moqueur qui disait qu'il n'en aurait plus pour très longtemps.

Hailey n'avait jamais assisté à un combat d'ours auparavant, mais il était clair que l'autre grizzly ne pouvait pas battre Tim à lui tout seul. Il pouvait, cependant, le pousser dans l'eau avec l'aide des loups et l'épuiser.

Tôt ou tard, Tim manquerait une feinte critique, et ils l'étoufferaient comme autant de lions abattant une gazelle.

— Dell...

Hailey fouilla dans ses poches, mais son téléphone n'était plus là.

Tim avait-il eu le temps d'alerter les autres avant d'entrer en scène?

Elle faillit tomber à genoux, honteuse et désespérée. Tout cela était de sa faute.

Alors, fais quelque chose, disait la voix dans son esprit. *Aide-le.*

Elle regarda autour d'elle. Comment pouvait-elle intervenir dans un combat de bêtes sauvages ? Chacune d'entre elles était plus forte qu'elle et armée de dents et de griffes acérées.

Ne te sous-estime pas.

Les paroles de Tim résonnaient dans sa tête, mais, putain, tout ce qu'elle avait, c'était un bâton.

Tu as l'amour, lui chuchota la voix.

Des larmes coulaient sur ses joues tandis que Tim titubait vers l'eau. Ses pattes s'enfonçaient dans le sable humide, ralentissant chacun de ses pas. Un loup lui sauta sur le dos, le mordant, et il mugit de douleur. D'un mouvement sec, le canidé s'envola pourtant et atterrit dans un bruit sourd.

Bien fait pour toi ! voulut crier Hailey.

Mais même avec ce loup qui boitait, c'était toujours du trois contre un. Et elle était aussi inutile qu'une princesse dans une tour, attendant que son chevalier vienne la sauver.

Elle se figea en réalisant cela. Était-ce vraiment elle ?

On dirait bien, lui dit une petite voix, pas celle qui accompagnait la perle, mais celle qui venait de l'intérieur de son âme.

La colère monta en elle. Non, elle n'était pas une princesse.

Alors, montre-le. Sors de là.

Elle voulait protester contre le fait qu'elle se ferait griffer et déchiqueter, néanmoins elle retint ces mots. C'était Tim qui se faisait griffer et déchiqueter. Elle était toujours cachée dans sa tour.

Ses lèvres se retroussèrent en un grognement inconscient. Son chevalier était débordé, et elle n'était pas du genre à attendre.

Alors, pourquoi ne pas te bouger ? la narguait la petite voix. *Tu as peur de te casser un ongle ?*

Elle serra les dents, prête à répondre en criant, mais il n'y avait personne. Juste sa propre fierté et la dure réalité que même un héros déterminé pourrait ne pas être capable de gagner sans aide.

Elle testa donc la force de son bâton à deux mains et prit une profonde inspiration. La perle était chaude contre sa peau, elle brillait en rose.

L'amour, disait la voix lointaine.

Attrape-les, disait l'autre.

C'était comme avoir une fée et un guerrier en elle, chacun d'eux l'encourageant. L'une était la perle, même si c'était une idée folle qu'elle n'avait pas le temps de remettre en question maintenant, et l'autre était une partie profondément enfouie en elle qui en avait assez d'être une gentille fille. Elle prit une nouvelle grande inspiration. Tous ces cours de kickboxing qu'elle avait eus devaient servir à quelque chose, non ?

— OK, alors, murmura-t-elle. La princesse à la rescousse.

Chapitre 23

Le loup qui surveillait Hailey faisait plus attention au combat qu'à elle, ce qui lui donna un petit coup de pouce. Être sous-estimée avait ses avantages. Elle regarda la distance la séparant du sol pendant que l'animal faisait les cent pas devant l'échelle. Un mètre quatre-vingt n'avait jamais semblé être si haut à sauter, mais là encore, elle n'avait jamais été dans une situation de vie ou de mort auparavant.

Cela l'effrayait, cependant cela la rendait aussi plus déterminée. Le corps sans vie de Jonathan avait été piétiné plusieurs fois dans le combat, et son sang se retrouvait partout. Tim saignait aussi, et Lamar n'avait pas caché son intention de la tuer.

Donc, oui. La vie ou la mort, c'était bien ça.

Cette pensée aurait dû la terrifier, pourtant elle l'aida surtout à se concentrer. Elle fixa le loup en dessous d'elle et serra son bâton, préparant son coup.

Maintenant! cria l'amazone qui était en elle.

Sans réfléchir, elle sauta. Et pas juste un petit bon. Non, elle tacla la bête et la plaqua au sol. À la seconde où ils se heurtèrent, elle donna un coup de bâton et hurla tel un barbare. L'instant d'après, l'impact de son plaquage la rattrapa, et elle lutta pour reprendre son souffle. Le loup s'éloigna, la regardant avec des yeux choqués qui semblaient vouloir dire : « *Putain de merde.* »

Hailey se remit sur ses pieds et balança le bâton vers la tête de l'animal. Il se dégagea, de justesse, et grogna.

Elle asséna un autre coup, et cette fois, son arme de fortune percuta la bête en travers du museau. Elle glapit, toutefois Hailey ne céda pas, frappant sans relâche, la faisant reculer.

Une puissance au-delà de tout ce qu'elle n'avait jamais ressenti parcourait ses bras, faisant tomber chaque coup avec une force qui la faisait marmonner.

— Putain de merde.

Peut-être que Tim avait raison de dire qu'elle se sous-estimait.

Elle agita le bâton à deux mains jusqu'à ce que le loup recule avec une expression qui semblait vouloir dire qu'il la prenait pour une foldingue.

Hailey brandit le bâton à nouveau. Une folle, pas de problème, si c'était ce qu'il fallait pour gagner ce combat.

— Allez ! cria-t-elle. Tire-toi de là.

Le loup jeta un long regard haletant sur le combat sanglant puis galopa hors de vue.

Bien. Ensuite.

Hailey compta mentalement.

Un de moins, plus que trois.

Elle se tourna vers les autres, qui étaient tous si déterminés à prendre l'avantage qu'ils n'avaient pas remarqué qu'elle était descendue de la tour. Ce qui signifiait qu'elle avait la possibilité de s'enfuir, néanmoins à la seconde où l'idée lui vint, elle la chassa. Lamar et ses acolytes seraient bientôt ceux qui fuiraient, pas elle.

Elle serra son bâton fermement et se rapprocha. D'une main, elle tendit le bras pour toucher la perle, pensant à son grand-père. Même avec tout le sang versé autour d'elle, elle ne ressentait pas le besoin de se venger. Tout ce qu'elle voulait, c'était que ça se termine.

Alors, mets-y un terme, lui chuchota la petite voix.

Elle savait parfaitement que seul Tim pouvait le faire, parce qu'elle n'était qu'une naine sous une bataille de géants. Mais si elle pouvait se faufiler...

Elle s'accroupit un peu, choisissant une cible, se sentant étrangement comme un soldat en mission, comme si elle avait maquillé son visage pour se camoufler et avait attaché un bazooka à son flanc. Et en même temps, elle se sentait comme une impostrice. Est-ce qu'elle faisait les choses comme il fallait, déjà ?

Le loup sur la droite était Lamar. Celui de gauche était plus clair et légèrement plus petit, alors elle se glissa plutôt de son côté. Tim et l'ours continuaient à se battre, accrochés l'un à l'autre comme deux boxeurs fatigués. Le premier écarquilla les yeux dès qu'ils se posèrent sur elle.

Elle ne devait pas pouvoir lire dans son esprit, pourtant ses pensées étaient parfaitement claires.

Tu es folle ? Va-t'en de là !

Elle secoua la tête et se concentra sur le loup. Dès qu'elle bougerait, les autres la repéreraient, et tout pourrait arriver. S'ils venaient tous sur elle, elle serait déchiquetée sur place.

Donc, ne les laisse pas t'attraper, disait la voix intérieure.

Elle s'avança encore d'un pas et fit un signe de tête en guise de signal. Que Tim l'ait vu ou non, elle allait y aller.

Elle donna un grand coup de bâton et frappa les pattes arrière du loup, grimaçant sous le choc. L'animal hurla et tomba, et elle se dépêcha d'asséner trois autres plus secs sur la même zone avant de reculer.

Le déroulement du combat entre animaux changea : tout aussi fort, mais plus prudent qu'avant, avec Lamar qui lançait des aboiements d'incompréhension et l'ours noir qui tournait la tête, poussant un cri de confusion. Tim saisit cette occasion inespérée et momentanée, entaillant l'épaule de ce dernier avec ses griffes, et enchaînant avec une morsure.

Pendant un instant, la bataille se calma. Ce fut à ce moment que Lamar grogna pour rassembler ses hommes.

Attrapez-la ! Attrapez-le ! disait son aboiement.

À partir de ce moment, tout ce que Hailey pouvait faire, c'était agiter le bâton à gauche et à droite pour dévier les bêtes qui attaquaient. Quand elle échouait, elle faisait de son mieux avec des coups de pied et criait. C'était un mélange flou de fourrures et de crocs, et elle ne pouvait pas dire si c'était Lamar ou l'autre loup qui venait vers elle. Tout ce qu'elle savait, c'était que cette nouvelle force qu'elle ressentait à présent et qui coulait dans son corps lui permettait de frapper à répétition. Avec assez de puissance et de férocité pour lui faire penser qu'elle avait peut-être une bête intérieure, elle aussi.

— Prends ça ! hurla-t-elle après avoir porté un coup.

Dans n'importe quelle autre circonstance, l'idée de blesser un animal l'aurait choquée, cependant Lamar et les autres étaient plus que des animaux. C'étaient des hommes de la pire espèce, qui n'hésitaient pas à utiliser leur force animale brute à des fins immorales. Elle apprit à viser leurs points les plus sensibles, c'est-à-dire les pattes, les yeux et la truffe, et à anticiper leurs mouvements. Mais l'un des loups plongea vers elle et le coup qu'elle lui porta se finit par un claquement sec.

— Non ! glapit-elle alors que son bâton se brisa en deux.

Elle tomba en arrière, à plat sur les fesses. Sur le dos, en fait, et avant qu'elle ait pu se relever...

Elle se figea, faisant face à une paire de mâchoires meurtrières. Le loup grogna et se rapprocha d'elle. Une longue ligne de salive s'étendait de sa lèvre inférieure, ses yeux brillant d'un message sans équivoque.

Je t'ai eue, salope.

Lamar.

Elle asséna un coup de pied sauvage, le touchant au menton, et fit demi-tour. Ce qui ne fit que le mettre dans une colère noire ; il revint vers elle, tremblant de rage.

Maintenant tu vas crever, disaient ces mâchoires. *Lentement.*

Hailey le fixait, incapable de bouger sauf pour attraper sa perle.

L'amour, se dit-elle en la serrant, consciente que c'était la fin.

Soudain, un autre hurlement de douleur fendit l'air, et tous deux levèrent les yeux. Un ours était recroquevillé sur l'autre, lui lacérant le cou avant de lever les yeux, haletant à travers des mâchoires ensanglantées. Ses yeux se rétrécirent tout à coup, et il enjamba son ennemi sans vie, avançant vers sa nouvelle cible. L'autre loup s'était retiré à une distance raisonnable, tenant sa patte blessée.

Les yeux de Hailey s'agrandirent. Quel ours était-ce ? Était-elle sa nouvelle proie ou était-ce Lamar ?

Sa fourrure était tachée de sang, rendant impossible l'identification de la bête, toutefois ses mâchoires hargneuses ne cachaient pas qu'il avait soif de sang. Lamar se retourna pour lui faire face, et Hailey recula. Son cœur battait la chamade. Était-ce Tim ou l'autre ours ?

Finalement, elle capta son regard et murmura, soulagée :

— Tim.

Lamar s'accroupit, le reconnaissant en même temps. Il leva le menton, grognant de façon meurtrière, cependant sa queue était enroulée entre ses jambes. Tim se redressa au-dessus d'eux deux et ses yeux bifurquèrent vers Hailey, la suppliant de regarder ailleurs.

Elle se détourna alors que des grognements et des aboiements éclatèrent. Elle enfouit ensuite le visage dans le sable, fuyant les sons terrifiants de l'ultime combat frénétique. Il y eut enfin un glapissement aigu, un craquement, et un bruit sourd.

— Oh mon Dieu…

Le loup survivant s'était enfui. Une fois ses pas estompés, le seul son restant était celui du ressac sans fin et du battement de son propre cœur. Hailey déglutit difficilement, puis se força à se tourner lentement et à regarder.

Lamar était mort. Tim était couvert de sang. Son sang ? Celui de Lamar ? Elle n'avait jamais rien vu de scène aussi horrible.

Tim s'écarta de deux pas du loup mort, puis s'arrêta et se coucha, poussant un cri de deuil. Il ne leva pas les yeux, il fixa juste le sable, complètement démoralisé même dans ce moment victorieux.

La bouche de Hailey s'entrouvrit dans un cri silencieux.

Est-ce qu'il va bien ? Pourquoi ne me regarde-t-il pas ?

Puis ses propres mots résonnèrent dans son esprit, et elle comprit.

« Quel genre de monstre est-il ? »

Elle avait voulu parler de Lamar, le jour où le métamorphe l'avait surprise sur la plage. Mais ce terme aurait tout aussi bien pu s'appliquer à Tim, vu comme elle l'avait dit.

Elle se leva sur des pieds tremblants et marcha lentement vers lui. Un monstre ? Les métamorphes étaient terrifiants, assurément… les grizzlys comme les loups. Les lions aussi.

Mais Tim n'était pas un monstre. Pas plus que Dell ou les autres qui l'avaient aidée la semaine dernière.

La perle brûlait sur sa poitrine.

Montre-lui. Dis-lui.

Elle s'avança, se disant qu'elle ne devait pas aggraver les blessures de Tim en montrant sa peur. OK, il était un métamorphe. Et alors ?

Elle renifla. Il y avait beaucoup de choses qui pouvaient répondre à cette question, mais ce n'était pas le moment.

— Tim, murmura-t-elle en lui tendant la main.

Sa tête était sur le sol, ses yeux fermés, et son corps de gros ours ne bougeait pas, à l'exception du soulèvement de sa poitrine. Une peur d'un tout autre type la traversa, et elle se précipita vers lui. Était-il en train de mourir ?

— Tim ! s'écria-t-elle en le caressant de toutes parts, cherchant si désespérément un signe de vie qu'elle en oublia le côté grizzly.

— S'il te plaît, dis-moi que tu vas bien.

Elle s'effondra sur lui, serrant cette masse géante dans ses bras.

— S'il te plaît...

Il ne répondit pas, et elle ferma les yeux.

— Non, chuchota-t-elle alors que son souffle s'affaiblissait. Ne meurs pas. Tu ne peux pas mourir.

Les soulèvements aigus de sa poitrine ralentissaient néanmoins de seconde en seconde, et elle ne pouvait rien faire d'autre que pleurer.

— Je t'aime, reprit-elle, désespérée de le lui dire tant qu'elle le pouvait encore.

Les métamorphes saisissaient-ils les mots humains lorsqu'ils étaient sous forme animale ? Elle le caressa doucement, déterminée à lui faire comprendre.

— Je ne veux pas te perdre. Je te dois tellement.

Tim n'émit pas le moindre gémissement, et lentement, elle ouvrit les yeux, s'attendant au pire, comme ce beau regard noisette brillant qui fixait la mort.

Elle cligna soudain des yeux. Ceux noisette et brillants étaient fixés sur elle. Brillants... de larmes ? Et d'amour.

— C'est moi qui te dois tellement, dit-il d'une voix rauque.

Hailey se mit à genou, éberluée.

Tim était à nouveau humain. À plat sur le dos et saignant d'une dizaine de blessures, mais vivant.

— Tim ! cria-t-elle en l'attrapant si fort qu'il en grimaça. Désolée !

Elle se força à le lâcher, pourtant une seconde plus tard, elle était à nouveau allongée sur lui, marmonnant entre ses larmes :

— Je suis désolée de ne pas avoir compris. Je suis tellement désolée de ne pas avoir écouté.

— Je suis désolé de ne pas t'avoir expliqué, chuchota Tim.

Il la toucha avec précaution.

— Vraiment désolé. J'aurais dû...

Elle secoua la tête.

— Tu as essayé de le faire. Je n'ai pas écouté. J'avais trop peur.

Sa pomme d'Adam s'agita le long de sa gorge.

— Tu as toujours peur ?

Elle retint son souffle puis hocha la tête.

— Oui.

Elle regarda autour d'elle.

— Tout ceci me fait peur. Et j'ai un peu peur de ça aussi.

Elle lui montra la perle.

— Ou peut-être qu'impressionnée est un mot plus adapté.

Tim baissa les yeux avec un :

— Et alors ? C'est juste ton collier.

Mais une seconde plus tard, ses yeux s'arrondirent.

— Une perle. Une perle de...

Son chuchotement rauque s'interrompit aussitôt.

Une perle de quoi ? Elle chassa la question, parce que ça n'avait plus d'importance maintenant.

— J'ai peur de tous ces trucs de métamorphes. Mais je n'ai pas peur de toi.

Il lui prit les bras, la regardant, et un sourire lui monta lentement aux lèvres.

— Peut-être que je devrais avoir peur de toi. De toi et de ce bâton.

Elle l'aida à s'asseoir et regarda autour d'elle nerveusement. Le corps mort de Jonathan était étalé sur le sable, tout comme celui de Lamar et de l'autre ours. Les deux loups blessés s'étaient enfuis, toutefois qui savait quand ils reviendraient ?

Le bruit du moteur d'un camion leur parvint d'au-delà des bois, et Hailey eut un mouvement de recul.

— Mon Dieu, non.

Tim se leva en grinçant des dents et renifla l'air, à l'affût de tout signe de danger. Mais un instant plus tard, un hululement grave parvint à leurs oreilles, et il se détendit. Il plaça ensuite ses mains autour de sa bouche, hulula à son tour, et se retourna pour tout expliquer.

— C'est Connor et les autres.

Hailey expira puis paniqua quand il s'écroula sur le sol.

— Tu vas bien ?

Il hocha la tête d'un air las.

— J'ai juste besoin de me poser une seconde.

Une minute plus tard, plusieurs hommes firent leur apparition, et l'un d'eux siffla.

— Putain de merde.

C'était Dell, et Tim leva deux doigts en guise de réponse silencieuse. À la seconde où il le fit, Dell, Chase, et un dernier, Hunter, partirent à la recherche des loups disparus. Les yeux de Hailey dérivèrent vers le carnage sur la plage, et son estomac se noua. Toutes ces morts et cette destruction... Bien qu'elles aient été causées par les folles ambitions de Jonathan et l'avidité débridée de Lamar, elle se sentait quand même coupable. N'aurait-il pas été préférable que rien de tout cela ne se produise ?

Elle secoua la tête, répondant à sa propre question, et se remit à serrer Tim dans ses bras. Oui, mais non. Sans la cupidité de ces hommes malveillants, elle n'aurait jamais trouvé Tim.

— Le destin, murmura-t-il, lisant dans ses pensées.

Elle regarda droit dans les yeux, inclinant la tête.

— Est-ce que ça existe vraiment ?

Il acquiesça et esquissa un petit sourire.

— Le destin. Je te raconterai tout ça...

— Plus tard.

Elle dissimula à nouveau son visage dans son épaule.

— Beaucoup plus tard. S'il te plaît. Je n'en supporterai pas plus pour le moment.

— Plus tard, chuchota-t-il alors à son oreille, en la serrant contre lui.

Chapitre 24

Les blessures de Tim le brûlaient, et ses articulations étaient toutes bloquées, mais au moment où Hailey se détendit dans ses bras, tout disparut. La seule chose qui lui faisait vraiment mal après ça, c'était son cœur, et c'était de pur soulagement. Elle n'était pas dégoûtée ou effrayée par son ours.

Bien sûr qu'elle n'a pas peur, grogna ce dernier. *Tu l'as vue se battre ?*

Oui, il l'avait vue. Et, waouh. Qui aurait cru qu'une gentille fille comme elle était capable de porter de tels coups ?

Mais, putain. Elle avait eu peur, et lui aussi. Le combat aurait pu basculer d'un côté ou de l'autre à tout moment.

Ses yeux se dirigèrent vers la perle qui pendait de son collier. C'était un bijou oblong et bosselé, pas rond et brillant comme les autres perles qu'il avait vues. Mais, bordel. Ce devait être l'une des légendaires perles du désir. Il pouvait sentir son énergie palpiter dans l'air.

— Tu vas bien ? demanda Connor en s'approchant d'eux.

Tim ne leva pas les yeux. Il fit un simple signe de tête par-dessus l'épaule de Hailey. Ses yeux s'ouvrirent juste assez pour voir l'éclat doré des cheveux de cette dernière avant de se refermer.

Ça va vraiment bien ? murmura son frère dans son esprit.

Tim cacha un grognement. Eh bien, il était vivant, et plus important encore, Hailey était indemne. Mais, putain. S'il ne l'avait pas tenu si fort dans ses bras à ce moment-là, ses mains auraient tremblé et il aurait été dans un sale état. Lamar avait été à deux doigts d'arracher la gorge de Hailey, et tout s'était déroulé au ralenti pour lui. Il avait eu l'impression d'avoir les pieds dans la boue, et l'ours contre lequel il s'était battu avait semblé faire deux fois son poids lorsqu'il avait fallu secouer ce bâtard pour atteindre Hailey. Et puis il y avait la peur qu'il avait ressentie, ou plutôt la certitude qu'elle le rejetterait. Et quand elle ne l'avait pas fait...

Il inclina la tête et inspira son parfum de chèvrefeuille. Est-ce qu'elle lui rendait vraiment son étreinte, ou est-ce que tout ça n'était qu'un fantasme ?

Elle lui tapota le dos et se blottit contre lui, faisant s'envoler son âme fatiguée.

Oui, dit-il à Connor. *Tout va bien.*

Jenna arriva ensuite, et Tim pouvait pratiquement l'entendre crier, *même si elle ne disait rien.* Elle avait dû cependant sentir qu'ils avaient besoin l'un de l'autre plus que quiconque, et recula donc pour observer la scène de loin.

Tim ne prêta guère attention au reste après ça, néanmoins lorsque Dell, Hunter et Chase revinrent en lançant des hochements de tête sinistres à Connor, il se détendit enfin un tout petit peu. Tous les hommes de Lamar avaient été éliminés. Il n'y avait donc plus de menace, mais ils ne pouvaient pas rester sur la plage plus longtemps, même dans un endroit abrité et interdit comme celui-ci. Tôt ou tard, un kitesurfeur passerait par-là, et...

— On s'en occupe, murmura Connor qui pensait clairement la même chose. Vous deux, vous pouvez partir.

Aucun d'eux ne bougea jusqu'à ce que Jenna s'accroupisse et touche doucement le dos de Tim.

— Allez, viens. Et si je vous raccompagnais chez vous ?

Hailey hocha la tête avant Tim, et le cœur de celui-ci se gonfla à sa façon de mentionner de leur foyer. Est-ce que ça voulait dire... ?

— Chez nous, approuva-t-elle.

Elle recula suffisamment pour prendre le visage de Tim entre ses mains. Ses traits étaient marqués par les larmes et sa peau était vraiment pâle, malgré tout ses yeux brillaient.

— Chez nous ? murmura-t-il.

Était-il fou d'espérer qu'elle était en train d'imaginer sa petite maison ?

Elle hocha clairement la tête et esquissa un mince sourire.

— Ce joli petit coin avec vue sur la mer...

Soudain, son visage se renfrogna.

— Tes blessures...

— Nous guérissons vite, murmura-t-il.

Elle ne semblait pas horrifiée par ça non plus, et il la serra bien fort dans ses bras, prêt à s'évanouir de soulagement. Finalement, Hailey le soutint quand il se releva et garda un bras autour de lui jusqu'au pick-up. Le véhicule était tout aussi abîmé que lui, toutefois il y avait une serviette de plage à l'arrière avec laquelle il pouvait couvrir son corps nu. Hunter les rattrapa et donna à Jenna les clés de la Land Rover, beaucoup plus confortable. Hailey aida Tim à s'installer sur la banquette arrière, et dès qu'ils eurent regagné la route, il s'endormit d'un sommeil agité.

De retour à Koakea, il ne put prendre qu'une douche douloureuse avant de se coucher. Hailey et lui passèrent le reste de la journée et de la nuit dans un état étrangement dénué d'émotions, blottis comme deux survivants d'un naufrage. Il se réveilla toutefois le lendemain matin, plus à l'aise et en meilleure forme que jamais, probablement parce qu'elle s'était réveillée la première et avait cherché son contact. Elle déposait de tout petits baisers sur sa peau qui étaient censés l'apaiser et le guérir. Il la regarda pendant un moment avant d'oser parler.

— Hailey, je...

Elle toucha ses lèvres d'un doigt et secoua la tête.

— Un café. J'ai vraiment besoin d'un café avant.

C'était à moitié pour plaisanter et à moitié pour gagner du temps, ce qui lui convenait parfaitement.

Quelques minutes plus tard, elle servit deux tasses.

— Laisse-moi deviner. Du miel pour toi ?

Il hocha la tête sans mot dire. Quel idiot il avait été de ne pas lui révéler son secret plus tôt. Une bêtise qui avait failli lui coûter très cher.

Le café, le meilleur de Hailey à ce jour, chassa l'arrière-goût amer de ces pensées, et ils s'assirent sur le patio pendant qu'il s'expliquait. Il s'expliquait vraiment, du tout début à la toute fin. La matinée était agréable, avec du soleil, des palmiers qui se balançaient, et une mer calme et scintillante. Connor était à la plage avec Joey, faisant voler un cerf-volant, et à part le bruit lointain d'une tondeuse à gazon, tout était calme.

Tim raconta tout à Hailey ; peut-être trop, mais il n'allait plus jamais rien lui cacher. Il commença par sa première métamorphose, alors qu'il était adolescent, puis enchaîna par la ligne de conduite stricte qu'il avait dû suivre dans l'armée, tout en dissimulant son côté métamorphe. Il lui parla de son père bon à rien, de sa mère métamorphe et de ses frères.

— Donc Chase est un loup, et Connor est un dragon…

Elle en avait presque recraché la gorgée de café qu'elle avait dans la bouche quand il était arrivé à cette partie de son histoire, néanmoins elle réussit à se contenir et essuya ses lèvres.

— Un dragon, hein ?

Elle fixa les deux silhouettes qui jouaient avec le cerf-volant au loin.

— Attends, même Joey ?

Il hocha la tête.

— Bon, il ne se transformera pas avant l'adolescence, mais oui. C'est un dragon comme sa mère, Cynthia.

Il décida de ne pas s'étendre sur le sujet ; surtout sur le fait que cette dernière serait furieuse si elle savait que le cerf-volant était la façon dont Connor enseignait à Joey les bases du vol. Cynthia était surprotectrice avec son fils, ayant perdu son compagnon dans un duel de dragons dont personne ne savait grand-chose. Mais ces détails, Hailey n'avait vraiment pas besoin de les entendre pour le moment.

Il l'observa. Elle contempla la mer pendant une longue minute avant de reprendre la parole.

— J'ai besoin de voir. S'il te plaît.

Son rythme cardiaque s'accéléra furieusement.

— Euh, tu es sûre que tu es prête pour ça ?

Son visage resta figé sans émotion jusqu'à ce qu'elle s'en rende compte.

— Pas un dragon. Mon Dieu, non. Je ne suis définitivement pas prête pour ça. Je voulais dire toi. L'ours. S'il te plaît.

Il prit une profonde inspiration avant de se lever devant elle. Son ours tremblait intérieurement, impatient et terrifié à la fois.

Tu crois que je vais lui plaire ?   demanda son animal, soudain inquiet.

Tim n'en avait aucune idée, et il lui fallut toute sa concentration pour que ses mains tremblantes retirent sa chemise et son pantalon sans les déchirer. Ce n'était pas utile de détruire d'autres vêtements, et il ne voulait pas accentuer l'effet brutal de sa transformation. Son corps n'avait pas récupéré, toutefois avec la guérison des métamorphes, il n'avait aucune excuse pour attendre ; et il ne le voulait pas. Lentement, il s'agenouilla à deux mètres de Hailey et garda les yeux baissés pendant qu'il changeait.

Une transformation lente pouvait être douloureuse, néanmoins il était tellement mal à l'aise qu'il le remarqua à peine. Sa peau brûlait, les dernières blessures lui faisaient mal, et les habituels picotements parcouraient son corps. Ce n'était rien en revanche comparé aux signaux anxieux qui agitaient ses nerfs. Quand il eut fini, il racla fébrilement la terre battue du patio.

Arrête ça, dit-il à son ours.

La bête resta parfaitement immobile alors qu'il rentrait ses griffes aussi profondément que possible.

Hailey ne bougea pas d'un centimètre. Pas au début. Elle tendit alors ses mains sans mot dire. Il fit un pas prudent, puis un autre, en prenant soin de garder ses crocs hors de vue.

Ses mains se rabattirent autour de son museau par à-coups, et finalement, elle ne tarda pas à le caresser partout. Plus ses mouvements devenaient audacieux, plus il fermait les yeux et ronronnait de plaisir.

Quand elle gloussa, il leva un regard surpris.

— Pour un grizzly féroce, tu es plutôt doux. Surtout ici. Elle lui chatouilla les oreilles.

Je t'avais dit qu'elle m'aimerait bien ! s'exclama son ours.

— Et ta queue...

Elle éclata de rire.

— Tu as vraiment une queue. C'est plutôt mignon.

Doux ? Mignon ? Il s'attendait à ce que son ours grogne, cependant la bête se contenta de roucouler.

Il esquissa un sourire, puis le dissimula avant qu'elle puisse voir ses dents. Enfin, il reprit sa forme humaine.

Déjà ? grogna son ours.

Il hocha fermement la tête. Il valait mieux abandonner pendant qu'il avait l'avantage.

— Les bons et les mauvais métamorphes, hein ?

Hailey regarda au loin pendant qu'il se rhabillait.

— Tout comme les bonnes et les mauvaises personnes, dit-il prudemment.

Elle fronça les sourcils et il pensa à Jonathan, Lamar, et les autres. Quelqu'un se racla alors la gorge et ils levèrent tous deux les yeux. C'était Dell, bien qu'il n'ait plus sa démarche habituelle et que sa voix, ordinairement endiablée, fut un murmure.

— Hé. Livraison spéciale. Ça te va ?

Il tendit un sac en papier et Tim renifla immédiatement, sentant le sucre. Une sorte de gage de réconciliation. Il avait failli renvoyer Dell en grognant, car c'était de sa faute si Hailey avait été effrayée le matin précédent et avait déclenché les événements qui avaient conduit à la bagarre entre métamorphes. Mais Dell était Dell, autant un frère pour lui que Connor ou Chase, et c'était difficile de rester longtemps furieux contre lui. Tim se contenta de râler et se tourna d'abord vers Hailey.

Elle s'était crispée, et Tim comprit vite pourquoi. Même avec Dell sous forme humaine, le lion en lui était impossible à ignorer. La barbe dorée, les yeux jaunes et profonds, son attitude donnant l'impression qu'il était prêt à bondir à tout moment. Néanmoins une minute plus tard, Hailey accepta sa présence, bien qu'un peu nerveusement.

— C'est bon pour moi. Et toi ?

Elle se tourna vers Tim.

Il hocha lentement la tête et garda les yeux fermement fixés sur Dell alors que le métamorphe s'approchait.

— Je voulais juste m'excuser. De t'avoir fait peur, je veux dire.

Dell avait l'air plus triste que jamais.

— Vraiment désolé.

— Qu'est-ce que tu as là ? demanda Hailey, qui essayait clairement de briser la glace.

L'ombre d'un sourire apparut sur le visage de Dell.

— Des croissants au chocolat. Tessa les a envoyés. Ils sont parfaits avec du café, tu sais.

Hailey éclata d'un rire franc qui donna à Tim l'espoir que tout pourrait s'arranger, après tout... et du coup, il fit signe à Dell de se rapprocher.

— Tu tentes vraiment de me corrompre, lança-t-elle.

Dell sourit à Tim.

— Non. Tu le mérites. Tu sais, pour avoir supporté cet abruti.

Elle secoua la tête.

— Il se trouve que ce crétin m'a sauvé la vie. Et il est vraiment gentil.

Tim rayonnait.

— Gentil ? ricana Dell. Tiens, vite. Prends ça et laisse-moi partir. Je ne supporte pas de voir ça !

— Voir quoi ? protesta Tim alors que Hailey récupérait le sachet.

Dell se déplaça pour se mettre entre eux.

— Toi. Elle. Les yeux de merlan frit. Mon Dieu, vous êtes pire que Connor et Jenna quand ils...

Il s'interrompit et recula d'un pas.

— Bref, je m'en vais. Profitez des croissants.

Soudain il s'arrêta et fixa Hailey, de nouveau très sérieux.

— Et désolé. Encore une fois. Vraiment.

— Tout va bien, rétorqua-t-elle.

Tim leva un sourcil quand Dell fut parti.

— Tout va bien ?

Elle lui sourit.

— Eh bien, oui, je pense.

Puis elle se rapprocha.

— Que voulait-il dire à propos de Connor et Jenna ? Quand ils quoi ?

La bouche de Tim devint toute sèche. Comment allait-il expliquer l'accouplement et les morsures d'union ?

— Quand ils, euh... se sont mis ensemble. Sont tombés amoureux, lui répondit-il.

Ses mots sortirent de manière maladroite et hachée.

Hailey sourit discrètement.

— Des yeux de merlan frit, hein ?

Tim sentait ses joues chauffer. D'accord, il était peut-être troublé en présence de Hailey, toutefois ce n'était pas vraiment sa faute.

— Peut-être à l'occasion.

— À l'occasion ? le taquina-t-elle.

Il fit un signe de la main.

— C'est un truc de métamorphe.

Elle attendit qu'il s'explique.

Au début, il n'arriva pas à formuler un seul mot, quand soudain, il lâcha tout d'un coup ; tout sur l'accouplement. Comment seuls les métamorphes les plus chanceux trouvaient leur compagnon idéal. Comment l'instinct les conduisait l'un à l'autre, et comment ils se liaient pour l'éternité avec une morsure d'union.

La plantation semblait plus silencieuse que jamais quand il eut terminé, et il craignait que Hailey ne s'enfuie soudainement.

Finalement, elle s'exprima, l'air toujours abasourdi.

— C'est ce que tu veux, avec moi ?

Au début, son cœur se serra, parce que vraiment, pourquoi quelqu'un désirerait-il une chose aussi brutale ? Et puis il se rendit compte qu'elle voulait peut-être dire autre chose.

— Tu aimerais être avec moi pour toujours ? chuchota-t-elle.

— Bien sûr que je le veux. Dès que je t'ai rencontrée, mon ours t'a désirée.

Tout à coup il se sentit embarrassé, car ses paroles étaient maladroites.

— Je savais que tu étais la bonne. La compagne qui m'est destinée. Celle pour qui je suis fait. Pour toujours.

Les joues de Hailey rosirent, faisant ressortir ses taches de rousseur comme il aimait le faire.

— Compagnons, hein ?

Il hocha lentement la tête, le souffle coupé.

Elle tritura la perle autour de son cou.

— Mes arrière-grands-parents étaient comme ça, je crois. Mes grands-parents aussi.

Elle soupira.

— Mon père et ma mère, pas vraiment.

— La plupart des humains ne connaissent pas le fonctionnement entre compagnons. Ils ne le ressentent pas aussi intensément que les métamorphes. Mais quand un métamorphe trouve sa moitié, quand un ours trouve sa compagne...

Il s'arrêta là, parce que, franchement, comment mettre des mots sur le concept ?

Heureusement, il n'eut pas besoin de le faire, parce que Hailey compléta pour lui.

— Il fait tout pour elle. Même pour une parfaite inconnue dont la vie est un désastre. Il la met à l'abri et la protège, et il lui pardonne toutes ses bêtises.

Des larmes perlèrent dans ses yeux, et avant que Tim ne s'en rende compte, il était à genoux, la serrant dans ses bras.

— Pas de bêtises. Pas de gâchis. Et sa compagne en fait de même pour lui. Elle le protège...

Rien que de l'avoir là avec lui, sa maison devenait un vrai foyer.

— Elle le protège...

Il la revit sur la plage avec le bâton et une détermination telle qu'elle aurait pu le faire reculer de quelques pas.

— Elle lui pardonne toutes ses bêtises.

Il la tenait fermement, les yeux fermés et le cœur grand ouvert, du moins c'était ce qu'il ressentait. Débordant de toutes sortes de sentiments qui ne semblaient pas aussi effrayants qu'avant. Il sécha ensuite ses larmes et l'embrassa de baisers légers, pleins d'espoir, de lumière et d'émerveillement. Parce que, waouh. C'était sa compagne qui était là dans ses bras, et même la vérité ne l'avait pas fait fuir. Au contraire, Hailey acceptait tout comme si c'était normal.

— Tim ! Tim !

Une voix d'enfant les fit se séparer et ils balayèrent en vitesse les dernières larmes.

— Tu as vu mon cerf-volant ? lui demanda Joey alors qu'il passait en sautillant, rouge de bonheur. Tu m'as vu le faire voler ?

— On dirait que tu deviens vraiment bon avec ces, euh...

Tim chercha le mot juste, toutefois entre son hébétement et le fait de ne pas être un dragon, il buta sur son mot pendant une seconde.

— *Courants d'air ascendant.*

Courants d'air chaud, grommela Connor en guidant Joey vers la maison principale. Sans faire de pause, il tourna à peine la tête, laissant à Tim et Hailey leur espace.

Tim tenait la main de cette dernière et regardait son frère partir. Lorsque Connor avait rencontré Jenna, Tim avait eu du mal à saisir pourquoi il avait pris tant de risques stupides pour une femme qu'il connaissait à peine. Mais maintenant, il savait. Putain, il comprenait désormais.

Merci, mec, lança-t-il tout doucement son frère. *Je t'en dois une.*

Appelle-nous si besoin, fit Connor d'un ton désinvolte.

Tim lui répondit par un sourire. C'était exactement comme à l'armée. Pendant leur temps libre, les gars se cherchaient les uns les autres et se plaignaient de choses les plus insignifiantes. Mais quand il s'agissait de s'entraider avec des exploits défiant la mort, ils haussaient simplement les épaules et continuaient comme si cela allait de soi.

Et Tim supposait que c'était le cas. Tout comme son amour pour Hailey. Parfois, les mots n'étaient pas la meilleure façon d'exprimer les choses. Alors, il la serra dans ses bras pendant un long moment, en se disant que ce n'était pas un rêve.

— Donc, qu'est-ce qui se passe maintenant ? demanda-t-elle en lui tenant les mains. Je veux dire, pour tous ceux qui ont la chance de trouver leur compagne ?

La poitrine de Tim se souleva et s'affaissa dans une profonde respiration. Il y avait tellement de choses qu'il voulait lui dire et faire. Par où commencer ?

Pourquoi pas par une morsure ? s'en mêla son ours.

Même s'il aimerait marquer Hailey comme sienne pour toujours, et mieux encore, qu'elle accepte de le marquer en retour, il savait qu'elle avait besoin de temps pour être prête.

— On y va doucement, un pas après l'autre. Au rythme que tu souhaites.

— Et après ça ? demanda-t-elle, en serrant sa main.

Il prit une nouvelle profonde inspiration.

— Si tu es heureuse, alors on rendra ça permanent, dit-il en souriant et essayant d'alléger le moment. Je pourrais me mettre à genoux et te demander en mariage, si tu veux.

Elle lui tapota sur l'épaule en riant.

— Mon Dieu, s'il te plaît, non. Pas de ça.

Il arbora un large sourire.

— OK, eh bien... on trouvera une solution le moment venu. Et d'ici là...

Hailey arqua un sourcil, attendant la suite.

Il désigna le toit en pente d'une main.

— Il se trouve que j'ai une maison à retaper, si tu cherches un projet.

Elle sourit, laissant son regard vagabonder.

— C'est drôle. Il se trouve que j'ai du temps pour ça justement, répliqua-t-elle avant de froncer les sourcils. Après avoir géré les problèmes avec ma mère et mon agent, bien sûr.

Il lui serra les mains.

— Cette maison à retaper ne s'envolera pas.

En fait, c'était plus lui qui avait besoin d'être rafistolé que la maison, cependant tant qu'il pouvait rester avec elle, tout irait bien.

Elle lui adressa un sourire en coin.

— Il s'avère que je ne suis pas trop mal en rénovation de maison, tu sais.

Il se rapprocha un peu plus, car la taquinerie de sa voix donnait à son ours toutes sortes de mauvaises idées.

— Ah, oui ? lui répondit-il en glissant ses mains autour de sa taille.

Elle enroula alors ses bras autour de son cou et se pencha à quelques millimètres de ses lèvres. Elle reprit la parole dans un ronronnement sulfureux.

— Mmm. Vraiment compétente, quand je suis motivée. Et aussi douée pour d'autres choses.

Il glissa ses mains plus bas pour prendre en coupe ses fesses parfaites.

— Quelles sortes de choses ?

Hailey se rapprocha, enroulant une jambe autour de la sienne, et se plaça au niveau de son oreille.

— Des choses intimes. Que je ne peux pas te montrer alors que les voisins pourraient nous voir.

Son ours commença à calculer la distance jusqu'à la porte d'entrée et, plus important, jusqu'au lit.

— On ferait mieux de t'emmener à l'intérieur, alors, dit-il d'une voix basse et rauque.

Elle fit courir ses doigts le long de la ceinture de son jean. À l'intérieur même, lui faisant oublier la douleur avec laquelle il avait commencé la matinée.

— Ce serait bien, chuchota-t-elle. Vraiment bien.

Son ours en gémit presque de désir, et il faillit se saisir de ses lèvres sur le champ. Mais une fois le jeu commencé, il ne s'arrêterait jamais, donc il avait vraiment besoin de la faire entrer. *Pronto.*

La faisant reculer sous une dizaine de baisers, il poussa la porte du pied. Les mains de Hailey étaient déjà enroulées dans ses cheveux, son corps était collé contre le sien, et dès qu'elle fut dedans et plaquée contre le mur, il couvrit sa bouche d'un baiser écrasant. Un qui montrait clairement qu'elle était à lui, même s'il ne pouvait pas encore délivrer la morsure d'union.

Pourtant, son ours gloussa, ne se rebellant pas pour une fois.

Hailey rompit le baiser suffisamment longtemps pour afficher son sourire le plus avide et sensuel.

— Tu sais ce que tu viens de dire ? Au sujet de me mettre à l'intérieur... ?

Il hocha la tête, attendant.

Elle rit et glissa ses mains vers son intimité.

— C'est exactement ce que je pense. Mieux vaut te mettre en moi, je veux dire.

Elle inclina ensuite la tête vers lui.

— Attends une minute. C'est un truc d'ours ?

— Qu'est-ce qui est un truc d'ours ?

— Ça.

Elle le montra, puis se désigna elle-même.

— Ce besoin insatiable. Cette sensation de chatte en chaleur qui va mourir si je ne peux pas te posséder.

Il pouffa, mais dans un grognement bas et affamé qui fit briller encore plus les yeux de Hailey.

— Oui. Je pense que c'est bien ça.

— Tu crois ?

— Je n'ai jamais eu de compagne avant.

Il haussa les épaules, embrassant son cou. Touchant ses flancs, imaginant la chaleur de sa chair nue contre la sienne.

— Moi non plus, chuchota-t-elle en enroulant sa jambe autour de la sienne.

Ses mains glissèrent sous sa chemise, pour l'explorer.

— Tu crois qu'on va trouver comment faire ?

Il lui mordit l'oreille et glissa une main plus haut jusqu'à ce qu'elle touche la chair douce de son sein.

— Je sais que nous y arriverons, ma compagne. Je sais que nous trouverons.

Et ce fut la dernière chose qu'il prononça pendant un long moment, parce que c'était l'un de ces moments où les actions en disaient plus que les mots. Beaucoup plus, en fait. En quelques minutes, ils étaient enlacés l'un dans l'autre sur le lit, gémissant et haletant. Hurlant, presque, parce que le contact était si bon.

— Oui, gémit Hailey quand il s'enfonça en elle la première fois.

Oui, grogna-t-il à chacune de ses poussées torrides.

— Tim...

Quand elle hurla une minute plus tard, sa voix tremblait de besoin.

Quelques instants plus tard encore, ils jouirent tous les deux et il rugit. Hailey enfonça ses ongles dans son dos en criant, et son esprit faillit s'éteindre.

Ma compagne, marmonnait son ours en boucle, savourant son parfum.

— Ma compagne, chuchota-t-il, en la serrant fort.

Chapitre 25

Hailey soupira et se blottit un peu plus contre Tim. Des heures s'étaient écoulées et son corps ronronnait encore de satisfaction, atténuant les niveaux de douleur et d'épuisement qui l'habitait. Elle laissa ses doigts courir sur son torse nu, s'émerveillant du fait qu'un ours se cachait sous cette peau lisse.

Un ours. Pas une bête. Elle comprenait la différence maintenant. Peu importe la forme qu'il prenait, Tim était toujours Tim. Et ces griffes et ces crocs étaient plus réconfortants qu'effrayants maintenant qu'elle savait qu'ils ne serviraient qu'à se défendre.

Elle leva la main, refermant ses doigts lentement. Il lui avait expliqué beaucoup de choses sur les métamorphes au cours des heures paresseuses qui avaient défilé, notamment sur les fameux compagnons. Apparemment, l'union lui donnerait la capacité de se transformer en ours. C'était assez difficile à imaginer ; pas tant effrayant ou repoussant, juste difficile à concevoir. La partie sur l'accouplement, en revanche, celle sur le destin et l'éternité, lui plaisait.

D'une certaine façon, cette histoire de morsure semblait un peu barbare. Et pourtant, l'idée la faisait frissonner d'anticipation et de désir.

— Tu vas bien ? murmura Tim par-dessus son épaule.

Oh, oui. Elle était plus que bien.

Elle se tourna dans ses bras, lui faisant face, et aspira une rapide bouffée d'air. La seule pensée qu'il soit à elle pour toujours lui coupait le souffle.

— Je vais bien. J'ai juste du mal à imaginer que ça puisse devenir encore mieux entre nous.

Tim frotta son menton sur son épaule dans ce mouvement de marquage qu'elle avait déjà appris à aimer.

— Eh bien, tous ceux qui se sont unis disent que la morsure est incroyable. Un peu comme la meilleure partie de jambes en l'air de ta vie, mais multipliée par dix.

Elle s'éventa un peu. La séance de sexe qu'elle venait de vivre était déjà dix fois plus intense que toutes ses expériences passées. Et une morsure d'union était censée la rendre encore meilleure ?

— Tu es sûr que ce n'est pas juste de la vantardise entre mecs ?

Tim rit.

— Tu veux rire ? Les femmes sont bien pires que les hommes. Tu demanderas à Jenna un jour.

— Je lui demanderai peut-être, le taquina-t-elle.

Elle roula ensuite sur le dos et soupira.

— Je pense que je me sentirais coupable d'en demander plus.

— Aucune culpabilité à avoir, lui chuchota-t-il en embrassant son front. Et ne précipitons rien.

Hailey le serra dans ses bras. Ces dernières années, elle avait filé d'un endroit à l'autre, avalé chaque repas à un rythme effréné, et signé des contrats qu'elle n'avait jamais vraiment eu l'occasion de lire. Tout cela n'avait été qu'une course vers le « succès » défini par quelqu'un d'autre. Mais être avec Tim représentait exactement le contraire. Un environnement paisible, serein, sûr.

Elle plongea ses yeux dans les siens, célébrant le fait qu'il était à nouveau à elle.

L'amour. Regarde ce qu'il nous fait faire, gloussa une voix dans les recoins de son esprit.

Tim l'embrassa tendrement, et elle ferma les yeux, plus qu'heureuse de passer une autre heure de bonheur à faire l'amour avec lui. Il marmonna cependant quelque chose et recula, vérifiant la montre qu'il avait laissée à côté du lit.

— Combien de temps avons-nous ? demanda-t-elle.

Il soupira.

— Pas assez.

Hailey se mordit la lèvre. Ils devaient assister à une réunion à la plantation en présence de tous les habitants de Koakea et plusieurs voisins de Koa Point. Elle les avait déjà rencontrés, toutefois c'était avant de savoir qu'ils étaient des métamorphes... et avant de passer une nuit torride dans les bras de Tim.

Elle s'inquiéta à ce propos tout le long du chemin, une fois qu'ils furent douchés et changés.

— Rassure-moi, ils ne vont pas tous savoir qu'on a passé toute la matinée à faire l'amour ?

Il rit et lui baisa la main.

— Crois-moi, ils comprendront. Mais surtout, ils seront heureux de nous voir en vie... et ensemble. Trouver sa compagne prédestinée, c'est très sérieux pour nous. Tu verras.

Pourtant, Hailey faisait tout ce qu'elle pouvait pour ne pas être séparée de plus d'un pas de son ours lorsqu'ils se rapprochèrent du groupe rassemblé sous le porche de la maison de la plantation. Elle n'avait aucune honte d'être avec lui, en revanche était-elle intimidée par les autres ? Bien sûr que oui.

Heureusement, il n'y avait pas de raillerie, pas de jugement. Seulement des sourires et une joie authentique de la part de tous. Les hommes tapèrent Tim dans le dos, assez fort pour le faire grimacer, et les femmes enlacèrent Hailey comme autant de demoiselles d'honneur excitées. Le petit Joey sautillait sur place, bien que ce soit plutôt dû à l'euphorie suscitée par le combat de métamorphes.

— Combien ils étaient ? Ils étaient grands ? Il y avait des dragons ?

Cynthia mit les mains sur les hanches.

— Joey, je te l'ai déjà dit. Se battre, c'est mal.

Les yeux du petit bonhomme restaient néanmoins grands ouverts, son visage rougissant d'excitation.

— Tu les as vraiment combattus tout seul ?

Tim entoura Hailey de son bras.

— Non. Pas tout seul.

Il lança ensuite un regard lourd d'agacement autour de lui.

— Bien sûr, on aurait pu avoir de l'aide si mes frères s'étaient bougé le cul.

Cynthia boucha les oreilles de Joey au mot « cul » alors que les autres se contentèrent de rire.

— Et te laisser rater ta chance de jouer les héros ? dit Dell en souriant. Pas question !

Connor lui donna un coup de coude, redevenant sérieux. Il posa une main sur l'épaule de Joey, calmant instantanément le garçon.

— On ne plaisante pas quand il s'agit de notre territoire et de nos vies. Pas de héros non plus, juste des frères. Et des sœurs. Et nous sommes prêts à tout pour protéger les nôtres. Bien sûr, nous préférons éviter les problèmes.

Connor fit un signe de tête ferme à Cynthia.

— Mais si les problèmes se présentent à nous, tu sais que nous laisserons tout tomber sur le champ et que nous viendrons en courant.

Hailey prit une profonde inspiration tandis que Tim et Connor se regardaient fixement, se jurant silencieusement toutes sortes de choses. Les autres devinrent sérieux aussi, et un courant sous-jacent de puissance brute inonda l'atmosphère. Une détermination sinistre digne d'un corps de soldats d'élite qui serait prêt à se battre jusqu'à la mort. C'était exactement ce que Tim et ses frères avaient été, cependant Hailey sentait que cela s'étendait à Cynthia, Jenna et Joey. Comme s'ils étaient tous membres du même escadron, ou de la famille de guerriers la plus féroce qui soit.

En un sens, c'était effrayant, car elle avait fait l'expérience des dangers du monde des métamorphes. En même temps, c'était réconfortant de savoir qu'elle n'avait pas à faire face seule à ces menaces.

— Bref, tout est bien qui finit bien, annonça Dell. Je meurs de faim. Et vous deux devez être absolument affamés après tous ces... combats et tout.

Il fit un clin d'œil.

Hailey s'éclaircit la gorge et lui lança un regard plein de sous-entendus audacieux, avant que Tim ne fasse quelque chose du genre à montrer les dents. Elle avait beau être la petite nouvelle du coin, même si oui, elle était vraiment affamée après une matinée de sexe presque non-stop, un type comme Dell continuerait à les taquiner s'ils ne lui fixaient pas les limites dès le début.

— Je mangerais bien un morceau, plaisanta-t-elle avec un clin d'œil à Tim.

Il écarquilla les yeux, et elle rougit un peu. Elle s'était surprise à faire des insinuations, toutefois plus elle passait de temps avec Tim et sa famille, plus elle se sentait à l'aise avec l'idée des métamorphes, des compagnons destinés à s'unir, et même des morsures.

Le petit hochement de tête de Dell lui indiqua qu'elle avait réussi le test. Jenna sourit et lui fit un signe du pouce, plus un clin d'œil coquin qui lui promit de partager toutes sortes de détails croustillants quand elles en auraient l'occasion. Connor lança un regard sournois à Tim, et Chase... eh bien, le pauvre bougre recula, plus timide que jamais.

« Chase a grandi dans la nature », lui avait dit Tim plus tôt. « Il n'a connu que les loups, alors il est toujours un peu... maladroit avec les gens. »

Hailey aurait pu ricaner à ce moment-là, parce que le mot « maladroit » ne correspondait pas du tout à ce grand soldat musclé. Pourtant, il passait plus de temps à regarder le sol qu'à regarder les gens dans les yeux, et la nervosité dans sa démarche était constante.

« Peut-être qu'un jour il trouvera sa compagne aussi », avait murmuré Tim distraitement.

Hailey regarda autour d'elle. Connor et Jenna resplendissaient tous deux de la même satisfaction qu'elle. Hunter et Dawn aussi. Cynthia avait l'air un peu coincée, cependant chaque fois qu'elle se tournait vers Joey, elle rayonnait de joie. Dell, en revanche, vivait son célibat avec décontraction, et Chase avait clairement la solitude qui coulait dans le sang. Malgré tout, même Tim avait admis qu'il n'avait jamais rien compris au principe de compagnes et compagnons avant de la rencontrer, alors peut-être qu'un jour...

Cynthia désigna la table, et en un rien de temps, tout le monde fut assis, discutant et dévorant la nourriture disposée tel un festin. C'était comme assister au dîner de Thanksgiving d'une grande famille accueillante, et Hailey se mit un peu en retrait pour observer leurs gestes et leurs paroles. Elle avait grandi en étant enfant unique, et étudier les autres en révélait beaucoup sur chaque personne. Certains étaient drôles, d'autres plus sérieux, et chacun interagissait avec les autres d'une manière légèrement différente.

— Je t'avais dit que les métamorphes n'étaient pas si différents des gens, chuchota Tim entre deux bouchées.

Elle réfléchit un moment avant de répondre. Pas si différents, mais différents par petites touches. Ils étaient certainement plus intenses que la plupart des gens qu'elle connaissait, mais elle supposait que cela pouvait s'appliquer à n'importe quel groupe de soldats soudés. Chacun contrôlait ses émotions, cependant l'amour et la dévotion mutuels étaient parfaitement clairs. En bref, une communauté de la meilleure espèce.

Cynthia dut remarquer qu'Hailey caressait sa perle, car ses yeux sombres et intenses s'arrêtèrent sur son cou à plusieurs reprises au cours du repas. Elle avait tout un collier de perles elle-même : grosses, parfaites, rondes, avec une touche de bleu. Elle jouait avec distraitement, le regard perdu dans le lointain. Quand tout le monde eût mangé à sa faim, elle dévisagea Connor. Il hocha la tête et elle tapa du poing sur la table. La conversation s'éteignit et l'ambiance devint sérieuse.

— Bon, commença Cynthia avec gravité. Un ennemi vaincu. Mais un mystère demeure.

Ses yeux se posèrent sur la perle de Hailey, et elle attendit.

Hailey n'était pas tout à fait sûre de ce qu'elle devait faire, toutefois lorsque Tim lui donna un coup de coude, elle retira son collier et le tendit à la vue de tous.

— Tu veux dire ça ?

Cynthia fit signe que oui.

— Une perle. Mais pas n'importe laquelle, de ce que j'ai compris. Qu'est-ce que tu sais à son propos ?

Hailey secoua la tête.

— Pas grand-chose. Mon grand-père me l'a donnée. Elle appartenait à mon arrière-grand-mère...

— Et tu as senti sa force pendant le combat ? demanda Cynthia.

Hailey hocha la tête, mais ce fut Dell qui parla le premier.

— Putain, je pouvais sentir sa puissance à plus de dix mètres. Comme on a tous senti celle de Jenna le jour du combat contre le dragon des mers.

Un dragon des mers ? Hailey était bouche bée. Cette histoire, elle ne l'avait pas encore entendue.

Tout le monde la regardait avec impatience, alors elle fit de son mieux pour expliquer.

— Mon grand-père m'a dit qu'elle était spéciale, mais je n'ai jamais pensé qu'il voulait dire...

Magique semblait un peu fort, mais *unique* était un euphémisme.

Elle eut du mal à trouver un mot.

— Puissante ? ajouta Tim.

Elle inclina la tête.

— En quelque sorte. Mais j'ai ressenti plus comme... comme de la chaleur. De l'énergie.

Elle se mordit les lèvres. Comment décrire la sensation d'être alimentée par une batterie de mille volts ?

— Tu avais déjà ressenti ça auparavant ? demanda Cynthia.

Elle hocha lentement la tête.

— Elle s'est réchauffée de nombreuses fois, mais jamais comme lors du combat. Je ne l'ai ressentie que quand j'étais seule.

Elle déglutit, essayant de surmonter son sentiment que ceci était trop intime pour être partagé. Ces gens étaient ses amis, et elle pouvait leur faire confiance.

— Quand j'étais seule... elle se réchauffait.

Cela devait sembler fou, mais tout le monde était suspendu à ses lèvres.

— Mon grand-père avait l'habitude d'inventer plein d'histoires à son sujet... du moins, c'est ce que je pensais à l'époque. Il disait que la perle contenait un réservoir d'amour, que c'était une rivière entière qu'elle pourrait un jour libérer, et que si j'avais vraiment de la chance...

Elle regarda Tim puis déglutit alors que toutes ses émotions remontaient en elle. La première fois qu'elle l'avait rencontré, le collier lui avait semblé chaud. Est-ce que c'était la perle qui lui avait dit qu'elle pouvait lui faire confiance ? Et toutes ces fois avec Jonathan... la perle avait semblé la transpercer, la garder sur le qui-vive. La mettant en garde?

Elle le fixa alors qu'elle se réchauffait dans sa main.

Une rivière d'amour.

Elle se souvenait des paroles de son grand-père.

Et un jour, cette rivière te trouvera aussi.

La lumière du soleil scintilla sur la perle et elle jura avoir entendu un léger gloussement dans les profondeurs de son esprit.

Je t'ai trouvée.

Elle la regarda de plus près. Sa mère avait toujours dit qu'elle était trop irrégulière pour avoir de la valeur, mais de toute évidence, elle avait tort.

— Quoi? fit Tim devant son rire amer.

— Ma mère m'a dit qu'elle ne valait rien.

Jenna soupira.

— Elle ne vaut rien, mon cul.

Cynthia grimaça et couvrit son collier de perles comme elle avait couvert les oreilles de Joey.

Hailey reprit son souffle.

— Cela pourrait expliquer pourquoi elle n'a jamais vécu d'histoire d'amour comme celle de mes grands-parents.

Elle observa Tim, encore une fois impressionnée.

L'histoire d'amour que toi et moi avons, faillit-elle dire.

Ses yeux brillaient, et les coins de sa bouche se recourbaient en un petit sourire.

— Ça recommence, soupira Dell. Ne regarde pas, Joey.

Joey fronça les sourcils.

— Tu ne vas pas l'embrasser, hein? Beurk.

Tim sourit.

— Désolé, mon pote. Je vais essayer de me contrôler, mais de temps en temps...

Dell leva les yeux au ciel et regarda Joey.

— Tu l'as dit, mec. Beurk.

Cynthia les ignora tous.

— Où ton grand-père a-t-il eu cette perle?

Hailey plissa le front.

— Mon arrière-grand-mère venait d'Hawaï. Elle a rencontré mon arrière-grand-père quand il était stationné à Pearl Harbor, pendant la Seconde Guerre mondiale. C'était un cadeau de sa famille...

Elle s'interrompit et fixa la mer scintillante.

— Pendant le combat, j'ai vu des choses. Des lieux. Des gens.

Elle secoua la tête et reprit.

— C'était comme si la perle se souvenait de choses, et que je pouvais les voir aussi. Des choses d'il y a longtemps... des siècles, je crois.

Cynthia se rapprocha.

— Qu'as-tu vu exactement ?

Elle pointa du doigt les pics escarpés de West Maui qui s'élevaient derrière eux.

— Des montagnes. Des chutes d'eau. Des vagues déferlantes.

Elle cligna des yeux et regarda autour d'elle.

— Comme ici, ou peut-être à Oahu. Où que ce soit, c'était une autre époque. J'ai vu une femme et un homme, tous deux habillés comme dans les temps anciens. Avant l'arrivée du capitaine Cook. Des jupes végétales, ce genre de choses.

— Oui ! s'exclama Jenna en bondissant presque sur sa chaise. C'était Nanalani !

Na-na-quoi ? voulait dire Hailey.

Cynthia hocha lentement la tête et murmura :

— Une perle de désir...

Puis elle secoua la tête et se précipita dans la maison. Une minute plus tard, elle revint avec un épais livre relié de cuir. Dès qu'elle ouvrit le volume, l'odeur sèche et poussiéreuse du temps flotta dans l'air. Il avait l'air aussi ancien qu'une bible, et à en juger par le soin avec lequel Cynthia le manipulait, son importance s'en rapprochait.

— Tiens.

Elle retourna l'ouvrage et Jenna se pencha dessus.

— Waouh. Elle ressemble exactement à celle-là.

Hailey se leva pour vérifier, suivant le doigt tendu de Jenna. Le bas de la page était rempli d'une illustration d'île tropicale, avec une chute d'eau, des montagnes escarpées et un banc de sable doré. Une femme se dressait dans l'océan jusqu'à la taille, sans s'inquiéter le moins du monde de l'aileron de requin qui l'encerclait. Au lieu de cela, elle se concentrait sur les sphères pâles contenues dans les coquillages qu'elle tenait.

Hailey était surprise.

— Ce sont des perles ?

Cynthia acquiesça, et Joey se glissa sur ses genoux pour regarder.

— Je peux les compter. Tu vois ? Une, deux, trois, quatre, cinq. Cinq, Maman.

Elle le prit dans ses bras.

— Bon travail, mon chéri.

Dell félicita le garçon, mais les yeux de Hailey restèrent figés sur la page. Les perles étaient de toutes les formes et de toutes les tailles, et celle qui était la plus proche de l'auriculaire de Jenna ressemblait à la sienne : une forme irrégulière et oblongue avec une touche de rose.

— Les perles du désir ? murmura-t-elle en lisant l'écriture tourbillonnante.

Jenna prit le livre de Cynthia et posa son doigt sur un endroit du texte. De toute évidence, elle avait déjà lu le livre.

— C'est l'histoire de Nanalani, la fille du roi requin.

Les yeux de Hailey s'agrandirent. Des métamorphes de requins ?

— C'est une légende hawaïenne, expliqua Connor.

— Pas seulement une légende, le corrigea Jenna qui commençait à lire. *Nanalani, la fille de Kamohoalii, le roi requin. Elle ne pouvait aimer que de loin, par crainte de voir ressortir son côté requin. Elle était terrifiée à l'idée de semer la mort et la destruction parmi ses amis, comme son frère lorsqu'il avait pris forme humaine. Ainsi, Nanalani vécut recluse dans une grotte pendant des années. Enfin, dans sa solitude et sa tristesse, elle invoqua l'esprit de la mer...* Jenna lut plus vite, et tout le monde se pencha.

— *Et jeta un sort à ses perles : les perles du désir. Ses trésors lui permettaient de prendre forme humaine en toute sécurité et d'aimer un homme qu'elle avait admiré de loin. Au fil des années, Nanalani eut de nombreux amants, mais elle ne trouva jamais son compagnon.* Jenna leva les yeux vers Hailey.

— C'est parti. Attends d'entendre ça.

Elle sourit et continua de lire.

— *Avec le temps, elle vit ses amants mourir. Nanalani rendit alors ses perles à l'océan, une à une. « Je suis désormais seule à nouveau », soupira-t-elle à l'intention du dieu de la mer. « Je vous confie mes perles, non pas pour que vous les utilisiez, mais pour que vous les gardiez pour d'autres amants qui en seraient dignes et qui pourraient, un jour, avoir besoin de leurs pouvoirs magiques. »*

Jenna leva les yeux.

— C'est toi.

Hailey cligna des paupières.

— Moi ?

— Oui.

Les yeux de Jenna brillaient.

— Toi. Un amour digne ayant besoin du pouvoir de la perle.

Hailey se tourna vers Tim. Ses joues brûlaient, et Jenna sortit alors un collier, ce qui l'interloqua.

— Voici la mienne.

Hailey la fixa du regard.

Tim retourna le livre.

— Celui-là ressemble vraiment à celui de Hailey…

Elle passa une main sur sa poitrine où la perle reposait habituellement. Pendant toutes ces années, elle avait porté une perle aux pouvoirs mystérieux ?

— Mais les perles de Jenna et Hailey sont différentes, fit remarquer Joey.

Certes, elles étaient totalement différentes. Cynthia se contenta de hausser les épaules.

— Les perles se forment dans les huîtres. Tu te souviens du livre qu'on a lu ? Elles sortent toutes différentes.

— Comme les bébés ? demanda Joey.

Cynthia éclata d'un grand rire et passa ses doigts dans les fins cheveux roux de son fils.

— Toutes différentes, comme les bébés.

— Je croyais que les perles étaient rondes, dit Dell.

Elle secoua la tête.

— Pas toutes. Certaines sortent comme ça. Ça s'appelle une perle baroque.

Hailey sourit.

— Mon grand-père répliquait toujours qu'elle était parfaite dans ses imperfections.

Il avait dit ça pour elle aussi, la faisant se sentir mieux à propos de ses taches de rousseur et de tout ce qui l'obsédait quand elle était enfant.

— Et rose signifie... ? demanda Jenna.

— Le rose dans une perle symbolise la gloire, le succès et la bonne fortune, dit Cynthia.

Dell gloussa.

— Ça colle.

Hailey fronça les sourcils.

— La célébrité ? Je pourrais m'en passer, crois-moi. Quant au succès et à la chance, j'ai l'impression de ne les avoir trouvés que maintenant.

Elle se lova contre Tim.

— Il ne faut pas forcément le prendre au pied de la lettre, fit remarquer Jenna. Comme la mienne... La richesse et la prospérité peuvent signifier beaucoup de choses.

Elle passa son bras autour de celui de Connor, et ses yeux brillèrent d'amour.

Hailey y réfléchit. La gloire et le succès ne s'appliquaient pas à tous les membres de sa famille, mais la bonne fortune... Elle repensa à toutes les fois où son grand-père avait parlé de sa grand-mère comme si elle avait été encore là. La façon dont il s'était souvenu du lien spécial que ses propres parents avaient autrefois partagé.

Ses yeux s'arrêtèrent sur ceux de Tim, qui sourit.

— La bonne fortune. J'aime cette partie.

Elle aussi.

— Les tiennes sont-elles aussi spéciales ? demande-t-elle à Cynthia.

Un collier de perles aussi parfait ne pouvait que surpasser le sien.

Cynthia esquissa un mince sourire et toucha son collier.

— Hélas, non. C'est juste un joli bijou. Un cadeau de ma mère.

Son sourire devint doux-amer jusqu'à ce qu'elle observe tout autour d'elle avec inquiétude, comme si elle avait révélé un détail de trop.

Connor, Tim et les autres hommes échangèrent des regards étranges, et Hailey prit note qu'elle devait demander à Tim ce qu'il se passait. Il y avait certainement une aura de mystère autour de Cynthia.

Mais elle n'avait pas l'air de vouloir partager autre chose, alors Hailey pointa du doigt l'illustration.

— Et si les perles avaient du pouvoir ?

Jenna inclina la tête vers le livre.

— Ce n'est pas précisé, mais il semble que les perles, du moins les véritables perles du désir, confèrent leur pouvoir à celui ou celle qui les porte. Mais seulement parfois. Comme la mienne quand j'en ai eu le plus besoin.

— Tu dois l'avoir en toi, malgré tout, lui fit remarquer Connor.

— Avoir quoi ? demanda Hailey.

Tim lui tapota fermement la main.

— Du courage. De la détermination. La capacité de distinguer le bien du mal.

Elle inspira lentement. Il parlait vraiment d'elle ?

Jenna hocha la tête, très pragmatique.

— La perle amplifie ce que tu possèdes déjà.

Hailey se retourna vers le livre, espérant en apprendre davantage.

— *C'est ainsi que les perles du désir, une pour chacun des désirs connus de l'humanité, furent perdues. La légende veut cependant qu'elles soient endormies sous la surface de l'océan, attendant d'être réveillées pour inspirer à nouveau de grands actes d'amour.*

Elle s'appuya sur le dossier de sa chaise.

— Chaque type de désir ?

Dell haussa les épaules.

— Tu sais. L'amour, la luxure, la passion. Tout ça.

— L'avidité, ajouta Connor en se renfrognant.

— L'engagement.

Jenna prit sa main.

— Le désir, chuchota Tim.

Il inclina la tête vers Chase, qui regardait au loin en silence.

— La passion éternelle, chuchota Cynthia d'une voix empreinte de tristesse et de regret.

Hailey les regarda chacun d'entre eux, essayant de les comprendre.

— Donc, nous sommes tous d'accord, lança Dell en tapant tout à coup dans les mains. Je peux apporter le dessert ?

Hailey rit, tout comme Tim, néanmoins l'expression de Cynthia demeurait pincée, et la façon dont ses yeux regardaient partout suggérait un danger imminent.

— Pas encore, dit-elle d'une voix soigneusement neutre. Ce n'est pas tout.

Chapitre 26

Le cœur de Hailey battait la chamade alors qu'elle attendait la suite. Pourquoi Cynthia avait-elle un air si sinistre ?

— Tu peux désirer beaucoup de choses, fit remarquer Jenna.

— Oui, comme le dessert, répliqua Dell en soupirant.

Cynthia l'ignora et regarda Hailey avec impatience.

Son esprit tournait à mille à l'heure. Quelles autres sortes de désirs existait-il ? Elle fit la moue en imaginant Jonathan et Lamar.

— La richesse. Le pouvoir. Comme Connor l'a dit... l'avidité.

— Exactement, dit Cynthia. Même si ça dépend du porteur. Une perle qui éveille la passion chez une personne peut faire ressortir la cupidité chez une autre.

Hailey s'agitait sur sa chaise, de plus en plus mal à l'aise.

Cynthia inspira profondément puis se pencha sur son fils.

— Joey, mon chéri. Tu crois que tu peux aller à l'étage et me faire un dessin comme celui-ci ?

Elle désigna le gros livre sur la table.

Joey, tout content, partit en courant. Cynthia attendit qu'il soit hors de portée, puis se pencha et parla à voix basse.

— Une perle s'éveille.

Elle montra celle de Jenna, puis celle de Hailey.

— Peu après, une autre apparaît, et le destin amène son porteur ici...

Tim se hérissa.

— Rien de mal à ça.

Cynthia secoua la tête vivement.

— Bien sûr que non. Pas en soi. Mais il y a trois autres perles, en désignant le livre. Quand se réveilleront-elles, et qui d'autre pourraient-elles amener dans notre coin tranquille du monde ?

Hailey frissonna malgré la brise chaude de l'après-midi.

— L'avidité. Le pouvoir. La richesse.

Cynthia fit défiler chaque mot sur ses doigts, puis s'arrêta et regarda autour d'elle.

— Moira, compléta Connor.

Hailey fronça les sourcils. Son esprit était tellement submergé qu'elle n'arriva pas à remettre ce nom sur un visage pendant un moment, bien qu'elle soit sûre de le connaître. Elle ferma les yeux, réfléchissant, tandis que Connor continuait.

— Nous n'avons aucune info...

— Merde, coupa Tim en se frappant le front. Lamar l'a mentionnée. Quelque chose à propos d'une prime.

Le visage de Cynthia devint rouge écarlate, tandis que ses doigts blanchirent en s'agrippant à la table.

— Qu'a-t-il dit exactement ?

Tim fronça les sourcils.

— Il a dit : « On va avoir la prime que Moira a offerte en plus du champ de pétrole ».

— Quelle prime ? grogna Connor.

— Aucune idée.

— Moira ? s'empressa de demander Hailey quand elle comprit enfin. Moira LeGrange ?

Tout le monde la fixa, et même Chase, qui faisait tranquillement les cent pas, se figea instantanément.

— Tu la connais ? demanda Connor.

Hailey fit une grimace.

— Je la connais. C'est la propriétaire de la ligne de parfum *Elements*, non ?

Jenna acquiesça.

— Celle pour laquelle ma sœur a posé.

Hailey tordit sa serviette sur ses genoux, essayant de relier les éléments dans son esprit.

— Ils voulaient que je fasse une de leurs séances de photos, mais j'étais déjà sous contrat avec un concurrent.

— *Boundless*, dit Jenna immédiatement. La campagne qui a si bien marché.

Connor se tendit.

— Peut-être qu'elle a trop bien marché. Si Moira a mis une prime sur la tête de Hailey...

Cette dernière devint toute blanche. Jonathan et Lamar avaient été après elle... Moira LeGrange était-elle aussi impliquée ? Mais pourquoi ? Comment ?

Connor rumina la question un moment.

— Je ne sais pas. Dis-nous en plus.

Elle fixait une tache sur sa serviette tandis qu'une tornade de pensées se mêlait dans son esprit.

— Je sais qu'elle n'était pas contente que je refuse l'offre.

Elle tapota la table avec ses ongles, essayant de se souvenir de ce qu'elle avait entendu.

— Apparemment, elle était si furieuse que *Boundless* fasse mieux qu'elle a racheté toute la société.

— Alors, pourquoi aurait-elle mis une prime sur toi ? Cette campagne est terminée depuis un moment, non ? lui demanda Jenna.

Dell, qui avait suivi la conversation avec incrédulité, se redressa soudain.

— Putain de merde !

— Quoi ? demandèrent Tim et Connor en même temps.

Il fit de grands gestes.

— Quelle meilleure façon de tirer profit d'une ancienne campagne que de créer une nouvelle vague de publicité ?

— Comment ? demanda Hailey.

— En éliminant le modèle, conclut-il.

Hailey recula, Tim grogna, mais Dell continua.

— Réfléchissez-y. Tuer Hailey offre deux choses à Moira. D'abord, elle se venge de la femme qui a osé la rejeter. Ensuite, *Boundless* gagne forcément en notoriété grâce à la publicité.

— C'est ridicule, dit Jenna. Qui achèterait du parfum parce que le mannequin a été assassiné ?

— Pas parce que, pas directement. Mais *Boundless* serait dans tous les journaux. C'est de la publicité gratuite. Croyez-moi, toute publicité est bonne à prendre, même mauvaise. Non pas que j'ai déjà entendu parler de quelqu'un qui aurait eu recours au meurtre pour...

— Moira le ferait.

Cynthia s'était étranglée avec ce nom comme avec une arête de poisson.

Si Hailey n'avait pas été avec Tim, elle aurait tremblé comme une feuille.

— Moira est-elle une métamorphe ?

Cynthia fit un signe de tête sinistre, cependant ce fut Jenna qui répliqua :

— Oui, c'est une dragonne.

Hailey se couvrit le visage de ses mains. Elle avait réussi à attirer la colère d'un dragon ?

— Écoute, reprit rapidement Cynthia, en essayant de la rassurer. Moira a ciblé beaucoup de gens par le passé.

Sa voix tremblait, et Hailey se demanda quel être cher à Cynthia avait été blessé par Moira.

— Mais elle est instable, comme le pire des dragons, poursuivit-elle. Je ne crains pas qu'elle s'en prenne à nouveau à toi, pas maintenant qu'elle a vu ce dont tu es capable. Mais elle ne tardera pas à avoir vent des perles et de leur pouvoir. C'est plutôt ça qui m'inquiète.

— On a éliminé tous les hommes de Lamar, souligna Dell.

Connor et Cynthia échangèrent des regards dubitatifs, et celle-ci répondit.

— C'est bien possible, mais c'est difficile à dire. Je pouvais sentir le pouvoir de la perle depuis l'autre côté de l'île, même si je n'arrivais pas à savoir exactement ce que c'était. Tôt ou tard, Moira va forcément entendre parler d'elles... ou les sentir.

Connor observa le livre d'un air renfrogné.

— Nous avons eu de la chance que les deux perles soient venues à nous en premier. Mais si une autre se réveille et que Moira la trouve d'abord...

Hailey se sentit mal à l'aise en pensant à toutes les façons dont un dragon puissant et corrompu pouvait abuser de l'incroyable pouvoir qu'elle avait senti couler dans ses veines.

Et si Moira avait une définition du désir aussi tordue que celle de Jonathan...

— Les répercussions pourraient être désastreuses, murmura Tim, lisant dans ses pensées.

— Attendez, demanda doucement Hunter. Pourquoi aujourd'hui ? Les perles ont été perdues pendant des générations. Pourquoi referaient-elles surface maintenant ?

Tout le monde se gratta la tête, toutefois Cynthia désigna Jenna, qui semblait confuse.

— Quoi ? demanda cette dernière.

— Je pense que ça pourrait être toi, dit-elle avec précaution.

— Oh, une minute !

Connor devint rouge de colère et Jenna posa une main sur son bras pour le calmer.

— Une seconde. Qu'est-ce que tu veux dire, Cynthia ?

Cette dernière pinça les lèvres.

— Je ne te blâme pas. Pas le moins du monde. Mais il se pourrait que ton sang de sirène...

Sirène ? se dit Hailey, hébétée.

— Les ait déclenchés. Au moins, il pourrait avoir appelé la première. Et maintenant que celle-ci est sortie de son sommeil, elle pourrait appeler les autres.

Une minute de silence s'écoula, et personne ne dit un mot jusqu'à ce que Dell prenne la parole.

— Alors, que fait-on ? On traque les autres ? On va chercher Moira ?

Cynthia secoua immédiatement la tête.

— On ne peut pas vaincre Moira sur son propre terrain.

Elle parlait comme si elle en avait fait l'amère expérience, ce qui amena Hailey à se demander ce qui s'était passé.

Connor fronça les sourcils.

— Moira n'a peut-être pas encore eu vent des perles. Nous ferions mieux de voir. D'attendre. En espérant qu'on trouve la prochaine en premier.

Puis il soupira, prenant la main de Jenna.

— Enfin si une autre se présente. On ne sait jamais.

Hailey referma sa main autour de la sienne et la serra contre sa poitrine.

— C'est difficile à dire, admit Cynthia, mais il est possible que ces deux-là remuent encore plus le pouvoir qui les alimente, et cela pourrait réveiller les autres.

Jenna regarda autour d'elle, horrifiée.

— Je suis vraiment désolée. Je n'aurais jamais pensé...

Cynthia secoua immédiatement la tête.

— Tu n'as pas à être désolée. C'est le destin, pas toi. Nous devons juste être prudents.

Connor prit la main de Jenna et la caressa, puis regarda autour de lui pour rassurer les autres.

— Écoutez, il n'y a pas de raison d'être paranoïaques, juste prudents. Donc, continuons à faire ce que nous sommes venus faire ici. Travailler. Vivre. Construire une vie meilleure, dit-il à sa compagne en lui souriant.

Hailey serra la main de Tim, pensant à l'entreprise de BTP qu'il était en train de lancer lorsqu'elle s'en était mêlée. Dès qu'elle le pourrait, elle s'y consacrerait aussi, l'aidant comme il l'avait aidée.

— Je suis d'accord, dit Cynthia. Nous devons regarder devant nous, pas derrière. Mais gardons les yeux ouverts.

— À vos ordres, capitaine, dit Dell.

— Merde, marmonna Hailey juste au moment où tout le monde s'illuminait à nouveau.

— Oups. Je suis désolée. Je viens de me souvenir de ma mère. Mon agent.

Elle baissa la tête. Tous les obstacles qu'elle allait devoir encore surmonter avant de pouvoir se lancer dans le genre de vie que Connor lui avait décrit lui firent peur.

Dell éclata de rire.

— Tu as affronté tous ces métamorphes armée de quoi ? Un bâton ? Ce ne peut pas être pire.

Hailey esquissa un mince sourire.

— Tu ne connais pas ma mère.

Tim serra ses doigts dans les siens et les embrassa, lui promettant qu'elle aurait un grand méchant ours à ses côtés le moment venu.

— Au moins, tu n'auras pas à t'inquiéter de Jonathan et Lamar, fit remarquer Connor.

Hailey déglutit, mais Tim lui toucha l'épaule.

— Ce qu'ils ont fait est de leur propre faute, pas de la tienne.

— Je sais, mais c'est quand même triste. Et si quelqu'un remonte jusqu'à nous ? demanda-t-elle.

— Personne ne peut les relier à nous, répondit Dell avec un rire caustique. Connor et moi nous en sommes occupés.

Cynthia leva un sourcil.

— Et est-ce que je peux en connaître les détails ?

Connor secoua fermement la tête et attrapa un journal.

— Disons simplement que Jonathan et Lamar ont volé en jet privé pour la toute dernière fois. Leur hélicoptère et tous ses occupants sont morts durant un crash dans les profondeurs du canal Kaiwi. Aucun témoin.

Il leur montra le périodique, et Hailey lut le titre.

— « Un magnat du pétrole périt dans un crash d'hélicoptère » ? s'étonna Cynthia.

Hailey fixa son regard. Comment Connor pouvait-il faire passer le carnage du combat de métamorphes pour un accident d'hélicoptère ? Soudain, elle comprit. C'était un dragon. Il n'aurait pas été difficile de prendre l'hélicoptère de Jonathan, de se débarrasser des preuves macabres au large, puis de rentrer chez lui par ses propres moyens.

Elle aurait dû être en colère contre Jonathan pour avoir causé tant de souffrances inutiles, cependant elle ne ressentait que de la peine. Pour lui, et pour sa famille. S'il n'était pas venu la chercher à Maui ou n'avait pas fait confiance à Lamar, il serait peut-être encore en vie. Vivant et libre de faire des avances à une autre femme qu'il aurait jugée apte à devenir la future Mme Jonathan Owen-Clarke.

Pourtant, elle gémissait.

— Mon Dieu, la presse va s'emparer de tout ça. Je regrette tellement de vous avoir impliqués dans cette histoire.

Tim secoua la tête fermement.

— Pour ma part, je ne suis pas désolé.

— Moi non plus, ajouta Connor. Que l'on sache que les métamorphes de Koa Point viennent de mettre en place la meilleure force de sécurité du monde. Nous. Que quiconque ose s'approcher de nous à nouveau et il verra !

Ses mots étaient pleins de force et de conviction, et Hailey se redressa sur sa chaise.

— En plus, le timing joue en notre faveur, commenta Dell.

Tim arqua un sourcil épais.

— En notre faveur ? Comment ça ?

Dell sourit en montrant la dernière page du journal.

— Vous parlez d'un simple accident d'hélicoptère. Ce que vous avez là, c'est un scandale juteux de tromperie parmi les célébrités. Tu sais, la nana bruyante de la télé-réalité ?

— Elles sont toutes bruyantes, marmonna Chase.

Dell continua sans hésiter.

— Tu te souviens qu'une star de la NFL l'a demandée en mariage à la mi-temps du Super Bowl ? On dirait bien qu'il vient de se faire surprendre dans un jacuzzi avec...

Dell tapa du doigt sur la photo floue.

— Une... deux... trois pom-pom girls, et aucune n'est habillée. La presse va s'intéresser à ça plutôt qu'à deux vieux chiants comme vous.

— Deux vieux chiants ?

Tim était furieux.

Hailey s'esclaffa.

— Nous deux, chiants et vieux !

— Maman, c'est quoi un jacuzzi ? demanda Joey, sortant de nulle part pour apparaître aux côtés de sa mère.

Cynthia rosit de gêne.

— Ne t'occupe pas de ça, mon chéri. Qu'est-ce que tu as là ?

Elle applaudit et montra son dessin.

— Waouh. Regardez-moi ça !

— Waouh, dit Hailey, et pas seulement pour complimenter Joey.

Pour un dessin d'enfant, c'était vraiment bien.

— Tu as reproduit la cascade, les montagnes, tout. Tu as fait tout ça de mémoire ?

Joey rayonnait, hochant la tête à mille à l'heure.

— Voyons voir, dit Dell.

Joey s'approcha et se glissa sur ses genoux.

— Waouh, Cynth !

Elle soupira.

— Cynthia.

— On a là un putain d'artiste, continua-t-il en l'ignorant.

— Surveille ton langage, s'il te plaît, l'avertit-elle.

Dell regarda Joey.

— Elle veut que je le dise en espagnol ?

Joey ricana.

— Elle parle déjà espagnol. Et français. Et latin. Et gaulois.

Cynthia cacha une grimace.

— Le gallois, mon chéri.

Dell fit un signe de la main.

— Peu importe. Regardez ça, les mecs.

Il montra une nouvelle fois le dessin.

— C'est incroyable. Tellement incroyable que je pense que ce brillant artiste vient de gagner son prochain tour de Star Wars.

— Star Wars ? se récria Cynthia, effarée.

Tim rit et chuchota à Hailey :

— Elle essaie de faire grandir Joey, et Dell est déterminé à le laisser rester un enfant.

Ce dernier se leva et se pencha, désignant son dos.

— Monte sur ton X-wing, jeune Jedi, et prépare-toi au décollage.

Joey poussa un cri de joie et sauta sur le dos de Dell tandis que sa mère s'accrochait à ses perles.

— Au décollage ?!

Dell se mit à courir vers les escaliers à toute allure en criant :

— Ne vous inquiétez pas ! La Force est avec nous ! Du moins, la plupart du temps.

Le dernier mot faillit être coupé lorsqu'il s'élança de l'escalier supérieur, et même Hailey se tint à la table en les voyant s'élancer dans les airs. Mais Dell atterrit aussi doucement qu'un chat et courut avec Joey qui criait de joie dans son dos.

— La Force est avec nous !

Cynthia s'affaissa dans son fauteuil.

— Je ne suis pas sûre que la Force soit avec moi.

Hailey se nota de ne jamais demander à Dell de faire du baby-sitting si Tim et elle avaient un jour des enfants. Soudain, elle se reprit et étouffa un rire. Peut-être qu'il ne lui faudrait pas longtemps pour s'habituer au monde des métamorphes, après tout.

— Oh, détends-toi, Cynth, plaisanta Connor, en imitant au mieux la voix traînante de Dell. Les lions sont comme des chats, et les chats retombent toujours sur leurs pattes.

— Cynthia, renifla-t-elle, en prenant le dessin.

Petit à petit, son sourire réapparut.

— Il est beau, n'est-ce pas ?

— Il mérite une place sur le frigo, c'est sûr, commenta Jenna.

Cynthia se leva, et lentement, Hailey sentit que la partie officielle de la réunion se terminait. Elle renfila son collier et Connor aida Jenna à remettre le sien. Chase se dirigea vers la cuisine et Dawn débarrassa les assiettes.

Hailey se leva pour l'aider, cependant Dawn l'en empêcha.

— On s'en occupe.

— Mais...

Jenna se leva pour l'aider.

— Oui. On s'en occupe.

Tim prit la main de Hailey et l'attira vers les escaliers.

— Tu vois ? Elles ont dit qu'ils s'en occupaient. Et je suis sûr que Connor meurt d'envie d'aider.

— Je meurs d'envie de quoi ? répliqua ce dernier.

— Mais si...

Tim glissa alors son bras autour de Hailey alors qu'ils s'éloignaient.

Dès que leurs flancs se touchèrent, la chaleur parcourut ses veines, et une tout autre sorte de faim l'envahit. Quand Hailey posa les doigts sur sa perle, elle la trouva brûlante et fut sûre d'entendre un ricanement coquin dans les profondeurs de son esprit. Était-ce le fantôme de Nanalani, heureuse de voir ses perles à nouveau en action ?

— Vous partez si tôt tous les deux ? demanda Connor en se levant pour aider Jenna.

— Oui, dit Tim sans se retourner. On se voit plus tard.

Il chuchota ensuite à Hailey :

— Je pense que nous avons des recherches à faire.

Elle glissa sa main dans la poche arrière de son pantalon et caressa ses fesses fermes pendant qu'ils marchaient.

— Des recherches ? De quel genre ?

— Tu sais. Tous les différents types de désir.

Hailey sourit et continua à marcher, confortablement calée à ses côtés. Si confortablement qu'elle pouvait basculer la tête en arrière pour s'imprégner du soleil. Et à chaque pas qu'elle faisait, elle se débarrassait d'une nouvelle couche de peur, d'inquiétude et de chagrin qui s'était installée en elle au cours de la réunion. Elle inspira profondément et se concentra sur la chaleur rassurante de Tim.

Oui, tout un chacun avait ses problèmes, et Dieu seul savait qu'elle en avait eu beaucoup ces derniers temps. Mais Koakea était un monde à part, un coin de paradis où le mal était difficile à imaginer. Joey cria au loin, et un mainate s'envola en croassant. L'odeur de cuir et de sapin de Tim emplissait son nez, et il était trop facile d'imaginer ce qu'il lui ferait subir ensuite. Comment il l'allongerait sur le lit et la dépouillerait lentement de ses vêtements, l'un après l'autre. Comment il s'agenouillerait et la vénérerait, complètement, avant de la conduire vers leur prochaine séance de plaisir partagé. Elle aurait sa chance de jouer aussi, et son esprit songeait déjà aux options qu'il faudrait essayer ensuite.

— Et que désirez-vous, M. Hoving ? chuchota-t-elle quand ils arrivèrent à la porte d'entrée de son appartement.

Il la souleva et la plaqua lentement contre le mur, lui donnant un avant-goût de l'extase à venir.

— Toi, Hailey. Toi.

Épilogue

Six semaines plus tard...

Hailey marchait, souriant à la lune de minuit, restant bien aux côtés de Tim et gardant une main sur son dos poilu. Enfin, presque en file indienne derrière lui, en fait, car les ours avaient tendance à déambuler, reniflant les plus petits sentiers et les plus belles fleurs avec leur nez sensible.

Elle fit glisser ses doigts dans son épaisse fourrure, s'en émerveillant comme au premier jour. L'extrémité des poils était rugueuse, cependant l'intérieur était doux, surtout près de ses oreilles. Elle les gratta distraitement, et il répondit par un gloussement suave et heureux.

— Tu aimes bien ça, hein ? pouffa-t-elle.

Les premières fois qu'elle avait confronté sa forme d'ours, elle avait été aussi tendue qu'un élastique. Mais ça remontait à une éternité, et elle avait appris à aimer leurs promenades au clair de lune. Tim se transformait et elle marchait à ses côtés, explorant l'immense propriété. Même le voir traîner ses griffes sur d'énormes troncs d'arbres ne l'effrayait plus. Dernièrement, elle commençait même à souhaiter pouvoir faire de même. Tout semblait si... si... satisfaisant. Secouer un épais manteau de fourrure. S'étirer et ensuite se déplacer en humant la brise. Embrasser son compagnon...

Tim fit le tour et frotta son flanc le long de ses jambes, puis marqua une pause pour câliner sa hanche. Un vrai câlin, la poussant presque en arrière sous son poids.

Elle rit et recula pour se protéger.

— Attention, Monsieur. Vous êtes trop grand.

Tim leva vers elle ses yeux noisette brillant qui disaient : « Et toi tu es parfaite. Tu es parfaite. »

C'était incroyable la vitesse avec laquelle elle avait appris à comprendre les expressions de son ours. Mais dernièrement, elle commençait à en vouloir plus. Être capable de communiquer avec Tim et les autres sans parler, comme tous les métamorphes le faisaient. Évacuer le stress de la civilisation et se mettre à l'écoute du monde naturel. Peut-être même, entrer en contact avec son côté sauvage et faire courir ses griffes sur le tronc d'un arbre de temps en temps.

Non pas qu'elle ait beaucoup de raisons de se plaindre. À part cette semaine de folie, après le combat contre les métamorphes, tout s'était passé incroyablement bien. Oui, il lui avait fallu rencontrer la presse, néanmoins Dell avait raison : le scandale du quaterback au spa était le scoop du moment, et celui la concernant s'était estompé rapidement. Elle avait dû faire face à sa mère également, et aussi terrible que cela eût été, elle avait tenu bon. En l'espace d'une semaine, elle s'était séparée de son agent, avait cédé le bail de l'appartement à sa mère, ainsi que la moitié de l'argent de ses comptes, et avait transféré le reste de ses revenus sur un nouveau compte, à son seul nom. Elle recevait encore quelques offres dans le mannequinat et les renvoyait toutes à Joëlle Parks, celle dont sa mère et Jonathan avaient saboté la carrière. Joëlle était de nouveau en pleine ascension, et Hailey était plus qu'heureuse de lui laisser ce monde du mannequinat.

Comme prévu, la mère et l'agent de Hailey avaient piqué tous deux une crise, toutefois même cela s'était bien terminé. Les actes « puérils » et « regrettables » de sa fille, selon sa mère, leur avaient permis de faire cause commune, et ils avaient fini par avoir une liaison torride. Deux semaines après le départ de Hailey du monde du mannequinat, sa mère avait lancé sa propre carrière de mannequin d'âge mûr, représentée par son nouvel amant. Elle vantait des bijoux, des vêtements, et venait d'annoncer son intention de faire une séance de photos de nu. Ce qui aurait dû rendre Hailey malade la comblait finalement, vu le bonheur dans lequel vivait sa mère… et vu qu'elle n'était plus sur son dos désormais.

Quant à Jonathan, elle était triste pour sa famille, mais rien de plus. Il n'avait pas fallu longtemps à son père pour annoncer la création d'une fondation en son nom ; une organisation qu'Hailey souhaitait être vraiment caritative, plutôt que d'être juste une sorte de niche fiscale. Tim avait semblé dubitatif sur le moment, et Connor avait même proposé d'enquêter, cependant elle voulait tourner la page. La famille Owen-Clarke était sortie de sa vie pour de bon.

Le terrain dans le Montana, quant à lui, lui appartenait entièrement... et était à l'abri des intérêts pétroliers avides. Elle laissait le domaine tel quel pour l'instant, toutefois Tim et elle prévoyaient d'aménager un jour la cabane pour en faire leur propre nid d'amour.

— Il y a beaucoup d'espace pour que deux ours s'y promènent, avait-il murmuré en y rêvant quand ils en avaient parlé.

Deux ours. Pour eux deux. Plus Hailey y pensait, plus elle aimait l'idée.

Lorsque tout s'était progressivement calmé, elle avait trouvé un nouveau souffle à sa vie, un sourire plus facile... et quelques kilos de plus autour de ses côtes, ce qui n'était pas une mauvaise chose. Tim et elle s'étaient lancés dans la rénovation de sa maison... quand ils ne le faisaient pas comme des lapins, bien sûr. Ils avaient fini le patio avec d'énormes tuiles aux tons terreux et renforcé les supports du toit. Elle s'était inscrite à un cours en ligne de conception architecturale et avait commencé à arracher le caféier le plus proche. Elle rêvait déjà de le cultiver à plus grande échelle, mais elle n'en avait encore parlé à personne.

Tim avait failli refuser son premier emploi d'entrepreneur pour l'aider à concevoir une annexe à la maison, cependant ils avaient décidé de remettre ce projet à plus tard. Il était toujours occupé par son travail dans la sécurité, et elle avait insisté pour que ses affaires passent en premier. Il avait donc accepté l'offre d'installer des fenêtres sur une propriété voisine.

— Je m'entraîne pour notre propre maison un jour, avait-il à moitié plaisanté.

Il ne leur avait fallu pas longtemps pour prendre un nouveau rythme et leurs promenades nocturnes étaient devenues ses préférées. À ces moments-là, plus que jamais, elle avait le sentiment de contrôler sa vie. Une vie dont elle aimait chaque partie, même si un petit détail lui trottait encore dans la tête.

Tim était à elle, et elle était à lui, pourtant ils ne s'étaient pas encore unis. Elle avait besoin de temps pour surmonter les derniers vestiges de ses peurs, et il ne l'avait pas poussée. Mais dernièrement...

Elle fit glisser sa main sur son dos et inclina la tête en direction de sa maison.

— Prêt à rentrer chez nous ?

Les yeux de Tim pétillèrent à la façon dont elle disait « chez nous », et elle comprit bien pourquoi. Sa petite cabane était le premier endroit où elle se sentait vraiment chez elle depuis des années. Et ce soir...

Elle cacha un sourire coquin. Ce soir pourrait bien être la nuit où ils allaient s'unir pour de bon. Elle ferma les yeux, imaginant le moment. Serait-ce vraiment le plaisir du sexe multiplié par dix ?

« Vingt fois plus », lui avait assuré Jenna lors d'une conversation entre filles, peu de temps auparavant.

« La morsure fait mal, mais en même temps ça fait tellement de bien, si tu vois ce que je veux dire. »

Oh, Hailey savait tout ça. Tim l'avait gratifiée de toutes sortes d'attentions ces dernières semaines, et l'envie d'en avoir plus commençait à monter en elle.

Elle tortilla donc les fesses et prit le chemin du retour, souriant au grondement d'ours appréciateur qui résonna derrière elle. Au bout de quelques pas, le doux coussinet de ses pattes se transforma en rythme plus rapide des pieds d'un homme, et Tim prit sa main dans la sienne.

— Oh, chouina-t-elle, moins surprise que stupéfaite de la souplesse avec laquelle il pouvait se déplacer.

Elle jeta un coup d'œil en arrière. Ses poils étaient hérissés, comme toujours après une transformation, et une odeur légèrement musquée flottait encore sur ses épaules. Mais le mélange de cuir et de pin qu'elle aimait tant était là aussi, ainsi que tous les muscles durs qu'elle avait mémorisés au cours des dernières semaines. Ses yeux dérivèrent plus bas, et elle ne put réprimer un sourire en voyant son autre… « muscle rigide ».

— Les hommes.

Elle feignit l'exaspération.

— Toujours à penser au sexe.

Il sourit et la tira vers lui, assez près pour qu'elle puisse sentir son érection.

— Je me promenais, à songer innocemment au miel et aux fleurs, quand quelqu'un a commencé à me mettre de mauvaises idées en tête, taquina-t-il.

— Je n'arrive pas imaginer comment tu peux penser ça.

Elle fit glisser ses mains sur ses fesses, puis se cambra, laissant ses seins pousser contre son torse dur.

— Alors, j'ai tort ? dit-il en reniflant son oreille. Tu veux vraiment retourner au lit ?

Elle rit.

— Oh, que oui, je veux y aller, c'est vrai. Mais pas pour dormir.

— Je crois qu'on peut trouver un moyen d'arranger ça.

Elle croisa les doigts, l'incitant à se diriger vers la maison.

— Je parie que oui. Et je ne pensais pas seulement au sexe, tu sais. Je pourrais aussi avoir besoin d'un en-cas, chuchota-t-elle, guettant sa réaction.

Tim eut simplement l'air perplexe.

— Tu as faim ?

Elle faillit s'écrouler de rire. Il pensait qu'elle voulait dire un en-cas comme quelque chose à manger ? Le pauvre homme. Il allait attendre longtemps s'il n'avait pas compris son allusion.

— Pas ce genre de faim, dit-elle en riant.

Ils étaient presque arrivés à la porte d'entrée qu'il comprit enfin. Elle le remarqua à son souffle et à la façon prudente dont il la ramena dans ses bras.

— Tu veux dire que… ?

C'était un murmure avec un soupçon de grognement, ce qui signifiait que les deux parties de lui parlaient, l'homme et l'ours.

Elle sourit et inclina la tête, faisant courir ses doigts le long de son cou.

— Je pensais à quelque chose par ici.

Les yeux de Tim scintillèrent puis ses narines se dilatèrent. Et, putain. Son excitation la fit bondir et elle en eut la chair de poule. C'était bon de se toucher. Ce serait tellement génial qu'il la touche à cet endroit !

Elle ferma les yeux et se pencha vers la droite, cherchant encore plus son contact. Son corps se balançait dans une danse silencieuse, et lorsque les lèvres de Tim se posèrent sur son cou, elle se cambra d'un désir fou.

— Juste… à peu près… ici, chuchota-t-il, se concentrant sur l'endroit.

De sa main libre, il empoigna sa poitrine, la faisant gémir de désir.

— Pas juste, murmura-t-elle.

— Pas juste ?

— Tu es déjà nu, et je suis encore habillée.

Il sourit, elle le sentit à la courbure de ses lèvres contre de sa peau.

— On va arranger ça tout de suite.

Elle attrapa ses mains avant qu'il ne fasse quelque chose d'irréfléchi comme déchirer ses vêtements d'un coup de griffe.

— Attends ! C'est mon T-shirt préféré.

Il recula pour la regarder avec un sourcil levé.

— Celui-là ?

Elle toucha la partie centrale.

— Bien sûr. Tu ne le reconnais pas ?

C'était celui qu'il lui avait acheté lors de son premier jour à Waikiki, avant qu'elle sache quoi que ce soit sur le destin, les métamorphes ou les compagnes et compagnons. Une existence pitoyable, rétrospectivement, parce que sa vie était tellement plus riche maintenant. Chaque matin apportait une nouvelle aube prometteuse, et chaque coucher de soleil couronnait une autre journée satisfaisante.

Il sourit.

— Maintenant, je m'en souviens. Mais encore faut-il l'enlever !

Il l'aida à l'enlever tout en poussant la porte d'entrée avec son pied. Un moment plus tard, ils étaient à l'intérieur, où il jeta le T-shirt sur une chaise.

— Il faut enlever ceci aussi, lui souffla-t-il, en glissant ses doigts dans l'ourlet de son short.

Elle s'en débarrassa, pas trop vite, pas trop lentement. L'anticipation n'était peut-être pas aussi bonne que la réalité, mais putain, c'était presque ça.

— Maintenant, à propos de ça...

Il prit ses fesses avec ses deux énormes mains, une pour chaque joue. Pendant une minute, il joua avec, baissant sa culotte juste assez pour faire travailler le tissu contre son point le plus sensible. Il passa ensuite ses doigts dans la ceinture et la fit glisser en s'agenouillant. Une fois libérée du sous-vêtement, il lui attrapa la jambe et s'assura qu'elle était bien en place et suffisamment ouverte. Un rayon de lune traversa la porte qu'ils n'avaient pas fermée derrière lui, et quand il leva les yeux vers elle, elle se sentit comme une statue de déesse sur un autel.

Un grondement sourd monta de sa gorge, et il se pencha pour embrasser son ventre. Il descendit ensuite plus bas, en gardant une bonne prise sur ses fesses. Le mur n'était pas loin derrière, et elle s'appuya contre, brûlant d'impatience.

— Si belle, murmura-t-il, en se rapprochant.

Elle sentit son souffle en elle, et sa langue suivit. Doucement d'abord, puis plus fort. Ses doigts prirent la relève, et il ne fallut pas longtemps pour qu'elle se torde et s'agrippe aveuglément au mur. Ses hanches bougèrent en cercles alanguis, augmentant la pression.

— Par ici, chuchota-t-il, en faisant passer sa jambe par-dessus son épaule.

Elle écarquilla d'abord les yeux, mais à la seconde où sa langue toucha le fond, sa tête bascula en arrière. C'était une de ces fois où elle était heureuse qu'ils n'aient pas de voisins immédiats, parce qu'il était impossible de ne pas faire de bruit. Beaucoup de bruit, et plus elle en faisait, plus Tim poussait en elle. De plus en plus haut, jusqu'à ce qu'elle ait l'impression de flotter au-dessus du sol. Flottant et criant son nom, puis s'agrippant à ses épaules quand un frisson la parcourut de haut en bas.

— Oui... haleta-t-elle, fondant lentement contre le mur.

Seule une partie de son esprit remarqua qu'il remontait le long de son corps, se débarrassant de son soutien-gorge au passage. Le reste de sa tête était emporté dans un tourbillon de plaisir flou jusqu'à ce que ses lèvres recouvrent les siennes. Ses yeux s'ouvrirent, parce que ce goût était un mélange des leurs.

— Tu es sûre d'être prête pour ça ? gronda-t-il.

Sa poitrine se souleva et s'abaissa comme s'il était à deux doigts de jouir, et son membre dur comme de l'acier se cala sur son flanc. Elle l'entoura d'une main et leva son genou.

— Est-ce que ça répond à ta question ? souffla-t-elle.

Il grimaça et suivit son ordre tacite, la soulevant. Elle enroula ses jambes autour de sa taille tandis qu'il avançait, glissant doucement en elle.

Elle haleta sous l'étirement, brûlant d'en avoir plus. Quand il commença à pousser en elle, elle hurla d'un plaisir brut. Et quand il l'attira plus haut, entrant plus profondément en même temps, elle inclina sa tête en arrière, impuissante, et gémit.

— C'est si bon...

Il la maintint en place sans effort, un bras sous ses fesses, l'autre massant ses seins. Ses faibles murmures ressemblaient aux sons que son ours faisait lorsqu'il fouillait dans un parterre de fleurs particulièrement odorantes, et Hailey sourit. Enfin, elle sourit en son âme intérieure. À l'extérieur, son visage devait être étiré et grimaçant tandis qu'elle luttait contre l'envie de hurler de jouissance.

— Mon compagnon, chuchota-t-elle, essayant les mots sur sa langue.

Quelques semaines plus tôt, ces mots auraient paru grossiers et étrangers. Maintenant, ils semblaient justes.

Tim regarda son cou, faisant accélérer son sang dans ses veines. Il fit glisser un pouce sur sa peau, suivant son instinct jusqu'à l'endroit même qu'il avait trouvé plus tôt.

Au début, elle ne ressentit que l'excitation habituelle, mais tout à coup, mille petites lumières s'allumèrent en même temps.

— Juste là, haleta-t-elle.

Il hocha la tête, l'air plus sérieux qu'elle ne l'avait jamais vu auparavant.

— Juste là. Mais pas ici.

Il l'entoura de ses bras et l'éloigna du mur. Vers le lit, elle supposait, mais avant qu'ils aient parcouru la moitié de la petite pièce, les jambes de Hailey glissèrent sur le sol. Apparemment, les ours n'étaient pas les seuls avec de l'instinct. Le sien l'appelait soudainement, haut et fort.

— Pourquoi pas ici ? demanda-t-elle, en le tirant vers le sol. Quand ils furent tous les deux à genoux, elle lui tourna le dos et se cala contre sa poitrine.

Elle ne pouvait pas voir ses yeux briller de là, mais la chaleur de son regard lui réchauffait le cou ; quand il glissa ses bras autour de sa taille, elle sut que l'instinct l'avait bien guidée. Le sexe contre le mur était un type de plaisir particulier, cependant pour l'union, pour la morsure, ils avaient besoin d'une base plus stable, comme en levrette.

— Parfait.

Il glissa ses bras autour d'elle une fois de plus.

Ils restèrent à genoux et Hailey pencha la tête en arrière pendant que Tim la touchait. Une main caressait ses seins tandis que l'autre explorait son entrejambe, la faisant danser sur place.

— C'est si bon... chuchota-t-elle.

Presque trop bon, vraiment, et elle se demandait comment elle allait pouvoir tenir le coup.

— Tim, souffla-t-elle.

C'était comme si c'était elle qui avait un côté animal, car elle s'était mise en place la première. Elle le repoussa et mugit pratiquement comme une chienne en chaleur.

— Ce que tu me fais... murmura-t-elle en secouant la tête.

L'homme la transformait en pâte à modeler chaque fois.

— Ce que toi, tu me fais.

Sa voix était un grondement profond alors qu'il se mettait en position derrière elle. Une position qui promettait exactement le genre de puissance brute dont elle avait besoin. Il plaqua une main sur le bas de son dos, puis prit fermement ses hanches et la tira en arrière. Soudain, d'un coup de reins sec, il la pénétra.

— Oui ! cria-t-elle, baissant la tête, concentrée sur la pression parfaite à l'intérieur.

Il murmura quelque chose d'inintelligible, se retira lentement, puis s'enfonça une nouvelle fois en elle.

La bouche de Hailey s'ouvrit en un cri de plaisir sans fin alors qu'il redoublait d'ardeur, plus fort et plus profondément. Son collier était le seul objet qui ornait son corps nu, et il tanguait, oscillant de façon hypnotique au rythme de ses coups de reins. Ses seins se balançaient, lâches et libres comme le reste de son corps. Comment était-il possible qu'un enchaînement de circonstances terrifiantes l'ait conduite à quelque chose de si bon ?

Ils t'ont conduit à ton compagnon, murmura quelque chose dans son esprit.

Elle ferma les yeux et se déhancha plus fort, soudainement désespérée d'accomplir le rituel d'union. Vivre avec Tim ne faisait pas de lui son compagnon. Seule la morsure le ferait, et elle ne voulait pas attendre un instant de plus.

— S'il te plaît, gémit-elle, en tournant la tête sur le côté.

Ses cheveux tombaient en cascade sur son épaule, et Tim glissa les dernières mèches sur le côté, toujours en mouvement en elle. Une perle de sueur chuta entre ses omoplates, puis une autre. Il se pencha sur elle, assez près pour que son souffle réchauffe son cou.

— Oui ! glapit-elle quand il frotta ses dents contre sa peau.

Quelques semaines plus tôt, une morsure lui avait semblé terrifiante. Maintenant, c'était tout ce qu'elle désirait.

La perle se balançait d'avant en arrière, lui murmurant des choses sur l'amour et l'éternité à portée de main.

Au début, les dents de Tim formèrent une rangée droite, mais plus leurs corps se rejoignaient, plus deux pointes ressortaient. Ses crocs d'ours s'étendaient. Le reste de son corps demeura entièrement masculin, entièrement musclé. Tout cela dans le but de se planter en elle, la conduisant à un abandon sauvage alors qu'elle criait sans relâche.

— Oui… ! Oui… !

Compagnons, aurait-elle juré l'avoir entendu murmurer dans son esprit. Ou peut-être l'avait-il crié. Elle ne pouvait pas le dire, parce qu'une fraction de seconde plus tard, il mordit, et le corps de Hailey sursauta comme s'il était en feu.

Elle frissonna dans l'orgasme le plus puissant de sa vie, serrant fort ses muscles internes.

Une explosion de chaleur signala l'orgasme de Tim au fond d'elle. Son cou brûlait, et des flammes parcouraient son corps, illuminant chaque terminaison nerveuse.

Sa bouche bougea, mais aucun son ne sortit alors qu'une dizaine d'images disjointes envahissait son esprit. Des forêts profondes et sombres, des ruisseaux impétueux. Des saumons sautillants. Des fleurs sauvages parfumées qui oscillaient sous une brise alpine. Le goût des premières baies du printemps, sucrées et aigres à la fois. Un ciel plus bleu que jamais. Des sensations primitives, d'ours, toutes soutenues par la voix de Tim qui résonnait clairement dans son esprit.

Je t'aimerai toujours, ma compagne. Je te protégerai et t'honorerai jusqu'à la fin de mes jours.

Elle voulait faire écho à ces mots, mais un contrecoup de plaisir la secoua et elle bascula en arrière, implorant son corps pour en avoir plus. Les dents de Tim tirèrent sur son cou, lui offrant une nouvelle bouffée de jouissance, et il se raidit, lui donnant un dernier coup de boutoir.

— Oui…

Son cri aigu se transforma en gémissement jusqu'à ce qu'elle s'écroule sur le sol. Il se recroquevilla derrière elle, le souffle fort. Hailey haletait et couvrait ses mains avec les siennes, le gardant aussi près d'elle que possible.

— C'était… incroyable, murmura-t-elle entre deux respirations.

Tim laissa échapper un petit rire haletant, la maintenant serrée contre sa poitrine.

— Incroyable, c'est le mot. Pour te désigner, en tout cas.

Elle secoua la tête. C'était lui qui était incroyable, mais elle n'avait pas les idées assez claires pour protester. Elle ferma les yeux, regardant les scènes d'ours défiler dans son esprit. Au fond d'elle, elle bâillait et s'étirait.

Une seconde... Ce n'était pas elle qui s'étirait là-dedans, n'est-ce pas ?

« Tout le monde, même les humains, possède une face cachée, animale », lui avait dit Tim très tôt.

Elle cligna des yeux, se sentant transportée dans un autre temps et un autre lieu. Un autre corps. Elle était à quatre pattes et sortait lentement d'une tanière après une hibernation qui avait duré bien trop longtemps. Elle cligna encore des yeux, à moitié aveuglée par le soleil, s'imprégnant de sa chaleur.

Elle cligna alors une nouvelle fois des yeux et fut de retour sur le tapis tressé au sol, enveloppée dans ses bras.

— Waouh. Tu as vu ça ? demanda-t-elle dans un murmure.

Il hocha la tête contre son dos.

— Combien de temps ça prendra ?

La question n'était pas clairement formulée, malgré tout il savait exactement ce qu'elle voulait dire.

— Pour que ça marche ?

Il attendit une seconde, plaçant une main sur son cœur.

— Aussi longtemps que tu le souhaites. Aussi longtemps que tu en as besoin.

Elle prit la perle et la pressa contre sa poitrine, puis attira la main de Tim sur la sienne pour qu'ils la maintiennent tous les deux en place. La perle était chaude et rassurante, tout comme les images, les odeurs et les sensations vagues qui erraient dans son esprit.

— Quelque chose me dit que ce ne sera pas long.

Elle se retourna dans ses bras.

Elle pensa d'abord que les yeux de Tim étaient deux fois plus brillants que d'habitude, puis elle prit conscience qu'ils reflétaient sa propre lueur. La lueur d'une métamorphe heureuse en regardant son compagnon. Soudain une autre vague d'images traversa son esprit, un peu plus nerveuse que les autres. Des images de dents et de peau, ainsi que la voix d'un homme qui lui disait *Oui. Oui. Oui...*

Elle écarquilla les yeux, alors que Tim hochait juste la tête comme s'il s'y attendait.

— Tu as vu ça aussi ? demanda-t-elle en le fixant. Attends. Qu'est-ce que c'était ?

Il lui lança un sourire malicieux.

— Ta morsure. Celle que tu me donnes.

Elle le dévisagea.

— Tu veux dire que nous ne sommes pas encore unis ?

Il rit et la serra plus fort dans ses bras.

— Oh, nous le sommes, et même très bien. Une morsure est suffisante. Mais tu peux recommencer quand tu veux, et les métamorphes femmes peuvent le faire aussi. Un peu comme le renouvellement des vœux de mariage, je suppose. Tu n'as pas besoin de...

Un grondement sourd retentit, et Hailey fut choquée de l'entendre venir d'elle... ou de son ours intérieur.

— Oh, j'en ai besoin.

Elle déplaça son poids jusqu'à être à califourchon sur lui.

Le regarder lui donnait un ridicule sentiment de puissance, et il était facile d'imaginer lui rendre la pareille. Elle chevaucherait son compagnon pendant un moment d'abord, les conduisant tous les deux à l'extrême limite de l'extase et du désir. Puis elle se pencherait sur son cou pour sa propre morsure, et...

— Waouh.

Elle fit disparaître la vision avec un clignement des yeux.

— Non pas que je vais essayer ça de sitôt. Mais un jour...

Tim lui lança un sourire effronté et authentique.

— Quand tu seras prête, ma compagne. Je serai là.

Elle se pencha pour un baiser qui finit par être beaucoup plus profond et dura beaucoup plus longtemps que prévu. L'union avait réveillé toutes sortes de désirs supplémentaires, apparemment. Elle fit glisser ses hanches sur les siennes et fixa les yeux de Tim. Était-il trop tôt pour le désirer à nouveau ?

Ses yeux brillaient et son membre tressaillait, lui donnant ainsi la seule réponse dont elle avait besoin.

— Je ne suis peut-être pas encore prête à te mordre.

Elle essaya de la jouer cool malgré le fait qu'elle était une épave hurlante une minute plus tôt.

— Mais je pourrais m'entraîner.

Tim glissa ses mains sur le haut de ses fesses, la maintenant en place.

— La pratique a toujours du bon.

Elle se leva un peu puis s'abaissa, l'accueillant lentement. Elle se pencha ensuite en arrière et commença à se balancer comme une cow-girl qui faisait de douces enjambées. Dehors, les feuilles murmuraient dans le vent, et au loin, les vagues roulaient sur la plage, lui rappelant où elle était.

— Où es-tu ? chuchota Tim, lisant dans ses pensées.

Elle se balança un peu plus fort, retombant délicieusement dans le flou ; bientôt, la passion prendrait le dessus, et elle s'efforcerait avec lui d'atteindre un autre état d'euphorie. S'en suivrait une nouvelle étreinte réconfortante, à l'abri dans les bras de son amant. Alors, elle dit ce qu'elle put, juste quelques mots.

— Chez moi. Je suis chez moi, mon compagnon.

Aperçu: Lion rebelle

Ce lion métamorphe, éternel célibataire, est sur le point d'avoir la surprise de sa vie. Sera-t-il à la hauteur ?

Dell O'Roarke, métamorphe lion et éternel célibataire, n'a jamais pris la vie au sérieux, mais la vie est sur le point de le rattraper. La belle inconnue qui vient de débarquer à Maui ne cherche pas n'importe qui... elle le cherche lui. Et ce n'est pas n'importe quelle surprise qu'elle amène avec elle : c'est un bébé ! Et un bébé qui lui ressemble bien trop pour que ce soit une coïncidence.

Dell comprend rapidement que les enjeux vont bien au-delà de sa simple existence de célibataire endurci. Des métamorphes dangereux sont aux trousses de la jeune femme. Est-ce qu'ils en ont après la femme, le bébé, ou lui-même ?

Anjali Jain, jeune directrice de publicité, n'a pas pris de congés depuis des années... et ce n'est pas aujourd'hui que ça va changer. Tout ce qu'elle souhaite, c'est honorer une promesse avant de se remettre au travail pour continuer à grimper les échelons. Mais s'occuper d'un bébé est déjà un défi en soi... et c'est encore plus compliqué de le confier à cet inconnu, aussi beau qu'énigmatique, avec qui elle se sent tout de suite à l'aise.

Le sympathique Dell n'est pourtant pas du tout son genre, mais plus elle découvre sa profondeur d'âme, plus elle tombe sous son charme... et plus le mystère s'épaissit. Comment un homme peut-il éveiller en elle autant de désirs ? Quelles forces maléfiques se cachent derrière le meurtre brutal de sa meilleure amie ? Et pourquoi a-t-elle le sentiment qu'il y a quelque chose

de pas tout à fait humain chez ces assassins... ainsi que chez
Dell ?

Par Anna Lowe

Aloha Shifters : Les Perles du désir

Dragon rebelle (Tome 1)

Ours rebelle (Tome 2)

Lion rebelle (Tome 3)

Loup rebelle (Tome 4)

Cœur rebelle (Tome 5)

Alpha rebelle (Tome 6)

Aloha Shifters : Les Joyaux du cœur

L'appel du dragon (Tome 1)

L'appel du loup (Tome 2)

L'appel de l'ours (Tome 3)

L'appel du tigre (Tome 4)

L'amour du dragon (Tome 5)

L'appel du renard (Tome 6)

Les Veilleuses du feu : Milliardaires et Gardiens

Les Veilleuses du feu : Paris (Tome 1)

Les Veilleuses du feu : Londres (Tome 2)

Les Veilleuses du feu : Rome (Tome 3)

Les Veilleuses du feu : Portugal (Tome 4)

Les Veilleuses du feu : Irlande (Tome 5)

Les Veilleuses du feu : Écosse (Tome 6)

Les Veilleuses du feu : Venise (Tome 7)

Les Veilleuses du feu : Grèce (Tome 8)

Les Veilleuses du feu : Suisse (Tome 9)

Les Loups de Twin Moon Ranch

Desert Hunt (Tome 1)

Desert Moon (Tome 2)

Desert Blood (Tome 3)

Desert Fate (Tome 4)

Desert Yule (Tome 5)

Desert Heart (Tome 6)

Desert Rose (Tome 7)

Desert Roots (Tome 8)

Sasquatch Surprise (Tome 9)

Blue Moon Saloon

Perfection (Tome 0)

Damnation (Tome 1)

Temptation (Tome 2)

Redemption (Tome 3)

Salvation (Tome 4)

Deception (Tome 5)

Celebration (Tome 6)

Shifters in Vegas

Paranormal romance with a zany twist

Gambling on Trouble

Gambling on Her Dragon

Gambling on Her Bear

Gambling on Her Panther

Serendipity Adventure Romance

Off the Charts

Uncharted

Entangled

Windswept

Adrift

Travel Romance

Veiled Fantasies

Island Fantasies

www.annalowe.fr

À propos d'Anna Lowe

Anna Lowe, auteure de best-sellers aux classements USA Today et Amazon, adore rappeler que les héroïnes sont des héros au féminin et faire naître des histoires d'amour passionnées dans des décors enchanteurs. Elle aime les chiens, le sport et les voyages – où elle puise ses inspirations. Si elle n'est pas concentrée sur son ordinateur, à travailler sur sa toute dernière histoire, vous la trouverez en randonnée dans les montagnes ou à vélo sur les routes de campagne. Et sa journée se terminera toujours par un carré de chocolat noir et une bonne lecture.

Visitez **www.annalowe.fr**.

9 781958 597477